LE BRÉSIL, TERRE D'AVENIR

Né à Vienne en 1881, fils d'un industriel, Stefan Zweig a pu étudier en toute liberté l'histoire, les belles-lettres et la philosophie. Grand humaniste, ami de Romain Rolland, d'Émile Verhaeren et de Sigmund Freud, il a exercé son talent dans tous les genres (traductions, poèmes, romans, pièces de théâtre) mais a surtout excellé dans l'art de la nouvelle (*La Confusion des sentiments, Vingt-quatre heures de la vie d'une femme*), l'essai et la biographie (*Marie-Antoinette, Fouché, Magellan...*). Désespéré par la montée du nazisme, il fuit l'Autriche en 1934, se réfugie en Angleterre puis aux États-Unis. En 1942, il se suicide avec sa femme à Petropolis, au Brésil.

Paru dans Le Livre de Poche :

AMERIGO

AMOK

L'AMOUR D'ERIKA EWALD

BALZAC

BRÛLANT SECRET

CLARISSA

LE COMBAT AVEC LE DÉMON

LA CONFUSION DES SENTIMENTS

CORRESPONDANCE (1897-1919)

CORRESPONDANCE (1920-1931)

CORRESPONDANCE (1932-1942)

DESTRUCTION D'UN CŒUR

ÉRASME

ESSAIS *(La Pochothèque)*

FOUCHÉ

LA GUÉRISON PAR L'ESPRIT

HOMMES ET DESTINS

IVRESSE DE LA MÉTAMORPHOSE

LE JOUEUR D'ÉCHECS

MARIE-ANTOINETTE

MARIE STUART

LE MONDE D'HIER

LA PEUR

LES PRODIGES DE LA VIE

ROMAIN ROLLAND

SIGMUND FREUD

ROMANS ET NOUVELLES *(La Pochothèque)*

ROMANS, NOUVELLES ET THÉÂTRE *(La Pochothèque)*

LES TRÈS RICHES HEURES DE L'HUMANITÉ

TROIS MAÎTRES (BALZAC, DICKENS, DOSTOÏEVSKI)

TROIS MAÎTRES

TROIS POÈTES DE LEUR VIE

UN MARIAGE À LYON

VINGT-QUATRE HEURES DE LA VIE D'UNE FEMME

LE VOYAGE DANS LE PASSÉ

VOYAGES

WONDRAK

STEFAN ZWEIG

Le Brésil,
terre d'avenir

TRADUIT DE L'ALLEMAND PAR JEAN LONGUEVILLE

Préface d'Alain Mangin

ÉDITIONS DE L'AUBE

Titre original :

BRASILIEN, EIN LAND DER ZUKUNFT

ISBN : 978-2-253-15198-2 – 1re publication LGF

Préface

Stefan Zweig derechef

> *... le sage vit tant qu'il doit,*
> *non pas tant qu'il peut.*
>
> MONTAIGNE

Il est des sépultures qui achèvent une œuvre en blason et disent nos déchirements d'Europe à des natures lointaines et incrédules. Sur un alignement Est-Ouest, trois gisants creusés dans le corail balisent le Pacifique. Ils ont nom Gauguin, Stevenson et Gerbault. Plus près de nous, dans notre espace agrandi d'Occident, en son neuf extrême, fait de métissages innombrables, là-haut, au-dessus de Rio, à Pétropolis l'allemande, dans la ville d'été de la dynastie brésilienne des Habsbourg-Bragance repose Stefan Zweig, le juif sceptique, suicidé pour convenance personnelle.

De même qu'une femme, Henriette Vogel, avait accompagné Kleist dans la mort volontaire, de même une autre femme, Lotte, y suivrait Zweig, épousé trois ans plus tôt à Londres afin qu'il la protégeât des incertitudes de l'exil auxquelles lui, the famous european writer, échappait doublement pour fait de gloire et de naturalisation. Ne supportant pas l'épreuve de son époux mort, Lotte, hébétée

7

par la perspective d'un avenir solitaire dans un pays étrange, acheva le poison.

C'était le 22 février 1942, un dimanche. Le carnaval, *dia do esquecimento, le temps de l'oubli, battait son plein.* Zweig avait quitté l'avant-veille la fête étourdissante, justement qualifiée par lui de démocratique, la fête qui lui avait sans doute rappelé ses affinités avec Nietzsche — la fête de l'homme dansant et du oui à la vie — *et sa fidèle amitié pour Freud dont il avait, naguère en 1939, prononcé l'éloge funèbre à Londres dans le navrement de l'exil, tout juste après avoir obtenu son visa pour Rio de Janeiro.*

Deux jours entiers, Zweig s'enferma pour mettre ses affaires en ordre. Il le fit à sa manière, méticuleusement, n'oubliant même pas de remercier les autorités d'accueil qui s'étaient ingéniées à lui faciliter le quotidien.

On a dit que la chute de Singapour, le symbole de la toute-puissance anglaise, la ville de Raffles, la mythique capitale des strait settlements, *aurait enlevé à Zweig jusqu'à l'espoir de retrouver un seul atome du* Monde d'hier *et, partant, que le succès des armées japonaises en février 1942 aurait été le mobile du suicide. Est-ce si sûr? Observons que février* — cela vaut déjà pour janvier, voire décembre — *est, sous le rapport de l'action militaire, un mois ambigu. L'Angleterre résiste toujours plus efficacement en Europe, son envahissement par les armées allemandes est devenu improbable; en Russie, Hitler piétine devant Léningrad et Moscou; le 7 décembre 1941, jour dit de l'Infamie, les États-Unis ont basculé dans la guerre. Zweig n'a pas pu ne pas considérer que l'entrée de la formidable Amérique aux côtés de l'Entente en 1917 avait renversé le cours des choses. Certes, les événements n'étaient pas si faciles à lire à l'époque; s'ajoute l'effet de distance, qui les exagérait ou les affaiblissait dans un pays lointaine-*

ment concerné, et qui s'est toujours cru à l'abri des bouleversements du siècle. Cet ensemble de circonstances a dû peser sur Zweig, désespérant sa solitude et décourageant ses projets comme l'achèvement de son Balzac, le grand-œuvre, et l'étude de Montaigne, redécouvert il y a peu, à Pétropolis. Mais ne sont-ce pas là raisons bien minces pour un suicide ?

Or, il y avait des années que Zweig ne croyait plus à l'avenir. Une sourde et lancinante envie de se déprendre du monde lui fatiguait l'âme. Témoins ces propos tirés de ses Journaux, à la date du dimanche 16 juin 1940 : « ... Quoi qu'il en soit, on est perdu, notre vie est détruite pour des décennies, et je n'ai pas de décennies devant moi, je ne veux pas les avoir. » Le lundi 17, il écrit : « La France perdue, réduite en ruine pour des siècles, le pays le plus adorable d'Europe, pour qui écrire, pour quoi vivre ? » Plus loin encore, il confiera : « La vie n'est plus digne d'être vécue, j'ai presque 59 ans et les années à venir vont être effroyables. »

Dans les années trente, Zweig devinait obscurément quelle réponse il donnerait lorsqu'il n'y aurait plus de place pour ce qu'il était : « Autrichien, juif, écrivain, humaniste, pacifiste ». Ainsi, lui, l'Européen accompli, né à Vienne en 1881, dans « l'Empire de la Sécurité », d'une mère bilingue originaire d'Ancône et d'un père industriel lié avec l'Orient de l'Europe, lui, le cosmopolite, l'internationaliste, l'ami de Romain Rolland, brouillé provisoirement en 1914 avec Verhaeren à cause du nationalisme du poète, Zweig pour qui l'Europe entière était son chez soi se découvre apatride à Londres, après avoir abandonné l'Autriche. « Sans lieu nulle part, étranger partout, hôte tout au plus là où le sort m'est le moins hostile. Aujourd'hui un chargé d'affaires met en garde la population contre la fréquentation des ex-Allemands et des ex-Autrichiens. Une mise au ban morale. » (Jeudi 30 mai, Londres).

Zweig mourra d'avoir perdu sa patrie. C'est là justement le paradoxe. Il a découvert que le cosmopolitisme, cet extrême raffinement, est un luxe de sociétés sûres d'elles-mêmes. Il ne se soutient, ce luxe, qu'appuyé à un univers familier et mémorial, à une patrie ou à une matrie. Peu importe. Aucune de ces deux instances ne se confondant avec le nationalisme, lequel implique l'enfermement et son corrélatif, l'exclusion. Bref, Zweig éprouve à Londres comme une hémiplégie. Commence alors pour lui l'expérience déchirante de la nostalgie. Très curieusement, il s'en ira la vivre dans l'espace lusophone, espace qui a su élever la saudade — *notre chétive nostalgie* — *à la hauteur d'une catégorie esthétique et morale. Un autre germanophone, Balte et philosophe, le comte Keyserling, ne s'y était pas trompé, lorsque dans ses* Méditations sud-américaines, *il l'avait définie, cette saudade, comme un « devenir et mourir ».*

Il fallut rien moins qu'un cataclysme pour que Zweig rencontrât de nouveau le Brésil autrement que ne le faisaient les écrivains de son temps, pendant une tournée de conférences triomphales en Amérique latine. Il quitte Londres, inquiet de la tournure que prennent les événements. Il craint la défaite de l'Angleterre et, à terme, son occupation. Il s'embarque donc pour le Brésil via les États-Unis. De prime abord un tel choix étonne. Le Brésil n'est plus depuis trois ans une imparfaite démocratie. C'est une dictature inspirée de Mussolini, un « fascisme acculturé », a-t-on écrit, ambition guerrière en moins. Certes, la répression n'y atteint pas les sommets qu'on lui connaît dans les régimes européens analogues. Encore que bien des opposants — Jorge Amado, *par exemple —, se soient exilés, d'autres ont été réduits au silence, arrêtés, torturés et envoyés au camp de l'archipel Fernando de Noronha. Enfin, tache indélébile, le régime de Getú-*

lio Vargas ira jusqu'à remettre à la Gestapo, Olga, l'épouse d'origine allemande du leader communiste brésilien Prestes.

Le Brésil a lui aussi commis la faute sans pardon de la modernité, la faute de goulag. Et c'est par le truchement d'une écriture précise que le romancier Graciliano Ramos, précédant Soljenitsyne, publiera en 1953, sous le titre Memórias do Cárcere — *Mémoires de prison* — le récit de son expérience concentrationnaire.

Zweig connaissait la nature du régime. Il passe outre. Il relativise. Cette indulgence ne donne-t-elle pas la mesure de son désespoir?

En dépit de traits politiques peu flatteurs, il fera donc du Brésil son refugium. Sans doute se laissa-t-il influencer par son éditeur brésilien Koogan, mais c'est sa curiosité qui décida. L'auteur d'Amok cherchait une réponse à la question qu'il se posait et pose à nouveau dans sa préface: « Comment les hommes peuvent-ils arriver à vivre en paix sur la terre en dépit de toutes les différences de races, de classes, de couleurs, de religions et de convictions? » Et où trouver mieux qu'au Brésil, pays métis par excellence, cette réponse? Voilà l'origine et le motif du livre Le Brésil, terre d'avenir.

L'ouvrage comporte deux parties. La première est réservée à l'histoire, l'économie et la culture; la deuxième au pays lui-même. La sociabilité brésilienne dans ses multiples expressions ainsi que les relations raciales y servent de fil conducteur.

Les descriptions de cette sociabilité brésilienne ne sont jamais fausses, elles sont idéalisées. Comment en blâmerait-on l'auteur? Il procède en comparatiste. Dispose-t-il d'une autre méthode? Et la comparaison est à l'avantage du Brésil. Zweig éprouve dans ce pays « un sentiment libérateur », il y échappe à « l'effroyable tension » de l'Europe. Il se laisse donc fasciner par l'aisance et la grâce bien *réelles des relations entre les personnes, classes sociales et couleurs confondues. D'ailleurs, tout y conspire : le milieu élégant et cultivé qui l'a accueilli, l'aristocratie agraire, aussi à l'aise à Paris qu'à New York,* comme les théories sociologiques de l'homme cordial, *très en vogue dans les sciences sociales de l'époque. Zweig tombe dans « le préjugé de l'élite selon lequel celle-ci n'a pas de préjugés ». Dans cet esprit, il écrit que les esclaves du Brésil colonial furent mieux traités qu'ailleurs. La recherche historique a fait depuis justice de cette assertion et les musées du pays montrent les instruments de torture utilisés pour punir les esclaves récalcitrants ou simplement distraits. De même l'analyse du vocabulaire de ces relations sociales est-elle hâtive. Zweig affirme que la langue ignore les termes méprisants qui désignent ailleurs les Noirs ou d'autres groupes. Ce vocabulaire existe, je l'affirme, sans compter bien des expressions déplaisantes pour qualifier telle ou telle ethnie — des Indiens aux immigrants libanais. Et que dire de ces annonces de journaux qui, recrutant des* office boys *— nous dirions des saute-ruisseau — demandent une* bonne apparence : *entendez la peau blanche. Zweig a été indubitablement mystifié par la* doxa *de l'époque.*

Cette appréciation a besoin d'être nuancée. La société brésilienne fait une place au mulâtre ou au métis. Elle est d'emblée perçue comme multiraciale et offre aux Brésiliens une plus grande tolérance à la différence. La situation est inverse aux États-Unis. Elle s'y compose, pour reprendre le mot de Tocqueville, de deux humanités distinctes. Il n'y a pas de place pour le métis. On ne sait d'ailleurs même plus le nommer. N'a-t-on pas parlé justement ici de « vide terminologique » ? On se retrouve devant l'opposition brutale white/coloured. *Il faut louer Zweig d'avoir saisi la fonction du métissage.*

12

Ces réserves faites, l'intérêt de l'ouvrage réside dans la solidité de son information et l'élégance de son écriture. Zweig est de plain-pied avec le savoir de son époque. Le chapitre intitulé « Histoire » reste juste. A peine précisera-t-on que la crise des exportations sucrières du dix-huitième siècle brésilien fut causée par le développement prodigieux de la canne aux Antilles et la dure concurrence qui en résulta pour le pays. Le chapitre réservé à l'économie est habilement tourné. Là encore Zweig a tout lu, beaucoup écouté et joliment compris. Il a fait son miel des travaux de l'un des premiers vrais économistes brésiliens, Simonsen, père de l'actuel Mário Simonsen, brillant économiste également, et qui fut ministre. Les pages consacrées aux questions d'investissement, à la recherche de capitaux frais et à la sempiternelle dévaluation de la monnaie semblent sorties tout droit de la plume d'un correspondant de presse établi là-bas.

Et comment passer sous silence ces lignes où Zweig expose avec clarté la théorie des cycles, ces fameux cycles qui rythment la vie des Brésiliens depuis cinq cents ans — c'est le bois, la canne, puis l'or, le café, le caoutchouc enfin — ? Ce pays ne serait-il pas aujourd'hui à la recherche d'un nouveau cycle ?

« L'apport du Brésil à la civilisation est dès aujourd'hui extraordinaire », écrit Zweig, dans son chapitre-phare intitulé « Culture ». Un tel constat en 1941 est neuf. Il fallait une personnalité célèbre et compétente pour l'oser. Zweig a, par exemple, reconnu d'emblée les réussites de la littérature brésilienne. On lui doit le rapprochement des Sept piliers de la sagesse avec Os Sertões de Euclides da Cunha. Malgré toutes leurs différences, il s'agit de deux épopées aux vérités jumelles où deux héros, des libérateurs, trouvent — a-t-on dit — dans le « renoncement total un pouvoir sans limites ». Antônio

13

Conselheiro, *Antoine le Conseiller et Lawrence d'Arabie cherchent à épuiser le désir. Ce sont des cérébraux du dépassement de soi. Ma joie était dans mon désir, dit Lawrence. Ce sont des princes du dialogue avec les anciens âges, du dialogue avec l'absolu. Étrange similitude encore, mais entre nos deux auteurs cette fois, aucun n'est écrivain professionnel,* stricto sensu. *D'autres œuvres donnent l'occasion à Zweig d'exercer sa perspicacité. Il restera en chemin, inexplicablement. On a envie de lui dire : Continuez ! vous brûlez ! Zweig passe tout près de l'idée encore trop paradoxale pour être tout à fait aperçue, même aujourd'hui, de la radicale modernité de la culture brésilienne. Foucault, le philosophe de l'enfermement, est déjà dans la fable de* l'Aliéniste *du romancier Machado de Assis; le chantre des révoltes de la jeunesse, Lautréamont, est dans l'*Athénée, *publié en 1888, mais lu et commenté, contrairement aux* Chants de Maldoror. *La sociologie réserve aussi des surprises.*

Le Brésil n'a-t-il pas le privilège, comme les États-Unis, de tenir dans un livre — Maîtres et esclaves ? *Si Tocqueville cherche le secret de ceux-ci dans la passion démocratique, c'est dans la passion sexuelle que Gilberto Freyre trouve le secret de celui-là. Il est le premier sociologue — il n'y en a pas d'autre avant lui — à avoir repoussé les fondements de toute sociologie jusqu'à la pulsion créatrice. Alors que chez Durkheim la société est dans le groupe; chez Lévi-Strauss dans la tête des hommes; chez Max Weber dans l'éthique; pour Freyre, elle est dans le plaisir, hors de toute contrainte de culture, de race ou de religion. Le Brésil étant le produit du mélange confus et sauvage de Portugais avides, d'Indiennes aimables et d'esclaves noires sans disposition d'elles-mêmes.*

Le Brésil de Zweig est encore un livre de choses vues. Il appartient, à ce titre, à la littérature de voyage. L'auteur a parcouru le pays avec curiosité, à une époque où, même parmi les plus fortunés de ses habitants, il restait une terra incognita. Pas une page ne laisse indifférent. De São Paulo, qu'il n'aime pas, Zweig notera sobrement « la beauté est remplacée par l'énergie ». Passent villes, paysages et formules. Pour notre enchantement comme pour notre présent d'Européens à nouveau rentrés en grâce dans l'histoire, réjouissons-nous que Zweig revienne si fort à la mode. Il ne s'agit sans doute pas d'une passade de l'édition, mais d'un signe que la jeunesse sensible devine dans l'auteur du Joueur d'échecs, son dernier roman écrit au Brésil, une figure d'Européen aujourd'hui possible.

SOMMAIRE

INTRODUCTION

Autrefois, avant d'offrir un ouvrage au public, les écrivains avaient l'habitude de le faire précéder d'un petit avant-propos dans lequel ils exprimaient sincèrement les raisons, les points de vue et les intentions qui les avaient poussés à l'écrire. C'était une bonne habitude. Car elle établissait, en effet, dès l'abord, entre l'écrivain et ceux pour lesquels il écrivait, une véritable entente, due à la franchise et au discours direct. C'est ainsi que je voudrais, moi aussi, indiquer avec le plus de sincérité possible, ce qui m'a poussé à choisir un sujet aussi visiblement éloigné du champ habituel de mes travaux.

Appelé à me rendre en Argentine, en 1936, au Congrès du Pen-Club de Buenos-Aires, je fus aussi invité à visiter en même temps le Brésil. Je n'en attendais rien de très particulier. Je me faisais du Brésil la représentation moyenne et dédaigneuse des Européens et des Américains du Nord, que je m'efforce à présent de la reconstituer : une de ces républiques sud-américaines qu'on ne distingue pas très exactement l'une de l'autre, au climat chaud et malsain, dont la politique est troublée et dont les finances sont désolées, l'administration déficiente, dont seules les villes côtières sont à demi-civilisées, mais aux beaux paysages et avec de nombreuses possibilités inutilisées — en somme, un pays pour émigrants désespérés ou pour colons, mais dont on ne pouvait à aucun titre attendre une impulsion pour l'esprit. Il me semblait que pour quelqu'un, qui n'était professionnellement ni géographe ni collectionneur de papillons, ni chasseur, ni négociant, ni sportif, dix jours constituaient un risque suffisant. Huit, dix jours et puis rentrer vivement, voilà ce que je me disais, et je ne rougis pas de souligner toute l'absurdité de ma conception. Je considère même comme très important de le faire car elle est encore aujourd'hui celle de la plupart des Européens et Nord-Américains. Du point de vue de la culture, le Brésil est aujourd'hui terra incognita, autant qu'elle l'était du point de vue de la géographie pour les premiers navigateurs. Je ne cesse de m'étonner de la confusion et de l'insuffisance des idées à propos de ce pays, chez des hommes même cultivés et prenant intérêt à la politique, alors que le Brésil est sans aucun doute destiné à être un facteur des plus importants dans le développement ultérieur de notre monde. C'est ainsi que, sur le bateau, alors qu'un commerçant de Boston parlait sur un ton plutôt négligeant des petites républiques sud-américaines et que j'essayais de lui rappeler que le Brésil, à lui tout seul, a un territoire plus vaste que celui des États-Unis, il crut d'abord que je plaisantais et ne se laissa persuader que par la carte. Ou bien, j'avais trouvé dans le roman d'un auteur anglais très connu ce détail savoureux : il envoyait son héros à Rio de Janeiro, pour qu'il y apprît l'espagnol. Mais il n'est pas le seul à ne pas savoir qu'on parle le portugais au Brésil. Cependant, comme je l'ai dit, il ne m'appartient pas de mépriser les autres pour la faiblesse de leurs connaissances, quand moi-même, en quittant l'Europe pour la première fois, je ne savais rien ou rien de solide sur le Brésil.

Puis vint le débarquement à Rio, une des impressions les plus puissantes de ma vie. J'étais à la fois fasciné et bouleversé. Car ce qui se présentait à moi n'était pas seulement un des plus magnifiques paysages de la terre, cette combinaison unique de mer et de montagne, de ville et de nature tropicale, mais encore une forme toute nouvelle de civilisation. Je découvris contre toute attente l'ordre et la netteté architecturale d'un urbanisme tout à fait personnel, de la hardiesse et de la grandeur dans toutes les nouveautés, en même temps qu'une culture ancienne, préservée avec un bonheur tout spécial par la distance. Il y avait là de la couleur et du mouvement, l'œil étonné ne se lassait pas de regarder, et où que portât le regard, c'était pour sa félicité. Une griserie de beauté et de bonheur s'empara de moi, excitant mes sens, tendant mes nerfs, élargissant mon cœur, emplissant mon esprit, et quoi que je visse, ce n'était jamais assez. Les derniers jours, je partis pour l'intérieur, ou plus exactement, je crus partir pour l'intérieur. Je voyageai douze, quatorze heures jusqu'à Sao Paulo, jusqu'à Campinas, persuadé que je me rapprochais du cœur de ce pays. Mais je vis, sur la carte, au retour, qu'avec ces douze ou quatorze heures de chemin de fer, j'avais tout juste pénétré sous la peau; je commençai pour la première fois à soupçonner la grandeur inconcevable de ce pays, qu'on devrait en réalité à peine appeler un pays, mais plutôt un continent, un monde, où il y a de l'espace pour trois cents, quatre cents, cinq cents millions d'hommes, et sous cette terre luxuriante et vierge, une richesse immense, dont la millième partie à peine est exploitée. Un pays dont la rapide évolution, en dépit de tout ce qui se fabrique, se construit, se crée et s'organise, ne fait que commencer. Un pays dont l'importance pour les générations futures est incalculable, quelque hardies que puissent être les prévisions. Et il faut voir avec quelle rapidité fond le dédain européen que j'avais avec la plus extrême légèreté emporté comme bagage : je compris que je venais de jeter un regard sur l'avenir de notre monde.

Lorsque le bateau repartit, par une nuit étoilée, où cette ville unique brillait de toutes les perles de son éclairage électrique et d'un éclat plus mystérieux que le firmament, j'étais sûr de n'avoir pas vu cette ville, ni ce pays pour la dernière fois, et il m'apparaissait très clairement aussi que je n'avais en vérité rien vu, et, en tous cas, très insuffisamment. Je me promis de revenir l'année suivante, mieux préparé et pour un plus long séjour, afin d'éprouver encore et avec plus de force ce sentiment de vivre dans ce qui allait venir, dans le devenir, dans le futur, et pour jouir, plus consciemment encore, de la certitude de la paix, de la bonne atmosphère d'hospitalité. Mais je ne pus être fidèle à ma promesse. L'année suivante, l'Espagne était en guerre, et on se disait qu'il valait mieux attendre des temps plus tranquilles. En 1938, ce fut la chute de l'Autriche, et il fallut encore attendre un moment plus tranquille. Puis, en 1939, ce fut le tour de la Tchéco-Slovaquie, puis la guerre en Pologne, puis la guerre de tous contre tous, dans notre Europe qui s'assassine elle-même. Le désir d'échapper à un monde en train de se détruire, pour me trouver, ne fût-ce que quelque temps, dans un autre, dont les créations s'élèvent paisiblement, se faisait chaque jour plus ardent, et je revins enfin dans ce pays, mieux et plus solidement préparé qu'avant, pour essayer d'en faire un court portrait.

Je sais que le tableau est loin d'être complet et qu'il ne saurait l'être. Il est impossible de connaître entièrement ce vaste monde qu'est le

Brésil. J'y ai passé six mois et ce n'est que maintenant que je sais tout ce qui me manque, pour avoir vraiment une vue complète de cet immense pays, et qu'une vie entière y suffirait à peine, quelle qu'ait pu être mon ardeur à apprendre et à voyager. En premier lieu, il y a toute une série de provinces que je n'ai pas vues du tout, chacune d'elles étant aussi grande ou plus grande que la France ou l'Allemagne ; je n'ai même pas effleuré les régions de Matto Grosso, Goyaz, ni les déserts de l'Amazone, que les expéditions scientifiques elles-mêmes n'ont pas achevé d'explorer. Je ne suis, par conséquent, pas familiarisé avec la vie primitive des colonies dispersées dans ces espaces gigantesques, et ne peux rendre perceptible l'existence de gens dont les métiers ont à peine été touchés par la civilisation : je ne connais pas la vie des « barqueiros », qui naviguent sur les torrents, ni celle des « caboclos » de la région de l'Amazone, ni celle des chercheurs de diamants, les « garimpeiros », ni celle des éleveurs de bétail, les « vaqueiros » et « gauchos », ni celle des travailleurs dans les plantations de caoutchouc de la forêt vierge, les « seringueiros » ou les « baranqueiros » de Minas Geraes. Je n'ai pas visité les colonies allemandes de Santa Catarina où, paraît-il, on trouve encore dans les vieilles maisons, le portrait de l'empereur Guillaume, tandis que les nouvelles s'ornent de celui d'Adolf Hitler ; ni les colonies japonaises de l'intérieur de Sao Paulo, et ne peux dire à personne, avec certitude, si vraiment, dans les forêts impénétrables, il y a encore des tribus indiennes qui s'adonnent au cannibalisme.

Il en est de même des curiosités naturelles dont quelques-unes parmi les plus importantes ne me sont connues que par le livre et l'image. Je n'ai pas remonté, pendant vingt jours, les verts déserts de l'Amazone, grandioses dans leur monotonie ; je ne suis pas arrivé jusqu'à la limite du Pérou et de la Bolivie ; obligé, en raison de la saison défavorable et des difficultés de la navigation, de renoncer à un voyage de douze jours sur le Rio San-Francisco, je n'ai pas vu le puissant fleuve intérieur brésilien, si important du point de vue historique. Je n'ai pas escaladé le Mont Itaiata, haut de trois mille mètres, d'où l'on a une vue sur le haut plateau brésilien avec tous ses sommets, jusqu'à Minas Geraes et Rio de Janeiro. Je n'ai pas vu l'Iguassù, cette merveille du monde, qui précipite en cataracte écumante les plus puissantes masses d'eau et dont les visiteurs disent qu'il est de beaucoup plus grandiose que le Niagara. Je ne suis pas entré avec hache et couteau dans la sombre et chatoyante épaisseur de la forêt vierge. Quoique j'aie beaucoup circulé, regardé, lu, appris et cherché, je n'ai pas dépassé beaucoup le domaine de la civilisation au Brésil, et je m'en console à la pensée que c'est à peine si j'ai rencontré deux ou trois Brésiliens qui puissent prétendre connaître la profondeur intérieure, à peu près impénétrable, de leur propre pays ; et aussi, à la pensée que les chemins de fer, les bateaux à vapeur et les autos ne m'auraient pas conduit beaucoup plus loin, impuissants, eux aussi, contre la fantastique étendue de ce pays.

Soucieux de vérité, il faut aussi que je renonce à émettre des conclusions définitives, des prévisions, ou à faire des prophéties sur l'avenir économique, financier et politique du Brésil. Les problèmes économiques, culturels, politiques du Brésil sont si neufs, si particuliers et, surtout, en raison de ses dimensions, se présentent d'une façon si difficile à résumer, qu'il faudrait, pour expliquer chacun d'eux comme il faut, toute une équipe de spécialistes. Une vue d'ensemble qui embrasse tout, est impossible dans un pays qui n'a encore de lui-même aucune vue d'ensemble et qui, de plus, se trouve en une période de croissance, si tumultueuse que tous les jugements et toutes les statistiques deviennent caduques tandis qu'on les écrit ou les imprime.

C'est pourquoi devant l'abondance des questions, j'ai voulu donner une importance toute spéciale à un problème qui, à mon sens, est plus actuel et donne aujourd'hui, au Brésil, entre toutes les nations de la terre sur le plan spirituel et moral, une place particulière.

Ce problème central qui se pose à toutes les générations et, par suite, aussi à la nôtre, c'est la réponse à la question la plus simple et en même temps la plus nécessaire : comment les hommes peuvent-ils arriver à vivre en paix sur la terre, en dépit de toutes les différences de races, de classes, de couleurs, de religions et de convictions ? C'est le problème qui revient sans cesse et se pose impérieusement à toutes les sociétés, à tous les États. Pour aucun pays, en raison d'une constellation particulièrement complexe, le problème ne s'est posé plus dangereusement que pour le Brésil, et aucun pays — et c'est pour lui en marquer ma reconnaissance que j'écris ce livre — ne l'a résolu d'une façon plus heureuse et plus exemplaire que le Brésil. D'une façon qui, à mon avis, mérite, non seulement l'attention, mais l'admiration du monde.

Car si le Brésil avait adopté les erreurs racistes et nationalistes de l'Europe, il serait, eu égard à sa structure ethnologique, le pays le plus divisé, le moins paisible et le moins tranquille qui soit au monde. On distingue encore clairement, au premier regard, au marché et dans la rue, les diverses races dont la population est formée. On voit les descendants des Portugais qui ont conquis et colonisé le pays ; on voit la population indienne primitive, qui habite l'arrière-pays depuis des temps immémoriaux ; on voit des millions de nègres, importés d'Afrique au temps de l'esclavage ; on voit des millions d'Italiens, d'Allemands et même de Japonais, qui ont immigré postérieurement. Selon l'état d'esprit européen, il y aurait lieu de s'attendre à ce que chacun de ces groupes se dressât contre l'autre en ennemi, les premiers arrivés contre les derniers, les Blancs contre les Noirs, les Américains contre les Européens, les Bruns contre les Jaunes, que les majorités et les minorités, en lutte continuelle pour la défense de leurs droits et de leurs privilèges, fussent ennemies. A son grand étonnement, on s'aperçoit que toutes ces races, dont les différences sont si ostensiblement soulignées par leur couleur, vivent en parfaite harmonie et, malgré leur origine particulière, ne rivalisent que dans une seule ambition : celle de faire disparaître tout particularisme et de devenir aussi complètement et aussi rapidement que possible brésiliens, d'être fondus en une nation nouvelle. Le Brésil — et l'importance de cette expérience extraordinaire me paraît exemplaire — a mené, de la façon la plus simple, *ad absurdum*, le problème des races qui bouleverse notre monde européen : il a tout simplement ignoré sa prétendue validité. Tandis que dans notre vieux monde, la mauvaise plaisanterie qui consiste à vouloir élever des hommes « de pure race », comme on le ferait pour des chiens ou des chevaux de course, est plus que jamais à l'ordre du jour, la formation de la nation brésilienne repose uniquement, et ceci depuis des siècles, sur le principe du mélange libre et sans obstacles, sur l'égalité absolue des noirs et des blancs, des jaunes et des bruns. Alors que dans les autres pays, l'égalité absolue entre citoyens, dans la vie publique comme dans la vie privée n'existe que théoriquement, sur le papier ou le parchemin, on la trouve au Brésil concrète et apparente, à l'école, dans l'administration, dans les églises, dans les professions, dans l'Armée et dans les Universités. Il est touchant de voir les enfants aller bras dessus bras dessous, dans toutes les nuances de la peau humaine, chocolat, lait et café, et cette fraternité se maintient jusqu'aux plus hauts degrés, jusque dans les académies et les fonctions d'État. Il n'y a aucune frontière de couleur, aucune délimitation, aucune caste orgueilleuse, et rien ne caractérise mieux le naturel de ce côtoiement que l'absence, dans le langage, de toute expression dégradante. Tandis que chez nous, chaque nation a inventé pour l'autre un mot de haine ou de moquerie, le « Katzelmacher » ou le « Boche », on ne trouve ici, dans la langue, aucun mot correspondant de mépris pour le « nègre » ou le Créole : qui pourrait, en effet, qui voudrait ici se targuer de la pureté absolue de sa race ? Il est possible que Gobineau ait exagéré, quand il disait avec irritation qu'il n'avait trouvé au Brésil qu'un homme de race pure, l'empereur Dom Pedro ; mais il est certain qu'à l'exception des nouveaux immigrés, le vrai, le pur Brésilien est justement sûr d'avoir quelques gouttes du sang de son pays dans le sien. Mais, ô merveille ! il n'en a pas honte. Le principe soi-disant destructeur du mélange, cette horreur, ce « péché contre le sang » de nos théoriciens de la race obsédés, est ici un moyen conscient et apprécié de fusion en vue d'une culture nationale. Sur ces bases, une nation s'est élevée avec certitude et constance depuis quatre cents ans et — ô miracle ! — l'afflux constant et l'adaptation réciproque sous le même climat et dans les mêmes conditions d'existence ont élaboré un type très individualisé, qui n'a aucune des caractéristiques de « décomposition » que les fanatiques de la pureté de race annoncent à grands cris. Il est difficile de rencontrer où que ce soit dans le monde, des femmes plus belles et de plus beaux enfants que chez les métis, au corps frêle et au doux tempérament; on voit avec joie dans le visage demi-sombre des étudiants l'intelligence jointe à la politesse et à une muette modestie. Une certaine mollesse, une douce mélancolie fait ici un contraste nouveau et très personnel avec le type plus actif et plus âpre de l'Américain du Nord. Ce qui se « décompose » dans ce mélange, ce sont uniquement les oppositions violentes et par là même dangereuses. Cette fusion systématique des groupes nationaux ou raciaux fermés, fermés surtout pour se combattre, a facilité infiniment la création d'une conscience nationale unie, et il est étonnant de voir combien la seconde génération se sent déjà tout à fait brésilienne. Ce sont toujours les faits, dans leur force visible et indéniable, qui ont raison contre les théories livresques des dogmatiques. C'est pourquoi l'expérience brésilienne, par la négation totale et consciente de toute discrimination de couleur et de race, apporte peut-être la contribution la plus importante à la liquidation d'une erreur, qui a engendré plus de discordes et de maux que n'importe quelle autre.

Et voici pourquoi le voyageur se sent comme libéré d'un poids, dès qu'il met le pied dans ce pays. Il attribue d'abord ce sentiment libérateur et bienfaisant uniquement à la joie des yeux, à la pénétration heureuse de cette beauté unique en son genre, qui attire l'arrivant comme le feraient deux bras largement ouverts. Mais bientôt il se rend compte que cette harmonieuse disposition de la nature s'est étendue aussi à la manière de vivre de toute une nation. Cette absence totale de la moindre haine dans la vie publique comme dans la vie privée accueille celui qui a fui la folle surexcitation européenne, d'abord comme quelque chose d'incroyable et bientôt comme un bienfait incommensurable. Cette effroyable tension qui exaspère nos nerfs depuis plus de dix ans est ici presque complètement suspendue; même les conflits sociaux sont ici remarquablement moins aigus et moins envenimés. La politique, avec toutes ses perfidies, n'est pas encore l'axe de la vie privée, ni le centre de toutes les pensées et de tous les sentiments. La première des surprises qu'on a dans ce pays — et elle se renouvelle avec bonheur chaque jour — c'est de voir la manière amicale et sans fanatisme dont les hommes vivent entre eux au sein de cet espace gigantesque. Sans doute, il y a ici plus de laisser-aller dans la conduite de la vie. Sous l'influence du climat lénifiant, les hommes développent moins de force combative, moins de véhémence, moins de dynamisme, c'est-à-dire ces qualités dans lesquelles aujourd'hui, par une tragique surestimation, on veut voir les valeurs morales d'un peuple; mais nous qui éprouvons dans notre chair les épouvantables conséquences de cette surtension psychique, de cette avidité et de cette fureur de puissance, nous goûtons comme un bienfait et un bonheur cette forme de vie plus douce et plus abandonnée. Rien n'est plus loin de mon dessein que de vouloir donner à croire que tout au Brésil soit déjà idéal. Il y a beaucoup de choses qui ne font que commencer ou qui sont en état de transition. Les conditions d'existence d'une grande partie de la population sont encore très au-dessous des nôtres. Les industries, les techniques de ce peuple de cinquante millions d'habitants ne sont encore comparables qu'avec celles d'un petit État européen. Les rouages administratifs n'ont pas encore un fonctionnement parfait et révèlent souvent de désagréables arrêts. Si on s'enfonce de cent lieues dans l'intérieur du pays, on recule en même temps de cent ans en arrière dans le primitif. Celui qui vient pour la première fois devra d'abord s'adapter, dans la vie quotidienne, à de petites inexactitudes, à de petites négligences, à un certain laisser-aller; certains voyageurs qui ne voient le monde qu'à travers l'hôtel ou l'auto, peuvent s'offrir le luxe de rentrer de leur voyage avec le sentiment orgueilleux de leur supériorité de civilisés qui ont trouvé le Brésil arriéré et laissant à désirer. Mais les événements des dernières années ont changé notablement nos idées sur la valeur des mots « civilisation » et « culture ». Nous n'avons plus envie d'en faire tout simplement les synonymes d'« organisation » et de « confort ». Rien n'a davantage contribué à cette fatale erreur que la statistique qui, science mécanique, calcule le revenu d'un pays et la part de chacun dans ce revenu, le nombre d'autos, de salles de bains, de radios, de primes d'assurances par tête. D'après ces tableaux, les peuples les plus cultivés et les plus civilisés seraient ceux qui ont la plus forte production, qui ont la plus grande consommation et le revenu individuel le plus élevé. Mais il manque à ces tableaux un élément important, le calcul du sentiment humain, qui d'après nous donne l'échelle réelle de la culture et de la civilisation. Nous avons pu voir que l'organisation la plus développée n'a pas empêché les peuples de diriger cette organisation uniquement dans le sens de la bestialité au lieu de celui de l'humanité, et qu'au cours d'un quart de siècle, notre civilisation s'est abandonnée elle-même pour la seconde fois. Nous ne sommes donc plus disposés à classer un peuple selon sa puissance industrielle, financière ou militaire, mais au contraire à placer le degré d'exemplarité d'un pays dans ses sentiments pacifiques et ses dispositions humaines.

Dans ce sens-là — le plus important à mon avis — le Brésil me paraît l'un des pays du monde les plus dignes d'être aimés et d'être donnés en exemple. C'est un pays qui hait la guerre ou, mieux encore, qui l'ignore pour ainsi dire. Depuis plus d'un siècle — si l'on excepte l'incident paraguayen, provoqué sans raison par un dictateur devenu fou — le Brésil a réglé tous ses incidents de frontières avec ses voisins par des accords amiables et des appels aux tribunaux internationaux d'arbitrage. Sa fierté et ses héros, ce ne sont pas des généraux, mais des hommes d'État comme Rio Branco, qui ont réussi à éviter la guerre par leur bon sens et leur esprit de conciliation. Le Brésil, replié sur lui-même, sa frontière territoriale, n'a aucun désir de conquête, aucune tendance impérialiste. Aucun voisin n'a quelque chose à lui demander, pas plus qu'il ne demande rien à ses voisins. Sa politique n'a jamais menacé la paix du monde, et même à une époque pleine d'imprévu comme la nôtre, on ne peut imaginer que cette base de sa pensée nationale, cette volonté de compréhension et de sociabilité puisse jamais se modifier. Car cette volonté de conciliation, cette attitude humaine n'est pas la tournure d'esprit accidentelle d'un souverain ou d'un dictateur; c'est ici le résultat naturel du caractère du peuple, de la tolérance native du Brésilien qui s'est toujours affirmée au cours de son histoire. Seul parmi les nations ibériques, le Brésil n'a pas connu de sanglantes persécutions religieuses; les bûchers de l'Inquisition n'ont jamais flambé ici; en aucun pays, les esclaves n'ont été, relativement, aussi humainement traités. Il n'est pas jusqu'à ses bouleversements intérieurs qui n'aient été accomplis presque sans effusion de sang. Les deux rois et l'empereur que sa volonté d'indépendance chassa du pays purent le quitter sans être le moins du monde importunés et, par suite, sans haine. Depuis que le Brésil est indépendant, même quand des coups d'État ou des soulèvements ont échoué, leurs promoteurs n'ont pas eu à le payer de leur vie. Le gouvernement de ce peuple, quel qu'il ait été, a toujours été inconsciemment obligé de s'adapter à cette volonté de conciliation; ce n'est pas par hasard que le Brésil, pendant plusieurs dizaines d'années seule monarchie au milieu de tous les États d'Amérique, a eu pour empereur le plus libéral, le plus démocrate de tous les souverains couronnés, et qu'il connaît aujourd'hui, tout en figurant au nombre des dictatures, plus de liberté individuelle et plus de satisfaction que la plupart de nos États européens. C'est pourquoi nous pouvons fonder sur le Brésil, dont la volonté est uniquement tendue vers une construction paisible, nos meilleurs espoirs pour la civilisation et la libération futures de notre monde ravagé par la haine et l'erreur. Mais lorsque nous voyons des forces morales à l'œuvre, c'est notre devoir de venir soutenir une telle volonté. Lorsque, dans notre temps bouleversé, nous voyons encore des zones d'espoir pour un nouvel avenir, c'est notre devoir d'attirer l'attention sur ce pays, sur ces possibilités.

Et c'est pourquoi j'ai écrit ce livre.

HISTOIRE

Pendant des milliers et des milliers d'années, le gigantesque continent brésilien, avec ses bruissantes forêts d'un vert sombre, ses montagnes et ses fleuves, et la rumeur rythmée de la mer, était demeuré inconnu et innommé. Soudain, le soir du 22 avril 1500, on vit briller à l'horizon des voiles blanches : des caravelles pansues, la croix rouge du Portugal sur les voiles, s'approchent et, le lendemain, les premières chaloupes abordent la rive étrangère.

C'est la flotte portugaise sous le commandement de Pedro Alvarez Cabral, qui était partie en mars 1500 de l'embouchure du Tage, pour renouveler l'inoubliable voyage de Vasco de Gama, chanté par Camoëns dans les « Lusiades », ce « feito nunca feito » autour du Cap de Bonne-Espérance vers les Indes. Visiblement, des vents contraires ont poussé les vaisseaux si loin de la route de Vasco de Gama, le long de la côte africaine, qu'on a abordé sur cette île inconnue — car c'est d'abord le nom d'Ile de Sainte-Croix qu'on donne à cette côte, dont on ne soupçonne pas l'étendue. Ainsi, la découverte du Brésil, dans la mesure où l'on ne considère pas comme des prédécouvertes les voyages d'Alfonso Pinzon dans le voisinage de l'Amazone, ni les voyages douteux de

Vespucci, paraît n'avoir été octroyée au Portugal et à Cabral que par une conjoncture particulière du vent et des flots. Il y a longtemps toutefois que les historiens ne sont plus enclins à croire à ce « hasard », car Cabral avait emmené le pilote de Vasco de Gama qui connaissait le chemin le plus court, et la légende des vents contraires est infirmée par le témoignage de Pedro Vaz de Caminha, qui se trouvait à bord et note sans ambiguïté qu'ils étaient partis du Cap Vert « sem haver tempo forte ou contrario ». Comme nulle tempête ne les a poussés si loin vers l'ouest, il faut donc, puisqu'ils atterrissent brusquement au Brésil, au lieu du Cap de Bonne-Espérance, qu'ils l'aient fait avec une intention précise, ou bien — ce qui est encore plus probable — que Cabral ait poussé si loin vers l'ouest sur un ordre secret de son Roi; ce qui confirme cette probabilité, c'est que la couronne portugaise avait connaissance, longtemps avant la découverte officielle, de l'existence et de la situation géographique du Brésil. Il y a ici encore un grand secret enfoui : les documents qui s'y rapportent ont disparu lors du tremblement de terre de Lisbonne qui a détruit toutes les archives, et il est probable que le monde ignorera toujours le nom du premier et véritable auteur de la découverte. Il semble que, tout de suite après la découverte de l'Amérique par Christophe Colomb, un vaisseau portugais ait été envoyé pour se renseigner sur ce nouveau continent, et qu'il soit revenu avec un nouveau message; ou bien — on a aussi à ce propos certains points de repère — qu'avant même que Colomb se soit fait donner audience, la couronne portugaise était déjà informée, d'une façon plus ou moins précise, de l'existence de ce pays dans l'Extrême-Ouest. Mais quoi que le Portugal ait su, il se gardait bien d'en donner connaissance à sa jalouse voisine; au siècle des découvertes, la couronne considérait comme des secrets d'État militaires ou commerciaux tous les renseignements d'ordre nautique, et leur communication à des puissances étrangères était punie de mort. Cartes, portulans, routes maritimes, rapports de pilotes étaient, telles des pierres précieuses ou de l'or, enfermés dans la Tesoraria, la chambre du Trésor de Lisbonne; et, dans ce cas particulier, une divulgation prématurée était impossible, car il résultait de la bulle pontificale « Intercætera » que tous les territoires à cent lieues du Cap Vert, direction ouest, appartenaient légalement à l'Espagne. Une découverte officielle en deçà de cette zone aurait, faite trop tôt, augmenté les possessions du voisin et non les siennes. Ce n'était, par conséquent, en aucune façon l'intérêt du Portugal de rendre prématurément publique une telle découverte (à supposer qu'elle ait été positivement faite). Il fallait d'abord avoir l'assurance légale que le nouveau territoire n'appartenait pas à l'Espagne, mais revenait à la Couronne portugaise, et ceci, le Portugal, avec une remarquable prévoyance, l'avait fait fixer par le Traité de Tordesillas, le 7 juin 1494, soit très peu de temps après la découverte de l'Amérique : aux termes de ce traité, la zone portugaise s'étendait sur 370 lieues à l'ouest du Cap Vert — au lieu des cent lieues primitives — c'est-à-dire exactement assez pour englober la côte brésilienne qui n'avait pas encore été découverte. Si tout cela est dû au hasard, c'est, en tous cas, un hasard qui concorde admirablement avec le détour que fait Pedro Alvarez Cabral par rapport à la route normale et qui, autrement, serait inexplicable.

L'hypothèse que font nombre d'historiens d'une connaissance antérieure du Brésil et d'instructions secrètes données à Cabral par le Roi, d'avoir à manœuvrer vers l'ouest pour découvrir la nouvelle terre par « un merveilleux hasard » — « milagrosamente », comme il l'écrit au roi d'Espagne — cette hypothèse est rendue plus vraisemblable que l'autre, en raison du ton dont le chroniqueur de la flotte, Pedro Vaz da Caminha, rend compte au Roi de la découverte du Brésil. Il ne manifeste ni étonnement, ni enthousiasme, d'avoir abordé inopinément sur la terre neuve, mais se borne à enregistrer le fait sèchement et comme une chose toute naturelle ; le second chroniqueur anonyme se borne lui aussi à dire « che ebbe grandissimo piacere ». Aucune parole de triomphe, aucune des habituelles conjectures de Colomb et de ses successeurs sur la possibilité d'avoir atteint l'Asie — rien qu'une froide notation qui paraît plutôt enregistrer un fait connu qu'en annoncer un nouveau. Ainsi la gloire de la découverte du Brésil, déjà contestable par l'atterrissage de Pinzon au nord de l'Amazone, pourrait peut-être, à l'aide de nouveaux documents, être valablement retirée à Cabral ; mais tant que cette documentation fait défaut, c'est la date de ce 22 avril 1500 qui doit être retenue pour l'entrée de cette nouvelle nation dans l'histoire du monde.

La première impression que fait le nouveau pays sur les navigateurs qui viennent d'atterrir est excellente : terre fertile, vents doux, eau fraîche et potable, produits abondants, une population amicale dont il n'y a rien à craindre. Tous ceux qui dans les années suivantes abordent au Brésil répètent les paroles lyriques d'Amerigo Vespucci qui, arrivé un an après Cabral, s'écrie : « Si le paradis terrestre existe quelque part sur la terre, il ne peut être loin d'ici ! » Les habitants, venus à la rencontre des explorateurs, dans l'innocent costume de leur nudité, et qui montrent leurs corps dévêtus avec autant de simplicité que leurs visages — « con tanta innocencia como o rostro » — les reçoivent amicalement. Les hommes accourent, curieux et pacifiques; mais ce sont surtout les femmes qui, par l'harmonie de leurs corps et leur complaisance rapide et sans préférence (que tous les chroniqueurs postérieurs vanteront avec reconnaissance), font oublier aux navigateurs leurs longues semaines de privations. On ne procède pas pour le moment à une réelle prise de possession ou à une exploration de l'intérieur du pays, car après avoir rempli sa mission secrète, Cabral doit atteindre aussi vite que possible le but officiel de son voyage, l'Inde. Le 2 mai, après un arrêt qui n'a pas duré plus de dix jours, il met le cap sur l'Afrique, après avoir donné à Gaspard de Lemos l'ordre de croiser avec un bateau le long de la côte, dans la direction du nord, et de s'en retourner ensuite à Lisbonne avec la nouvelle de la découverte du pays et quelques échantillons de ses fruits, de ses plantes et de ses animaux.

La nouvelle que la flotte de Cabral a découvert ce nouveau pays, soit en remplissant une mission secrète, soit par pur hasard, est accueillie au Palais royal avec satisfaction, mais sans véritable enthousiasme. On la transmet au Roi d'Espagne dans des lettres officielles pour s'assurer la possession légale, mais cependant la communication que le nouveau pays est « nem ouro nem prata, nem nenhuma cousa de metal » donne tout d'abord peu de prix à la découverte. Le Portugal a découvert tant de pays dans les dernières décades et a pris possession d'une si énorme portion d'univers, qu'il a, en réalité, épuisé la faculté d'absorption du petit pays qu'il est. La nouvelle route des Indes lui assure le monopole des épices et, par cela seul, une richesse incommensurable; on sait à Lisbonne, qu'à Calcutta, à Malacca, la splendeur des pierres précieuses, des étoffes de prix, des porcelaines, des épices, devenue légendaire depuis des centaines d'années, est là, à portée d'une entreprise hardie, et l'impatience de s'approprier d'un seul coup tout ce monde de civilisation supérieure et de splendeur orientale porte le Portugal à un paroxysme d'audace et d'héroïsme dont il est difficile de trouver l'équivalent dans l'histoire du monde. Les « Lusiades » elles-mêmes, cette épopée, n'arrivent qu'à peine à donner une idée de cette aventure, de cette nouvelle expédition d'Alexandre, entreprise par une poignée d'hommes pour conquérir, avec une douzaine de bateaux exigus, trois continents à la fois et la totalité de l'Océan inconnu par surcroît. Car le pauvre petit Portugal, qui s'est libéré de la domination arabe il y a deux cents ans à peine, n'a pas d'argent liquide ; chaque fois qu'il arme une flotte, le Roi est obligé de donner d'avance en gage le profit aux marchands et aux changeurs. En outre, il n'a pas assez de soldats pour combattre à la fois les Arabes, les Indiens, les Malais, les Africains, les sauvages, et pour laisser sur tous les points des trois continents des garnisons et des fortifications. Et pourtant, le Portugal tire de soi-même, comme par miracle, toutes ses forces ; chevaliers, paysans et, comme le remarque une fois Colomb avec colère, jusqu'à des « tailleurs » abandonnent leurs maisons, leurs femmes, leurs enfants, leurs métiers, et affluent de tous les coins du pays vers les ports, sans s'effrayer de ce que, selon le célèbre mot de Barros « l'Océan est la tombe la plus fréquente des Portugais ». Car le mot Indes a une puissance magique. Le Roi sait qu'un bateau qui revient de ce pays de Golconde paye pour dix autres qui sont perdus ; qu'un homme qui résiste aux tempêtes, aux naufrages, aux combats, aux maladies, revient riche pour lui et ses héritiers. Maintenant que la porte du trésor du monde d'alors a été forcée, personne ne veut plus rester dans la « pequena casa » de la patrie, et l'éblouissement de ce désir donne au Portugal une extase de force et de courage qui rend, pour un siècle, possible l'impossible et vrai l'invraisemblable.

Dans ce tumulte des passions, un événement historique comme la découverte du Brésil passe à peu près inaperçu, et rien n'est plus caractéristique de ce peu d'intérêt que le fait que Camoëns, dans son poème héroïque, n'ait pas, par un seul vers, entre des milliers, fait la plus petite allusion à la découverte ou à l'existence du Brésil. Les matelots de Vasco de Gama ont rapporté des étoffes précieuses, des bijoux, des joyaux et des épices et surtout la nouvelle qu'il y avait mille et mille fois plus de butin à prendre dans les palais des Zamorin et des Rahjas. Quelle pauvreté, à côté de cela, rapportait Gaspard de Lemos ! Une paire de perroquets multicolores, des échantillons de bois, quelques fruits et la nouvelle réfrigérante qu'il n'y avait rien à prendre aux hommes nus de là-bas. Il n'a pas rapporté la plus petite poussière d'or, pas une pierre précieuse, pas d'épices, aucune de ces choses de prix dont une poignée vaut davantage que des forêts entières de bois du Brésil, des trésors qu'on peut rafler facilement avec quelques coups d'épée ou quelques coups de canon, tandis que les troncs d'arbres doivent être abattus, avant qu'on puisse les débiter, les embarquer et les vendre. Si cette Isla ou Terra de Santa-Cruz possède des richesses, ce ne peuvent être que des richesses en puissance qu'on n'arrachera à la terre qu'après des années de travail épuisant. Mais ce dont le Roi du Portugal a besoin, c'est de gains rapides, faciles à atteindre pour payer ses dettes. Ce qui compte, par conséquent, ce sont les Indes, l'Afrique, les Moluques, l'Orient ! C'est ainsi que le Brésil deviendra la Cordelia de ce Roi Lear, celle des trois sœurs Asie, Afrique et Amérique qui est dédaignée, et la seule, cependant, qui lui restera fidèle aux heures de détresse.

Ce n'est donc que pour répondre à la rigoureuse logique de la nécessité que le Portugal, tout étourdi de ses fantastiques succès, s'est, d'abord, à peine intéressé au Brésil; le nom ne pénètre pas dans le peuple, il n'occupe pas l'imagination. Les géographes allemands et italiens dessinent bien la ligne de la côte sous le nom de « Brassil » ou « Terre dos Papagaios » au petit bonheur sur leurs cartes, mais la Tierra de Santa Cruz, ce pays vert et vide, n'a rien qui exerce un attrait sur les navigateurs ou les aventuriers. Cependant si le roi Manuel n'a ni le loisir ni l'envie de protéger et d'exploiter convenablement le nouveau pays, il n'a en même temps nulle intention de permettre à qui que ce soit de s'en adjuger la plus petite parcelle, car le Brésil protège sa route maritime vers l'Inde. Mais le Portugal, grisé par sa chance et son désir de conquête, voudrait bien couvrir la terre entière de sa petite main. Avec adresse, constance et ténacité, il lutte contre l'Espagne pour lui faire admettre que le territoire fait partie de sa zone à lui, aux termes du traité de Tordesillas; c'est tout juste si un conflit peut être évité entre les deux États à propos d'un pays qu'aucun des deux ne convoite vraiment, pas plus qu'il ne leur est nécessaire, car l'un comme l'autre ne veulent que de l'or et des pierres rares. Mais ils aperçoivent à temps tous deux la folie que ce serait de prendre les armes l'un contre l'autre, quand chaque homme et chaque boulet leur sont tellement indispensables pour le pillage des nouveaux mondes qui leur sont tombés du ciel. Une entente intervient en 1506 qui confirme le droit que le Portugal n'avait exercé jusqu'alors sur le Brésil que théoriquement.

Il n'y a, dès lors, plus rien à craindre de l'Espagne, la puissante voisine. Mais les Français, qui sont arrivés un peu tard au partage de la terre entre l'Espagne et le Portugal, commencent à consacrer leur intérêt à cette vaste portion de beau territoire encore inorganisé et non colonisé. On voit de plus en plus fréquemment apparaître des bateaux venus de Dieppe ou du Havre pour charger du bois du Brésil, et le Portugal n'a dans les ports ni bateaux, ni soldats, pour résister aux attaques des pirates. Son titre légal est de papier et en quelques coups de main rapides, avec cinq, peut-être même avec trois bateaux armés, la France pouvait, si elle le voulait, s'emparer de toute la colonie. Pour défendre la côte très étendue, il faut absolument faire une chose : la coloniser. Si la Couronne veut faire du Brésil une terre portugaise et la conserver comme bien propre, il faut qu'elle se décide à y envoyer des Portugais. Le pays, avec son gigantesque espace, avec ses possibilités illimitées, a besoin de bras, veut des bras, et ceux qui arrivent ne cessent de s'agiter pour en réclamer de nouveaux. Depuis le début, au cours de toute l'histoire du Brésil, c'est le même cri : des hommes et encore des hommes ! C'est comme la voix de la nature qui veut croître et se développer et pour sa vraie signification, pour sa grandeur, a besoin de l'aide indispensable de l'homme.

Mais comment trouver des colons dans le petit pays, saigné plus qu'à moitié ? Au moment où commence l'époque de ses conquêtes, le Portugal a, tout au plus, trois cent mille hommes adultes, desquels un bon dixième, les plus forts, les meilleurs, les plus courageux sont partis avec les Armadas, et les neuf dixièmes de ce dixième ont déjà été emportés par la mer, les combats, les maladies. Il devient de plus en plus difficile de trouver des soldats et des matelots, bien que les villages soient dépeuplés et les champs déserts ; et même dans la guilde des coureurs d'aventures, on n'en trouve pas qui veuillent partir pour le Brésil. La couche la plus entreprenante, la plus vaillante, celle des gentilshommes-soldats se récuse; ces Fidalgos savent qu'on ne trouve dans la Tierra de Santa Cruz ni or, ni pierres précieuses, ni ivoire, et pas même de gloire. De leur côté, qu'iraient les savants et les intellectuels faire dans ce désert, coupés de toute civilisation; qu'iraient y faire les commerçants, les marchands, que pourraient-ils négocier dans le pays avec les cannibales nus, que pourraient-ils ramener dans ce va-et-vient, alors qu'un seul frêt des Moluques vaut mille fois le risque? Même les plus pauvres des paysans préfèrent cultiver leur propre terre que d'affronter les cannibales dans cette terre étrangère et inconnue. Ainsi, pas un homme noble ou en place, pas un homme riche ou cultivé qui montre la moindre inclination à s'embarquer pour cette côte déserte; et ce que le Brésil a reçu dans les toutes premières années, c'est tout au plus quelques marins rejetés à la côte, quelques aventuriers et déserteurs de bateaux, restés là par hasard ou par paresse : et ce qu'ils font de mieux pour une colonisation rudimentaire consiste uniquement en la production d'une quantité innombrable de métis, qu'on appelle les « mamelucos » — : un seul d'entre eux s'en voit attribuer trois cents! Mais, dans l'ensemble, ils ne sont jamais plus d'une centaine d'Européens, dans un pays dont la partie connue est déjà à ce moment presque aussi grande que l'Europe.

Il est donc de la plus urgente nécessité d'augmenter l'immigration par l'organisation et la violence. Le Portugal emploie dans ce but la méthode de la déportation, déjà expérimentée heureusement par l'Espagne : tous les alcades du pays reçoivent l'ordre de ne plus condamner les malfaiteurs, s'ils se déclarent prêts à partir pour le nouveau continent. Pourquoi remplir les prisons et entretenir, pendant des années, les criminels aux frais de l'État? On fait mieux, on envoie les « desgregados » à perpétuité au-delà des mers dans le nouveau pays ; là, au moins, ils peuvent encore être utiles à quelque chose. Comme toujours, c'est l'engrais quelque peu impur et âcre qui prépare le mieux la terre pour les futures récoltes.

Les seuls colons qui viennent volontairement, sans chaînes, sans marque flétrissante et sans décision judiciaire, ce sont les Cristaos Novos, les Juifs fraîchement baptisés. Or eux non plus ne viennent pas tout à fait volontairement, mais plutôt par prudence et par crainte. Ils ont au Portugal accepté le baptême plus ou moins sincèrement pour échapper au bûcher, mais ils ont raison de ne pas se sentir tout à fait en sécurité dans l'ombre de Torquemada. Il est préférable, par conséquent, de partir de l'autre côté, dans un pays neuf, tant que la cruelle main de l'Inquisition n'arrive pas jusque par-delà l'Océan. Des groupes formés de ces Juifs baptisés, et aussi de Juifs non baptisés, débarquent dans les villes de la côte et sont, en réalité, les seuls colons appartenant à la bourgeoisie ; ces « cristaos novos » deviendront les plus anciennes familles de Bahia et de Pernambouc et en même temps, les premiers organisateurs du commerce. Avec leur connaissance des marchés mondiaux, ils s'occupent de l'abattage et de l'embarquement du « pao vermelho », du bois du Brésil, qui constitue à cette époque le seul article d'exportation, et pour lequel l'un d'eux, Fernando de Noronha, a obtenu du Roi, par un contrat à long terme, une concession d'exploitation. Il n'y a pas que des bateaux portugais qui viennent chercher ce frêt rare, des navires étrangers viennent maintenant assez régulièrement ; peu à peu, de Pernambouc à Santos, des petites colonies se forment dans les ports, premières cellules des villes futures. Entre-temps, diverses expéditions de petites et grandes flottes ont poussé jusqu'au Rio de la Plata et ont entrepris de reconnaître la côte. Mais en arrière de l'étroite bande qui pour le monde d'alors représente le Brésil, le gigantesque pays demeure inconnu et sans limites.

On avance lentement au cours des trois premières décades, avec une dangereuse lenteur. Les bateaux étrangers, de plus en plus nombreux — et, sans droit, selon la conception portugaise — accostent aux nouveaux ports, pour emporter du bois. En 1530, le Roi se décide enfin à envoyer une petite flotte sous le commandement de Martin Alfonso de Souza pour mettre de l'ordre; celui-ci surprend trois bateaux français en flagrant délit et communique au Roi sa première impression, celle que chacun avait communiquée jusqu'alors : il faut coloniser le Brésil, si on ne veut pas qu'il soit perdu pour la Couronne. Mais comme toujours depuis le commencement de l'époque héroïque, les caisses sont vides; les garnisons aux Indes, les fortifications en Afrique, le maintien du prestige militaire, bref, l'impérialisme portugais absorbe tout capital et toute possibilité d'action. Il faut donc essayer d'un nouveau moyen, « de povoar a terra », ou, plus exactement, d'un moyen qui a déjà fait ses preuves aux Açores et au Cap Vert : provoquer la colonisation par l'initiative privée. Le pays pour ainsi dire inhabité est divisé en douze « Capitanias » et chacune donnée à un homme en pleine propriété transmissible. Il s'engage — c'est, au surplus, dans son propre intérêt — à développer par la colonisation cette portion de terre ou plutôt cet État : car ce que ces capitans reçoivent sont de véritables États, chacun grand comme le Portugal lui-même et quelques-uns aussi grands que l'Espagne ou la France. Un gentilhomme qui ne possède rien au Portugal, un officier qui s'est distingué aux Indes et demande une récompense, un historiographe comme Joao de Barros, auquel le Roi doit de la reconnaissance, ils obtiennent tous d'un trait de plume, un douzième du Brésil, c'est-à-dire une région fantastique, dans l'espoir que, de leur côté, ils attireront là-bas des hommes, et par ce moyen, développeront le pays économiquement et le conserveront indirectement à leur patrie.

Ce premier essai pour introduire une certaine méthode dans la colonisation dispersée au hasard est élaboré avec des vues larges. Les privilèges des donataires sont immenses : outre le droit de battre monnaie, tous les droits de la souveraineté leur sont concédés, moyennant de minimes obligations. S'ils avaient vraiment été capables d'attirer un peuple à eux, leurs enfants et petits-enfants auraient été les égaux de tous les monarques d'Europe. Mais les bénéficiaires sont surtout des gens d'âge qui ont depuis longtemps dépensé le meilleur de leur énergie au service du Roi; ils acceptent certes la terre concédée pour la transmettre à leurs enfants et aux enfants de leurs enfants, mais sans la mettre en valeur pour eux-mêmes par un travail énergique. On constate dans les décades qui suivent qu'il n'y a que deux de ces capitanias, celle de San Vicente et celle de Pernambouc — appelée « nova Lusitania » — qui prospèrent grâce à de rationnelles plantations de sucre. Les autres, par l'indifférence de leurs détenteurs, par le manque de colons, par l'hostilité des indigènes et diverses catastrophes d'origine terrestre ou marine, sont bientôt dans un état d'anarchie complète. Toute la côte menace de tomber en pièces; séparées les unes des autres, sans revenus, sans législation commune, sans police, sans fortifications et sans soldats, les capitanias pouvaient devenir à tout moment la proie de n'importe quelle force ennemie, même de n'importe quel corsaire audacieux. Désespéré, Luis de Goes écrit au Roi le 12 mai 1548 : « Si votre Majesté ne vient pas le plus rapidement possible au secours des Capitanias de la côte, non seulement nous perdrons nos existences et nos possessions, mais votre Majesté perdra tout le pays. » Si le Portugal n'organise pas le Brésil sous une direction unique, le Brésil est perdu. Seul, un représentant du Roi résolu et investi de la puissance militaire, un gouverneur général, peut mettre de l'ordre et regrouper à temps les fragments épars en une unité.

Il a été décisif pour l'histoire du Brésil que le Roi Joao III, répondant en temps utile à l'appel au secours, ait envoyé en février 1549 comme Gouverneur, un homme qui avait déjà fait ses preuves en Afrique et aux Indes, Tomé de Souza, avec la mission de fonder n'importe où, à Bahia de préférence, une capitale d'où, enfin, le pays serait administré avec unité.

Outre les fonctionnaires nécessaires, Tomé de Souza emmène six cents soldats et quatre cents desgregados qui s'établiront ensuite dans la ville ou dans le pays. On débarque aussi les matériaux destinés à la construction de la ville et tout le monde se met aussitôt au travail ; en quatre mois, une muraille fortifiée s'élève pour protéger la place, on construit des maisons et des églises là où il n'y avait auparavant que de misérables huttes de boue. Dans le Palacio do Gobierno, encore très rudimentaire pour le moment, on établit une administration coloniale et une administration municipale, et comme signe visible d'une justice enfin introduite et dont le besoin est extrême, une « carcel » s'élève, première indication permanente qu'un ordre plus sévère allait régner dans l'avenir. Il faut que tous sentent qu'ils ne sont plus des hors-la-loi, des oubliés, des exilés et des sans-patrie, par-delà le droit et le devoir, mais qu'ils sont rattachés à la loi de la patrie. Avec la fondation d'une capitale et l'installation d'un gouverneur, le Brésil, jusqu'ici organisme amorphe, a acquis un cœur et un cerveau.

Tomé de Souza emmène avec lui six cents soldats ou matelots et quatre cents desgregados; mais, pour l'avenir du Brésil, les six hommes en simple froc noir que le Roi lui a adjoints pour la direction religieuse et comme conseillers sont plus importants que ces mille hommes qui apportent leurs bras et leur force. Car ces six hommes apportent le bien le plus précieux dont un peuple et un pays ont besoin : une idée et, en fait, l'idée créatrice du Brésil. Ces six Jésuites ont une énergie neuve et encore complètement inutilisée, car leur Ordre est jeune et rempli d'un saint zèle pour prouver sa signification particulière. Le chef qui l'a fondé, Ignace de Loyola, vit encore, et sa volonté d'ascète, l'airain de sa pensée, son fanatisme au but précis leur donnent encore l'exemple sensible, visible de la maîtrise de soi; comme dans tous les mouvements religieux, l'intensité psychique, la pureté morale sont à leur point le plus élevé chez les Jésuites, dans ces années de début et précédant le succès établi. En 1550, les Jésuites ne sont pas encore la puissance religieuse, mondaine, politique, économique qu'ils doivent devenir dans les siècles suivants — et toute forme de puissance diminue la pureté morale d'un homme comme d'un parti. Ne possédant rien, ni comme individus, ni comme Ordre, ils constituent seulement une volonté précise, un élément purement spirituel, pas encore complètement amalgamé à la terre. Et ils arrivent au moment le plus favorable, car, pour mettre en pratique leur grandiose conception de rétablir par le combat spirituel l'unité religieuse du monde, la découverte des nouveaux continents présente un avantage inouï. Depuis qu'en 1519, à la diète de Worms, l'Allemand brutal a déchaîné la guerre religieuse, l'Église a déjà perdu un tiers, si ce n'est presque la moitié de l'Europe, et le catholicisme, autrefois « ecclesia universalis », a été contraint d'adopter une position défensive. Quel avantage, en conséquence, si l'on pouvait conquérir à temps à la vraie foi ces nouveaux mondes qui viennent de s'ouvrir brusquement et créer ainsi un deuxième et vaste front derrière le premier ! Comme les Jésuites ne demandent rien, ni traitement, ni privilèges, le Roi approuve leur intention de conquérir le nouveau pays à la foi et autorise six de ces « soldats du Christ » à accompagner l'expédition. Mais ces six-là en vérité n'accompagneront pas, ils dirigeront.

Avec ces six hommes quelque chose de nouveau commence au Brésil. Avant eux, tous ceux qui étaient venus l'avaient fait par ordre, par contrainte ou parce qu'ils fuyaient ; jusqu'alors celui qu'un bateau déposait sur ces bords venait emporter quelque chose de ce pays, du bois ou des fruits ou des oiseaux ou du minerai ou des hommes ; personne n'avait pensé à donner au pays quoi que ce soit en échange. Les Jésuites sont les premiers qui ne veulent rien pour eux et ne songent qu'au pays. Ils apportent avec eux des animaux et des plantes pour fertiliser la terre, ils apportent des remèdes pour soigner les hommes, des instruments et des livres pour instruire les ignorants, ils apportent leur foi et l'éducation morale disciplinée de leur chef, ils apportent surtout une idée nouvelle, la plus grande idée colonisatrice de l'Histoire. Avant eux, chez les peuples barbares, et à côté d'eux, sous le régime espagnol, coloniser veut dire exterminer les indigènes ou les transformer en animaux ; selon la morale des conquistadores du seizième siècle, la découverte ne signifie rien d'autre que conquête, subordination, assujettissement arbitraire, esclavage. Eux, au contraire, « os unicos homens disciplinados de seu tempo », comme les définit Euclides da Cunha, pensent par-delà le système de brigandage à la construction, aux générations futures; et dès le premier moment de leur arrivée dans le nouveau pays, ils ont en vue l'instauration de l'égalité morale. C'est justement parce que les aborigènes sont à un niveau inférieur, qu'il ne faut pas, par l'oppression, les réduire à une animalité et à un esclavage encore plus bas, mais au contraire, les élever à la dignité humaine et, par le christianisme, les amener à la civilisation occidentale : par le croisement et l'éducation une nouvelle nation doit éclore ici. C'est grâce à cette idée constructive que le Brésil, conglomérat d'éléments les plus divers et des contrastes les plus frappants, a pu se transformer en un organisme et une unité. Naturellement, les Jésuites n'ignorent pas qu'une entreprise d'une telle portée ne peut être menée tout de suite à bonne fin. Les Jésuites ne sont pas des rêveurs vagues et confus, et leur maître Ignace de Loyola n'est pas un François d'Assise qui croit à la douce fraternité des hommes. Ce sont des réalistes, et leurs exercices les ont dressés à retremper chaque jour leur énergie, pour venir à bout de l'immense résistance de la faiblesse humaine dans le monde. Ils connaissent le danger et la longueur de leur tâche. Mais c'est précisément parce que, dès le commencement, leur fin est tout à fait lointaine, dans un lointain séculaire, éternel même, qu'ils s'élèvent d'une façon si extraordinaire au-dessus des fonctionnaires et des guerriers qui veulent des profits rapides et palpables pour eux-mêmes et pour leur pays. Les Jésuites savent parfaitement que des générations et des générations seront nécessaires pour accomplir le processus de l'« embrasilenamento » et qu'aucun d'eux, alors qu'il apporte à ce commencement l'enjeu de sa vie, de sa santé, de sa force, ne verra jamais lui-même les résultats les plus fugitifs de ses efforts. Ce sont de pénibles semailles qu'ils vont commencer, des investissements pénibles et en apparence désespérés, mais de ce qu'ils se trouvent dans un pays absolument vierge et sans limites, leur ardeur ne fait que croître au lieu d'en être diminuée; et si l'arrivée opportune des Jésuites est une chance pour le Brésil, le Brésil est aussi une chance pour eux, parce que c'est le champ d'action idéal pour leur idée. Ce n'est que parce que personne n'a agi ici avant eux, et parce que personne n'agit à côté d'eux, qu'ils peuvent réaliser une expérience historique dans sa plénitude. Matière et esprit, sujet et forme, un pays vide, totalement inorganisé, et une méthode d'organisation qui n'a pas encore été appliquée, se rencontrent ici pour créer quelque chose de neuf et de vivant.

A cette heureuse rencontre d'une tâche immense avec une énergie plus grande encore, vient s'adjoindre un bonheur particulier qui va se charger de magnifier cette énergie : la présence d'un véritable chef. Manuel de Nobrega — auquel la mission de partir pour le Brésil est confiée par son provincial dans un temps si bref qu'il n'a même pas le temps de recevoir à Rome les instructions personnelles du Maître de l'Ordre, Ignace de Loyola, — est dans la plénitude de sa force. Il a trente-deux ans et a étudié à l'Université de Coïmbre avant d'entrer dans l'Ordre; mais ce n'est pas par la qualité toute spéciale de son érudition théologique qu'il est grand dans l'Histoire, c'est par son énergie exceptionnelle et sa force morale. Nobrega, qui est, d'ailleurs, affligé d'un défaut de prononciation, n'est ni un grand prédicateur comme Vieira, ni un grand écrivain comme

Anchieta. Il est, avant tout, combattant dans l'esprit de Loyola. Au cours des expéditions pour la libération de Rio-de-Janeiro, il est la force entraînante de l'armée et le conseiller stratégique du Gouverneur; dans l'administration, il a les capacités idéales d'un organisateur de génie, et la clarté de ses vues, telle qu'elle se fait sentir dans ses lettres, va de pair avec l'héroïsme de son énergie qui ne redoute aucun sacrifice personnel. Si l'on se borne seulement à faire le compte des voyages qu'il a entrepris au cours de ces années, du Nord au Sud, puis à nouveau vers le Nord et à travers le pays, ces tournées d'inspection comportent déjà des centaines et peut-être des milliers de nuits pleines de dangers et de soucis. Au cours de toutes ces années, il gouverne à côté du Gouverneur, il enseigne au-dessus et aux côtés des maîtres, il crée des villes et fonde la paix, et il n'est pas un événement important à cette époque de l'Histoire du Brésil auquel son nom ne soit attaché. La reprise du port de Rio-de-Janeiro, la création de Sao Paulo et de Santos, la pacification des tribus hostiles et l'érection des collegios, l'organisation de l'enseignement, l'abolition de l'esclavage pour les indigènes, sont, avant tout, son œuvre. On le trouve partout, au commencement; les noms de ses disciples et successeurs Anchieta et Vieira ont bien pu, par la suite, devenir plus populaires dans le pays que le sien, mais ils n'ont fait que continuer à développer ses idées. Ils construisaient sur des fondations déjà posées. Dans l'Histoire du Brésil, cette « obra sem exemplo na historia », c'est de la main de Nobrega qu'a été écrite la première page, et chacun des traits de cette main ferme et énergique est demeuré ineffaçable jusque dans le présent.

Les Jésuites consacrent les premiers jours de leur arrivée à l'examen de la situation. Avant d'enseigner, ils veulent apprendre, et l'un des frères se met immédiatement à étudier la langue des indigènes. Ceux-ci sont encore à l'étage le plus bas du nomadisme primitif. Ils vont complètement nus, ne connaissent aucun travail, ne possèdent ni ornements, ni outillage, fût-ce le plus primitif. Ce dont ils ont besoin pour vivre, ils vont le chercher sur les arbres ou dans les fleuves ; dès qu'une région est épuisée, ils s'en vont plus loin. C'est, en soi, une race douce et aux bonnes dispositions : ils ne se font la guerre entre eux que pour avoir des prisonniers et ils les consomment ensuite au milieu de grandes cérémonies. Mais cet usage cannibale ne vient pas d'une tendance particulièrement cruelle de leur nature ; au contraire, ces Barbares, avant de mettre à mort leur prisonnier, lui donnent leur fille pour femme, et sont aux petits soins pour lui. Quand les prêtres essaient de leur faire perdre l'habitude du cannibalisme, ils se heurtent plutôt à un étonnement stupéfait qu'à une véritable résistance, car ces sauvages vivent tout à fait en dehors de toute connaissance culturelle ou morale, et le fait de manger des prisonniers n'est, pour eux, rien de plus qu'un innocent et solennel plaisir comme boire, danser ou dormir avec les femmes.

Au premier abord, un niveau de vie aussi bas paraît un obstacle insurmontable à l'œuvre des Jésuites ; en réalité, il leur facilite la tâche. Car ces êtres nus ne possédant absolument aucune représentation religieuse ou morale, il est beaucoup plus facile de leur en apporter une, que ce n'est le cas pour des peuples qui ont déjà un culte organisé et chez lesquels les sorciers et les prêtres se dressent âprement contre les missionnaires. La population brésilienne aborigène, elle, est une

« page blanche », un « papel branco », comme dit Nobrega, qui accepte docilement et sans résistance les nouvelles prescriptions et laisse le champ libre à tout enseignement. Surtout, ces aborigènes reçoivent les « brancos », les prêtres, sans aucune méfiance : « Onde quer que vamos, somos recibidos con grande boa vontade ». Ils se laissent baptiser sans hésitation et suivent les prêtres — pourquoi pas, d'ailleurs ? — les « bons blancs » qui les protègent contre les « blancs brutaux », avec bonne volonté et reconnaissance à l'église. Bien entendu, les Jésuites, en réalistes vigilants et instruits qu'ils sont, savent bien que ce consentement paresseux et sans conscience, que les génuflexions et les signes de croix des cannibales sont encore bien loin d'être du véritable christianisme — ils assistent même, à Sao Paulo, chez Tibirica, l'un des plus célèbres défenseurs de leur mission, à des rechutes occasionnelles dans le cannibalisme — et ils ne perdent pas leur temps à des statistiques fanfaronnes sur le nombre d'âmes qu'ils ont déjà gagnées. Ils savent que leur mission est dans l'avenir. Ce qu'il faut d'abord, c'est enraciner à des foyers fixes les masses nomades, pour pouvoir se rendre maîtres de leurs enfants et les instruire. La génération présente de cannibales, il ne faut pas songer sérieusement à l'éduquer. Mais les enfants et les enfants de leurs enfants, c'est-à-dire les générations à venir, on peut facilement réussir à les former dans le sens de la civilisation. C'est pourquoi, ce que les Jésuites considèrent comme le plus important, c'est de construire des écoles, dans lesquelles, voyant très loin, ils commencent à mettre en pratique leur idée de mélange systématique qui a fait l'unité du Brésil et a, seule, maintenu cette unité. Consciemment, ils réunissent les enfants des huttes de paille des sauvages avec les métis déjà très nombreux et ils réclament d'urgence à Lisbonne des enfants blancs, quand ce ne serait que les plus négligés, les enfants abandonnés qu'on trouve dans les rues. Tout élément nouveau qui favorise le mélange leur est bienvenu, même les « moços perdidos, ladroes et maus que acqui chamam patifes ». Puisque les indigènes ont plus confiance dans l'enseignement religieux de leurs frères de même couleur ou de couleur mêlée que dans celui des étrangers, des blancs, les Jésuites tiennent beaucoup à créer des maîtres pour le peuple avec le sang même du peuple. Contrairement aux autres, ils pensent uniquement aux générations futures ; en réalistes rigoureux et clairvoyants ils sont les seuls qui ont eu la vision véritable du Brésil en formation, et avant même qu'un géographe ait soupçonné l'étendue de ce pays, ils donnent à leur travail l'exacte proportion. Ils dessinent un plan de bataille pour l'avenir et ils ne s'écartent pas au cours des siècles, de leur but ultime : formation de ce pays dans l'esprit d'une seule religion, d'une seule langue, d'une seule idée. Si le but a été atteint, c'est grâce à ces premiers créateurs de l'idée d'État et le Brésil leur a de cela une dette permanente de reconnaissance.

La véritable opposition à laquelle se heurtent les Jésuites dans leur vaste plan de colonisation ne vient pas, comme on aurait pu d'abord s'y attendre, des indigènes, des sauvages, des cannibales ; elle vient des Européens, des Chrétiens, des colons. Jusqu'ici, le Brésil avait été pour ces soldats en fuite, ces matelots déserteurs, ces « desgregados », un paradis exotique, un pays sans lois, sans limitations ni obligations, dans lequel chacun pouvait faire ce qui lui plaisait. Sans être sérieusement importunés par la Justice ou l'Autorité, ils pouvaient donner libre cours aux appétits les plus déréglés ; ce qui était réprimé dans leur pays par la chaîne et la marque était considéré ici comme plaisir permis, selon la doctrine des conquistadores : « Ultra equinoxialem non peccatur. » Ils s'emparaient des terres comme ils voulaient, et forçaient les indigènes à travailler sous le fouet. Ils prenaient toutes les femmes qui leur tombaient sous la main, et le nombre inouï des enfants métis ne tarda pas à illustrer l'extension de cette sauvage polygamie. Il n'y avait personne pour leur imposer une autorité, et chacun de ces gaillards dont la plupart portaient encore sur l'épaule la marque infamante du pénitencier, vivait comme un pacha, sans se soucier de droit ni de religion, et surtout sans jamais mettre lui-même la main à un travail réel. Au lieu de civiliser le pays, les premiers colons étaient eux-mêmes devenus des sauvages.

C'est une rude tâche de ramener à des habitudes civilisées cette bande de durs-à-cuire, habitués à l'oisiveté et à l'anarchie. Ce qui irrite surtout les pieux frères c'est la polygamie effrénée, ce sont les harems noirs. Mais, par ailleurs, comment accuser ces hommes de vivre dans un concubinage sauvage, puisqu'ils n'ont aucune possibilité de se marier légalement et de fonder une famille ? Car, comment fonder une famille qui seule peut devenir la base de mœurs policées, quand il n'y a absolument pas de femmes blanches ? Et c'est ainsi que Nobrega presse le Roi d'envoyer des femmes du Portugal : « Mande Vossa Alteza mulheres orphas porque todas casarao. » Et comme il y a peu d'espoir que les Fidalgos de Portugal envoient leurs filles dans ce pays lointain pour qu'elles se choisissent un mari parmi ces gaillards sans mœurs, Nobrega a l'esprit si large qu'il demande même au Roi d'envoyer les filles tombées, les mauvaises filles des rues de Lisbonne. Toutes trouveraient preneur ici. Au bout d'un certain temps, les prêtres, unis aux autorités civiles, réussissent positivement à créer un certain ordre dans les mœurs. Mais il y a un point sur lequel ils se heurtent à l'âpre résistance de toute la colonie : c'est la question de l'esclavage qui, du début à la fin, de 1500 à 1900, sera le problème brésilien crucial. La terre a besoin de bras et il n'y en a pas assez. Le petit nombre des colons ne suffit pas pour planter les cannes à sucre et pour travailler dans les « engenhos », dans les usines primitives ; en outre, ce n'est pas pour manier la pelle et la pioche que ces aventuriers et ces conquistadores ont traversé la mer et sont venus dans ce pays tropical. Ils veulent ici être patrons. Ils ont par conséquent trouvé un moyen simple de résoudre le problème en chassant les indigènes comme des lièvres et en les faisant travailler sous le fouet jusqu'à l'épuisement : ils expliquent que la terre leur appartient, avec tout ce qui est dessus et dessous, par conséquent aussi avec ces animaux noirs à deux pieds, et il importe peu qu'ils crèvent ou non au travail ; pour un qui meurt, on va en attraper cent autres, au moyen de la joyeuse « caça al branco » qui est, de surcroît, un sport amusant.

Les Jésuites combattent énergiquement cette conception commode, car l'esclavage et la dépopulation du pays vont directement à l'encontre de leur plan soigneusement élaboré et à la lointaine portée. Ils ne peuvent supporter que les colons réduisent les indigènes à n'être que des bêtes de somme, alors qu'eux considèrent que leur plus presssant devoir est de gagner ces ignorants à la foi et à l'avenir... Tout indigène libre représente pour eux un instrument nécessaire à la civilisation et à la colonisation. Tandis que l'intérêt des colons avait été, jusqu'alors, d'exciter les différentes tribus à se faire une guerre perpétuelle, afin qu'elles s'exterminassent rapidement l'une l'autre, et qu'ils

pussent, en outre, racheter à bon marché les prisonniers faits après chaque expédition, les
Jésuites, eux, cherchent à réconcilier entre elles les
tribus et, au moyen de la colonisation, à les isoler
sur le vaste espace.

L'indigène, futur Brésilien gagné à la foi chrétienne, est peut-être à leurs yeux ce que cette terre
a de plus précieux, bien plus que la canne à sucre,
le bois du Brésil et le tabac, pour la production
desquels on les voue à l'esclavage et à l'extermina-
tion. Ce sont précisément ces indigènes encore
informes qu'ils veulent attacher à la glèbe, comme
ils l'ont fait pour les fruits et les plantes rapportés
par eux d'Europe, au lieu de les laisser dépérir et
s'ensauvager davantage. C'est dans ce but qu'ils
ont expressément fait réserver par le Roi la liberté
des indigènes; selon leur plan, il n'y aura pas dans
le Brésil futur une nation de chefs blancs et une
nation d'esclaves de couleur, mais un peuple uni et
libre sur une terre libre.

Il est certain qu'une lettre et un mandat, même
de la main royale, perdent beaucoup de leur autorité, à trois mille lieues de distance, et qu'une douzaine de prêtres, dont la moitié parcourt sans
cesse infatigablement le pays pour une mission
qui ne souffre pas d'arrêt, sont trop faibles contre
l'égoïste volonté de la colonie. Pour sauver au
moins une partie des indigènes, les Jésuites sont
contraints de traiter sur la question de l'esclavage.
Ils sont obligés de concéder que les prisonniers
faits au cours de soi-disant « justes » guerres, c'est-
à-dire de guerres défensives contre les indigènes,
seront laissés aux colons comme esclaves, et il va
sans dire que cette clause est appliquée de la façon
la plus élastique et la plus incontrôlable. Ils sont,
en outre, obligés de consentir à l'importation de
nègres d'Afrique, s'ils ne veulent pas être accusés
de rendre impossible la continuation du travail

dans la colonie; ces hommes si pleins d'humanité et spirituellement si évolués ne peuvent eux-mêmes se soustraire au point de vue de l'époque, pour laquelle l'esclave nègre est un article de commerce aussi normal que la laine ou le bois. En ces années, Lisbonne, la capitale européenne, a déjà donné asile à plus de dix mille esclaves noirs; comment les interdire, dans ces conditions, à la colonie? Les Jésuites sont même contraints d'avoir des nègres à leur service; Nobrega rapporte, avec une parfaite tranquillité, qu'il s'est procuré trois esclaves et quelques vaches pour le premier collège. Mais les Jésuites demeurent fermes quand il s'agit d'interdire aux aventuriers fraîchement débarqués de traiter les indigènes du Brésil comme du gibier; ils protègent chacun de leurs futurs convertis, et l'inflexibilité morale avec laquelle ils combattent pour les droits des Brésiliens de couleur leur sera fatale. Rien n'a rendu la situation des Jésuites au Brésil plus difficile que cette lutte pour l'idée brésilienne de la colonisation et du peuplement du pays par des hommes libres; l'un d'eux le reconnaît avec douleur: « Nous aurions vécu beaucoup plus tranquilles, si nous étions restés dans les collèges et si nous nous étions bornés uniquement à notre service religieux. » Mais ce n'était pas pour rien que le chef de leur Ordre avait été d'abord un soldat: il avait préparé ses disciples au combat et au combat pour une idée. Et cette idée, ils l'ont apportée au pays en même temps que leur vie: c'est l'idée du Brésil.

Nobrega se révèle grand stratège en trouvant tout de suite, au cours de son plan pour la conquête du futur État, le point précis d'où il lancera des ponts dans l'avenir. Très tôt après son arrivée à Bahia, il avait érigé son école de perfectionnement et parcouru, avec les frères arrivés ensuite, au cours de voyages épuisants, toute la

58

côte depuis Pernambouc jusqu'à Santos, où il avait fondé San Vicente. Mais il n'a toujours pas trouvé le bon emplacement pour le collège principal, pour le centre nerveux intellectuel et spirituel, qui doit peu à peu rayonner sur tout le pays. On ne comprend pas au premier abord pourquoi Nobrega apporte à la recherche de son point d'appui tant de réflexion et de souci. Pourquoi ne transporte-t-il pas son quartier général à Bahia, la capitale, siège du Gouvernement et de l'évêché ? Mais on sent ici pour la première fois une opposition secrète, qui se fera avec le temps ouverte, et même, finalement, deviendra violente. L'Ordre de Loyola ne veut pas commencer son action sous le contrôle de l'État, ni même sous le contrôle papal ; dès la première heure, il s'agit pour les Jésuites d'un bien autre jeu, d'un but bien plus élevé que de devenir là-bas uniquement un élément de la colonisation, enseignant et collaborant, sous les ordres de la Couronne et de la Curie. Le Brésil représente pour eux une expérience décisive, la première épreuve de leur capacité à mettre en pratique leur pouvoir organisateur, et Nobrega le dit sans ambages « esto pais es nossa empresa », ce pays est notre tâche : ce qu'il veut dire par là c'est qu'ils sont responsables de son accomplissement devant Dieu et devant les hommes. Mais l'homme fort veut porter seul cette responsabilité. Les Jésuites — et c'est la raison de la secrète méfiance qui les suivra au Brésil à travers l'Histoire et dès le début — les Jésuites ont, sans aucun doute, un but particulier, personnel et réfléchi et qu'il n'est pas facile aux autres d'apercevoir. Ce qu'ils poursuivent consciemment ou inconsciemment, ce n'est pas seulement l'établissement d'une colonie portugaise parmi toutes les autres colonies portugaises, mais l'établissement d'une communauté théocratique, un État d'une nouvelle sorte, non soumis aux puissances de la violence et de l'argent, tel qu'ils essaieront de le fonder plus tard au Paraguay. Dès la première heure, ils ont voulu faire du Brésil quelque chose d'unique, de neuf, d'exemplaire, et une conception d'une telle nouveauté devait tôt ou tard se trouver en conflit avec les idées purement mercantiles et féodales de la Cour portugaise; il est certain, contrairement aux accusations de leurs adversaires, que ce n'était pas une prise de possession du Brésil pour leur Ordre et ses fins, au sens capitaliste ou souverain, qu'ils avaient en vue. Mais le Gouvernement avait bien senti dès le commencement qu'ils voulaient faire quelque chose de plus au Brésil qu'y prêcher l'Évangile, qu'ils voulaient créer et mener à bien par leur présence quelque chose d'autre que les autres ordres religieux, et tout en se servant d'eux avec reconnaissance, il les observait avec méfiance; la Curie l'avait senti, elle qui n'était guère disposée à partager son autorité spirituelle avec qui que ce fût; et les colons l'avaient senti, gênés qu'ils étaient dans leur brigandage sans égard, par les Frères de l'Ordre. C'est précisément parce qu'ils ne voulaient rien de visible, mais la réalisation d'un principe spirituel, idéaliste et par cela même inconcevable à cette époque, qu'ils eurent contre eux une constante opposition qui eut finalement raison d'eux, qui les chassa du pays, mais non sans qu'ils lui eussent, envers et contre tous, implanté le germe de sa fertilité. Il était, par conséquent, sagement calculé de la part de Nobrega, pour éviter le plus longtemps possible un conflit d'autorités, de vouloir fonder sa capitale spirituelle, sa Rome, à distance de la résidence du Gouverneur et de l'Évêque : le travail de cristallisation, lent et pénible, qu'il avait en vue, devait, pour réussir, ne rencontrer ni obstacles, ni surveillance. Tant au point de vue géographique, que pour la catéchisation, le choix d'un centre d'action en arrière de la côte, à l'intérieur, était un avantage bien calculé. Seul un carrefour dans le pays, protégé, d'une part, contre les attaques des pirates venus de la mer, par la chaîne des montagnes, et cependant à proximité de l'Océan, mais à proximité, d'autre part, des différentes tribus qu'il fallait gagner à la civilisation et amener de l'état nomade à la stabilité, pouvait constituer le noyau idéal.

Le choix de Nobrega tombe sur Piratiniga, l'actuel Sao Paulo, et le développement historique ultérieur a confirmé le caractère génial de sa décision, car l'industrie, le commerce, l'esprit d'entreprise du Brésil ont, après des centaines d'années, suivi son choix divinatoire ; à la place même où le 24 janvier 1554, il élevait, avec ses aides, cette « pauperissima e estreitissima casinha », se dresse aujourd'hui, avec ses gratte-ciel, ses fabriques, ses rues noires de monde, une ville cosmopolite moderne. Nobrega n'aurait pu faire un meilleur choix. Le climat sur ce haut plateau est modéré, la terre, riche et fertile ; il y a un port à proximité et par des cours d'eau les communications avec les grands fleuves — le Parana et le Paraguay et par là avec le Rio de la Plata —, assurées ; de là, les missionnaires peuvent pénétrer chez les différentes tribus dans toutes les directions, et peuvent faire rayonner leur enseignement. En outre, il n'y a provisoirement, dans les environs, aucune colonie de « desgregados » pour corrompre les mœurs et la petite colonie arrive vite à gagner l'amitié des tribus voisines par de petits et de bons traitements. Les indigènes se laissent organiser par les prêtres, sans faire trop de difficultés, en petites « Aldeias », — ces communautés économiques qui ont quelque ressemblance avec les « collectives » russes d'aujourd'hui ; et, au bout de peu de temps,

Nobrega peut annoncer : « Vai-se fazendo uma formosa povoaçao ». L'Ordre ne possède pas encore les riches propriétés qu'il aura plus tard, et les petits moyens dont il dispose ne lui permettent, d'abord, de développer le collège que dans de minimes proportions. Mais, cependant, quantités de frères, blancs ou de couleur, sont formés ici, et dès qu'ils se sont rendus maîtres de la langue, sont envoyés de tribu en tribu comme « missoes volantes », pour amener sans cesse des nomades à la vie stable et les gagner à la foi. Un centre de ralliement est créé, la première « escala par muitas naçoes de Indios », et, entre les missionnaires et les tribus colonisées se forme rapidement une vraie solidarité ; à la première attaque des bandes errantes, ce sont déjà les nouveaux convertis qui repoussent les assaillants sous la conduite de leur chef Tibiriça, avec un dévouement passionné. La grande expérience de colonisation nationale sous une direction religieuse, qui trouvera plus tard sa forme unique dans la République jésuite du Paraguay, vient de commencer.

Mais la fondation de Nobrega représente aussi un grand progrès au sens national. Pour la première fois, un certain équilibre pour le futur État a été créé. Alors qu'auparavant, seule était exploitée une bande de terre sur la côte, avec ses trois ou quatre ports dans le Nord, trafiquant seulement de produits tropicaux, la colonisation commence à se développer aussi dans le Sud et à l'intérieur. Bientôt toutes ces énergies lentement accumulées, impatientes et curieuses, vont aller de l'avant dans un esprit créateur et découvrir le pays, dans ses formes et ses fleuves, dans son étendue et sa profondeur. Avec la première colonisation systématique de l'intérieur, l'idée vient déjà de se transformer en semailles et en actes.

**
*

Le Brésil a environ cinquante ans d'âge quand il commence, après quelques mouvements embryonnaires incertains, à donner pour la première fois des signes conscients de vie propre. Les premiers résultats de l'organisation coloniale apparaissent lentement. Les plantations de canne à sucre de Bahia et de Pernambouc donnent de gros profits, encore qu'exploitées de façon rudimentaire. Les bateaux accostent de plus en plus fréquemment pour emporter des produits bruts et les échanger contre des marchandises; ceux qui se risquent à venir au Brésil ne sont pas encore très nombreux, et c'est à peine si un livre renseigne le monde sur cette immense contrée. Mais il se trouve que c'est précisément la manière hésitante et sporadique dont cette colonie se fait remarquer sur le marché mondial, qui est, en fin de compte, une chance pour le Brésil, car c'est ainsi qu'il a pu avoir un développement organique. En ce temps de conquêtes et de violences, c'était toujours un avantage pour un pays quand il pouvait rester inaperçu et inconvoité; les trésors qu'Albuquerque a arrachés aux Indes et aux Moluques, le butin que Cortès a rapporté du Mexique et Pizarro du Pérou, détournent — par bonheur — du Brésil l'attention et l'avidité des autres nations. Le « Pays des Perroquets » continue à être considéré comme une quantité négligeable dont personne, pas plus le Portugal que les autres nations, ne se préoccupe sérieusement.

Aussi, lorsque le 10 novembre 1555, une petite flotte battant pavillon français apparaît dans la baie de Guanabara et y débarque quelques centaines d'hommes sur une des îles, ne peut-on voir, dans ce fait, un acte d'hostilité ouverte. Car, de facto, ils ne troublent par là aucune possession étrangère : Rio-de-Janeiro n'est, à cette époque, ni une ville, ni même — ou à peine — un établissement. Dans les quelques cabanes disséminées, il n'y a pas un soldat, pas un fonctionnaire du Roi de Portugal, et le curieux aventurier, quand il plante ici un drapeau, ne rencontre aucune résistance devant son coup d'audace. Attirante et étrange figure que celle de ce Chevalier de Rhodes, Nicolas Durand de Villeguaignon, mi-savant, mi-pirate, exemplaire authentique de la Renaissance. C'est lui qui a amené Marie Stuart à la Cour de France; il s'est distingué à la guerre; il est, dans les arts, un dilettante. Il est célébré par Ronsard et redouté de la Cour, parce qu'on ne peut faire fond sur lui, c'est un esprit de vif-argent auquel répugne toute tactique calculée et qui dédaigne le meilleur emploi, la plus haute dignité, pour pouvoir céder librement et sans obstacles à ses caprices souvent fantasques. Chez les huguenots, il passe pour catholique, chez les catholiques, pour huguenot. Personne ne sait ce qu'il sert, et peut-être ne sait-il de lui-même rien d'autre que ceci : il voudrait faire n'importe quoi de grand et de particulier, quelque chose que ne font pas les autres, quelque chose de plus sauvage, de plus téméraire, de plus romantique et de plus original. En Espagne, il serait devenu un Cortès ou un Pizarro, mais son Roi, très occupé sur terre, n'organise pas d'aventures coloniales; c'est bien pour cela que l'impatient Villeguaignon s'en fait une tout seul. Il rassemble quelques bateaux, les charge de quelques centaines d'hommes, la plupart huguenots qui ne se sentent pas en sûreté dans la France des Guises, mais de catholiques aussi, qui veulent trouver dans le Nouveau-Monde la paix au sens le plus élevé du mot. Prévoyant, il emmène un historiographe, André Thevet, car il ne rêve de rien moins que de fonder une « France Antarctique » dont il sera le créateur, le gouverneur et peut-être même le souverain absolu. Il est difficile de savoir dans quelle mesure la Cour de France connaissait ces projets, les approuvait ou même avait donné des ordres pour leur exécution. Il est probable qu'en cas de réussite, le roi Henri eût fait siens les actes de son pirate, comme Élisabeth d'Angleterre ceux de Raleigh ou de Drake; on laisse d'abord Villeguaignon tenter sa chance comme particulier, pour ne pas se mettre dans son tort vis-à-vis du Portugal par une mission et une annexion officielles.

Villeguaignon, en soldat éprouvé, songe d'abord à la défensive : il édifie, immédiatement après son arrivée, un fort sur l'île qui porte aujourd'hui son nom, et lui donne le nom de Coligny, en hommage à l'amiral protestant, tandis qu'il baptise pompeusement Henriville, pour honorer son Roi, la future ville qui n'est encore que marécages et collines dénudées. Inexpérimenté en matière religieuse, comme il ne peut trouver en France d'autres catholiques pour cette colonie éloignée, il va se chercher en 1556 un nouveau chargement de calvinistes à Genève, ce qui ne tarde pas à amener des querelles religieuses. Deux variétés de prédicateurs qui se traitent réciproquement d'hérétiques, c'est un peu trop pour une île étroite. Quoi qu'il en soit, la France Antarctique est fondée, et comme les Français ne tolèrent pas de brigandage esclavagiste, ils sont bientôt dans les meilleurs termes avec les indigènes et entretiennent un commerce actif avec eux. Maintenant, comme si c'était leur port régulier, les bateaux français vont et viennent régulièrement de leur patrie à la colonie qui n'est pas encore reconnue officiellement.

Le Gouverneur portugais à Bahia ne peut en aucune façon demeurer indifférent en présence de cette invasion. D'après le Droit en vigueur, les côtes brésiliennes sont une mare clausum, et les bateaux étrangers ne doivent ni accoster, ni faire du commerce sur ses bords; quant à construire une fortification et à installer une garnison étrangère dans le meilleur port de la Colonie, cela revient à séparer le Nord du Sud et à détruire l'unité du Brésil. Le devoir le plus naturel du Gouverneur de Souza serait de capturer les bateaux étrangers et d'anéantir l'établissement, mais il ne dispose d'aucune force pour une entreprise guerrière de cette importance. Les quelques centaines de soldats qui sont arrivés au Brésil en même temps que lui, sont, depuis, devenus fermiers ou planteurs, et ne sont guère disposés à quitter leur existence commode pour l'uniforme; le jeune organisme n'a pas encore le moindre sens national, le moindre esprit collectif; d'autre part, au Portugal, on n'a pas une connaissance exacte du danger, et, comme toujours, l'argent fait défaut pour une expédition rapide. Ce dépotoir du Brésil continue à ne pas paraître assez important à la Couronne pour lui faire équiper une flotte à grands frais. Les Français ont donc largement le temps de s'établir solidement, de se fortifier et de se retrancher; ce n'est qu'avec l'arrivée à Bahia d'un nouveau gouverneur, Mem de Sà, en 1557, qu'on commence à préparer une action contre les envahisseurs. Mem de Sà a une confiance illimitée en Nobrega et s'en remet complètement à son autorité intellectuelle. Et Nobrega, à son tour, exige, de toute son énergie passionnée, qu'on en finisse à temps avec les Français. Les Jésuites connaissent mieux le pays et sont plus soucieux de son avenir que les marchands de Lisbonne qui ne considèrent dans ces contrées que leur rapport momentané en épices. Ils savent que si les huguenots français peuvent s'installer d'une façon durable sur les côtes du Brésil, c'en sera fait non seulement de l'unité du pays, mais encore de l'unité de la religion. Le Gouverneur et Nobrega envoient lettre sur lettre au Portugal pour exiger qu'on « faça socorrer a esse pobre Brasil ». Mais, nouvel Atlas, le Portugal a un autre monde à porter sur ses faibles épaules, et il faut encore deux ans pour qu'enfin, en 1559, quelques bateaux arrivent de Lisbonne qui permettront à Mem de Sá d'entreprendre une action guerrière contre les envahisseurs.

Le véritable chef de l'expédition est Nobrega. Avec Anchieta, il a amené le plus possible de ses convertis pour renforcer les faibles troupes portugaises. Il apparaît avec le Gouverneur devant Rio le 18 février 1560, et, aussitôt que le corps expéditionnaire, rapidement réuni, arrive le 15 mars de San Vicente, l'assaut contre la forteresse Villeguaignon commence. Vue de notre actuel horizon, cette remarquable action a, certes, l'air d'une guerre de grenouilles contre des souris. Cent vingt Portugais et cent quarante indigènes assiègent le Fort Coligny, défendu par soixante-quatorze Français et quelques esclaves. Les Français ne peuvent tenir et se réfugient bientôt sur la terre ferme auprès des indigènes amis, pour se retrancher à nouveau sur le Morro de Gloria. Pour les Portugais, c'est une victoire, parce que le Fort Coligny est pris ; sans poursuivre les Français ou les anéantir, ils s'en reviennent à Bahia et San Vicente.

Mais ce n'est qu'une demi-victoire, puisque les Français demeurent dans le pays. En somme, ils ont été repoussés d'un kilomètre, une distance qu'on parcourt aujourd'hui en voiture, en cinq minutes. Ils sont toujours installés dans le port comme auparavant et continuent leur commerce, chargent et déchargent des bateaux, construisent à Morro de Gloria une nouvelle fortification pour remplacer l'ancienne ; ils excitent même les Tamaios, les indigènes avec lesquels ils entretiennent de bonnes relations, à des entreprises contre les Portugais, et il est probable que la première attaque de cette tribu contre Sao Paulo a été organisée par eux. Mais Mem de Sà n'a pas de forces pour poursuivre les envahisseurs. Comme toujours au Brésil, depuis le début jusqu'à nos jours, c'est encore la même lacune : il n'y a pas assez d'hommes. Mem de Sà ne peut se passer d'un seul bras à Bahia, s'il ne veut pas que la production de canne à sucre, qui fait vivre le pays, reste sur pied ; en outre, une peste fatale a fauché une grande partie de la population. Sans appui du Portugal, il est donc impossible de chasser les Français de leurs nouvelles positions, et cet appui se fait attendre indéfiniment ; sans être dérangés, les colons de Villeguaignon demeurent encore cinq ans à Rio. Et c'est toujours Nobrega qui, inlassablement, fait pression, et ne cesse de donner des avertissements : si, au lieu des Portugais, ce sont les Français qui continuent à envoyer des renforts, la Couronne perdra la baie de Rio et, avec elle, le Brésil. Enfin, ces prières instantes sont entendues de la Reine qui expédie de Lisbonne Estacio de Sà, en même temps que les troupes de renfort mises sur pied par les Jésuites du Portugal. Les actions militaires recommencent, dans leurs proportions lilliputiennes. Le 1er mars 1565, Estacio de Sà avec sa flotte de guerre entre dans la baie de Rio et installe son camp sous le Pao d'Azucar, l'actuel Urca. Mais, encore que cela soit difficile à concevoir aujourd'hui, dix mois passent avant que Morro de Gloria soit assiégé, alors que la distance n'équivaut qu'à dix minutes d'automobile ! Ce n'est que le 18 janvier 1566 qu'Estacio de Sà conduit ses soldats à l'assaut et dans un combat de quelques heures, avec perte de vingt ou trente hommes, la décision historique intervient : cette ville sera-t-elle dans l'avenir Henriville ou Rio-de-Janeiro, la langue du Brésil sera-t-elle le portugais ou le français ? C'est dans des combats d'aussi peu d'ampleur, avec deux ou trois douzaines de soldats, qu'aux Indes comme en Amérique, des batailles décidèrent pour des siècles de la forme et du destin de ce continent. Estacio de Sà, percé d'une flèche, paye cette victoire de sa vie. Mais cette fois, c'est une victoire décisive : les Français s'enfuient sur leurs quatre vaisseaux et ne rapportent en France que le tabac, auquel ils donnent un nom en hommage à l'ambassadeur Jean Nicot. Sur les ruines de la forteresse française, du Morro de Gloria, l'évêque consacre l'église de la future capitale du Brésil : la ville de Rio-de-Janeiro surgit en cet instant.

Combat lilliputien, mais qui a sauvé l'unité du Brésil : le Brésil appartient aux Brésiliens. Maintenant, il faut construire la colonie et, dans ce but, on voit s'écouler cinquante ans de paix ininterrompue. Lentement, les frontières reculent jusqu'à Parahyba, jusqu'au Rio-Grande-do-Norte et vers l'intérieur, les colonies des Jésuites à Sao Paulo commencent à se développer et à être fertiles, les plantations de la côte deviennent productives, et, à côté de l'exportation toujours croissante du sucre et du tabac, un autre négoce, plus sombre, s'épanouit : l'importation de « l'ivoire noir ». De mois en mois, le frêt en esclaves africains de Guinée ou du Sénégal augmente, et quand ils ne meurent pas au cours du voyage dans les bateaux puants où on les empile, ils sont vendus sur les grands marchés de Bahia. Pendant quelque temps, cet afflux de nègres et le nombre étonnant des « mamelucos » produits par les Portugais, ces métis de toutes les nuances, menacent de submerger l'influence européenne civilisatrice ; une poignée d'entrepreneurs qui s'enrichissent sans mesure ont en face d'eux dans les villes de la côte, une quantité immense d'esclaves noirs; sans le travail régulateur des Jésuites, qui installent des faciendas partout à l'intérieur du pays, et amènent la population à la stabilité, — ce qui empêche la destruction complète des indigènes et favorise le croisement en raison de l'absence de préjugés, — le Brésil serait peut-être devenu un pays africain, car l'Europe se montre complètement indifférente.

Cependant l'Europe, engagée dans cent guerres, n'a pas de nouveaux colons à envoyer, et il se trouve peu de gens assez judicieux pour s'être peu à peu rendu compte de la valeur de ce pays. En 1589, déjà, Gabriel Soares de Souza écrira, dans son « Roteiro », ces paroles prophétiques: « Estarà bem empregado to o cuidado que S. Majestade mandar ter deste nove Reina pois esta capaz para se edificar nelle num grande Imperio o qual cum poca despeza destes Reino se fara tao soberano que seja hum dos estados do mundo. »

Mais l'heure est passée depuis longtemps où le Portugal, maître de la moitié du monde, peut encore venir en aide à quelqu'un. Il est fini son grand rêve romantique: conquérir les trois continents pour le Portugal et la foi chrétienne. Le brave petit pays ne s'était pas contenté de posséder les deux côtes d'Afrique, l'orientale et l'occidentale, et d'avoir contraint l'Inde jusqu'aux confins de la Chine, à subir son monopole commercial. Le roi Sébastien, le dernier et le plus téméraire de cette héroïque lignée, rêve d'une croisade qui anéantirait, une fois pour toutes, la puissance musulmane. Au lieu de répartir le meilleur de ses forces, ses chevaliers, ses soldats, dans les colonies, et de conserver, par une organisation plus réaliste, l'empire des « Lusiades », tel un chevalier du Graal sous son armure d'argent, il rassemble en une armée unique tout ce dont il dispose et part pour l'Afrique afin d'anéantir d'un seul coup le Maure, ennemi héréditaire. Mais le coup meurtrier, au lieu d'atteindre les Maures, l'atteindra lui-même : la bataille d'Alcacer-Quibir, en 1578, cette dernière croisade attardée de l'Occident contre l'Orient, est l'anéantissement complet de l'armée portugaise et le roi Sébastien y trouve la mort. Vengeance cruelle de la volonté extraordinairement surtendue : le Portugal, le petit pays qui voulait soumettre un univers, perd sa propre indépendance, et l'Espagne s'empare du trône devenu libre. Le pays, saigné par mille combats, n'a pas la force de résister ; pendant soixante-deux ans, de 1578 à 1640, le Portugal disparaît de l'Histoire comme État indépendant. Toutes ses colonies, y compris le Brésil, passent à la Couronne d'Espagne.

En cette heure historique, Philippe II règne sur un empire universel qui dépasse de beaucoup celui d'Alexandre et l'empire romain d'Auguste ; les Habsbourg possèdent, outre la Péninsule Ibérique, les Flandres et toute l'Amérique découverte, les trois quarts de l'Afrique et la partie de l'Inde conquise par les Portugais. Et ce sentiment de force et de grandeur se reflète dans l'art de l'Ibère. Cervantès, Lope de Vega et Calderón créent leurs œuvres incomparables ; toutes les richesses de la terre affluent vers ce pays triomphant.

A ce triomphe, le Brésil ne participe que faiblement et il n'en tire aucun avantage ; au lieu de voir augmenter sa puissance par son appartenance non souhaitée à l'Empire Ibérique, la colonie, que rien n'avait importunée jusqu'ici, devient le point de mire de tous les ennemis de l'Espagne ; les pirates anglais pillent Santos, brûlent Sao Vicente, tandis que les Français s'établissent pour un temps sur le Maranho et que les Hollandais pénètrent à Bahia et s'emparent des bateaux. Le Brésil est contraint de sentir douloureusement combien la domination de la mer est rendue problématique par de nouvelles puissances, depuis la destruction de l'Armada espagnole. A dire vrai, aucune de ces pirateries isolées ne va bien loin, ce ne sont que de petits dommages et des désordres qui ne vont pas loin.

La situation ne devient dangereuse que lorsque la Hollande se propose, selon un plan bien réglé et mûri, non seulement de piller les ports, mais encore de conquérir en son entier « het' Zuiker-land », comme ces bons commerçants désignent le Brésil d'après sa meilleure marchandise.

La Hollande est un modèle d'organisation économique ; elle connaît exactement la valeur du Brésil et il est peu probable que ses négociants de plus en plus vigilants aient laissé passer inaperçue la notation des « Dialogos da Grandeza do Brasil » (1618) : dans l'ensemble, le Brésil possède plus de richesses que l'Inde. Ce n'est donc pas par hasard qu'en 1621, une compagnie, « das Indias Orientais », est fondée à Amsterdam avec un capital considérable, sur le modèle de la Compagnie des Indes. En apparence, la nouvelle Compagnie n'est fondée que pour commercer avec le Brésil et l'Amérique du Sud ; en réalité, c'est avec l'arrière-pensée de s'emparer de l'énorme pays pour la Hollande et son négoce. La Compagnie a de bons calculateurs qui voient bien que pour un but aussi vaste, il faut aussi de vastes fonds ; pour assiéger le Brésil et plus encore pour en conserver la possession, il ne suffit pas, comme l'ont fait les Français, d'envoyer deux ou trois bateaux avec des colons las de l'Europe et des matelots hâtivement recrutés : il faut équiper une véritable flotte et embarquer une armée exercée. Rien ne montre mieux l'importance qu'a prise pour le monde le Brésil au cours du dernier siècle : c'est plus frappant que ses nouvelles dimensions. Tandis que Villeguaignon débarque avec trois ou quatre bateaux, pour conquérir la « France Antarctique » et que les combats décisifs se livrent ensuite entre soixante-dix ou cent hommes d'une armée improvisée, ce sont vingt-six bateaux que la Compagnie hollandaise arme dès le début, avec dix-sept cents soldats de métier et seize cents marins.

Le premier coup est pour la capitale. Le 9 mai 1624, Bahia est prise presque sans résistance, et un butin immense enlevé. Ce n'est qu'à ce moment que l'Espagne se réveille ; elle envoie plus de cinquante vaisseaux avec onze mille hommes qui, avec un corps local de renfort venu de Pernambouc, reprennent Bahia, avant que n'arrive la deuxième flotte des Hollandais, forte de trente-trois vaisseaux. Déjà, maintenant que la valeur de la colonie méprisée jusqu'ici est connue, les efforts pour posséder « le pays du sucre » ont centuplé. La compagnie hollandaise, contrainte de battre en retraite à Bahia, s'arme de nouveaux renforts pour une deuxième attaque et l'emporte cette fois. En 1635, Recife est occupée ; dans les années suivantes, outre Bahia, c'est toute la côte Nord qui le sera. A partir de ce moment, un établissement indépendant hollandais existera pendant vingt-trois ans au nord du Brésil.

Ce que la colonisation hollandaise a apporté, au cours de ces vingt-trois années, est extraordinaire. Elle dépasse de beaucoup tout ce que les Portugais avaient fait auparavant, en cent ans. Les Hollandais ont, pour l'organisation, des idées claires et éprouvées. Ils n'abandonnent pas l'immigration et l'administration à des éléments anarchiques et hasardeux, ils n'envoient pas le rebut de leur pays, mais, au contraire, ce qu'ils ont de meilleur et de plus soigneusement choisi. Maurice de Nassau qui administre le nouveau pays comme Gouverneur de la Couronne, n'est pas seulement de sang royal, il est encore un gentilhomme au sens spirituel du mot, par sa tolérance, ses vues larges et lointaines. Il amène tout un état-major de techniciens, d'ingénieurs, de botanistes, d'astronomes, de savants pour explorer le pays, le coloniser, l'européaniser. Et rien ne caractérise mieux l'infériorité du matériel culturel qu'avaient, jusqu'ici, envoyé les Portugais au Brésil, si on les compare aux Français et aux Hollandais, que ceci : nous n'avons, sur la première jeunesse du Brésil, aucune description de valeur appartenant à la littérature et qui émane d'un Portugais, à part les lettres des Jésuites ; tandis que les Français avaient, au bout de quelques années, donné au monde, leur ouvrage sur la « France Antarctique », et que Maurice de Nassau a fait exécuter par Barleus cette œuvre magnifique et exemplaire, ornée de gravures sur cuivre et de cartes, qui perpétue sa gloire et ses mérites.

Maurice de Nassau a une belle place dans l'Histoire du Brésil. En humaniste, il a apporté l'idée de la tolérance et accordé le libre exercice de tous les cultes ; il a rendu possible le fertile développement de tous les arts, et les anciens colons, eux-mêmes, n'ont à se plaindre d'aucun acte de violence. A Recife, qui prend le nom de Maurisstaad en son honneur, on construit des palais, des maisons de pierre, des rues bien entretenues. De nouvelles presses hydrauliques pour l'industrie du sucre sont introduites, les commerçants réfugiés du Portugal trouvent leur place dans le négoce, la vie publique tout entière est établie sur la stabilité et le progrès. Les Portugais sont assurés de leurs droits, les indigènes, de leur liberté. En un certain sens, Maurice de Nassau réalise le même idéal de colonisation pacifique, sur une base humaine, que celui que poursuivent les Jésuites, sur une base religieuse. Mais ce n'est pas au Brésil que se décidera le destin du Brésil, c'est en Europe. En 1640, le Portugal s'est à nouveau détaché de l'Espagne et, sous Dom Joao IV, il a reconquis sa propre couronne. De ce fait, toute occupation ultérieure par la Hollande manque de base juridique. Une trêve donne du répit aux deux parties, et comme de son côté la Hollande, la nouvelle puissance maritime, est en conflit avec la jeune puissance anglaise, le combat pour la libération du Brésil peut être repris; pour la première fois, ce sont des forces nationales brésiliennes qui le livrent. Cette fois, ce n'est pas tant le Portugal que la colonie elle-même qui combat pour son unité et son indépendance. Ce sont à nouveau les hommes d'église qui sont à la tête du mouvement, parce qu'ils aperçoivent l'importance vitale qu'il y a à empêcher l'infiltration, dans le nouveau pays, d'éléments protestants dont la présence pourrait transporter, d'Europe au Brésil, les meurtrières guerres de religion. En 1649, le Père Vieira, une des figures diplomatiques les plus géniales de son temps, fonde à Lisbonne une compagnie destinée à lutter contre la compagnie hollandaise, « la Companhia Geral de Commercio para o Bresil », qui, de sa propre initiative, arme une flotte et improvise, au Brésil, d'accord avec les négociants locaux qui veulent reconquérir leurs plantations et leurs industries sucrières, son armée nationale. Et voici que se produit cette chose surprenante : pendant que le Portugal négocie encore avec la Hollande pour savoir si celle-ci conservera une partie de la côte brésilienne, et quelle sera cette partie, et, avant même que la flotte que le Portugal doit envoyer comme soutien ait rejoint, les Brésiliens ont pris, de leur propre chef, l'initiative; les Hollandais sont repoussés pas à pas, Maurice de Nassau quitte le pays et, le 26 janvier 1654, Recife, sa dernière forteresse, capitule; les Hollandais s'en vont définitivement. Tandis que le rêve impérial des Lusiades s'évanouit aussi rapidement que l'a construit l'instinct créateur du Portugal, le Brésil se garde intact à lui-même.

Dans l'ensemble, l'épisode hollandais représente un bonheur dans l'Histoire du Brésil. Il a duré assez pour apporter au pays tout ce que peut donner un gouvernement de premier ordre et une administration bonne et civilisée ; il n'a pas assez duré pour briser l'unité de la langue et des mœurs portugaises. Au contraire : c'est la menace de la domination étrangère qui a créé et provoqué l'éclosion du sentiment national brésilien. Du Nord au Sud, cette colonie sent maintenant qu'elle constitue un tout, un pays commun, unanimement décidé à rejeter toute tentative violente pour influencer sa vie nationale par une violence égale : tout ce qui est étranger doit maintenant, pour se maintenir, s'amalgamer à ce qui est brésilien. En apparence, cette guerre paraît avoir regagné le Brésil pour le Portugal ; en réalité, c'est déjà pour le Brésil.

Car, dans cette guerre entre Portugais et Hollandais, un élément nouveau est apparu pour la première fois, élément dont les forces et les particularités sont encore inconnues : le Brésilien.

Le type a commencé à se former lentement et, d'abord, d'une façon quelque peu contradictoire. C'est un tableau tout à fait différent qu'offrent la côte et le pays intérieur. Dans les villes de la côte afflue constamment un sang nouveau : celui des immigrants, des trafiquants, des marins et des esclaves ; dans les aldeias de l'intérieur, par contre, c'est le même sang qui se maintient par des croisements constants. Les hommes de la côte sont ou des commerçants ou de primitifs industriels, leur vraie patrie est la mer, qu'ils le veuillent ou non, leurs plans et leurs produits leur font sans cesse tourner les yeux vers l'Europe. Pour les colons, par contre, la patrie, c'est la terre, et seule la terre développe le sentiment complet de l'attachement.

Les hommes de l'hinterland ont plus d'énergie. Ils vivent dans l'insécurité et, habitués au danger, ils ont commencé à l'aimer. C'est à Sao Paulo que commence à se développer un type remarquable : le Pauliste. Portugais ou fils de Portugais qui a, d'une part dans le sang, l'esprit nomade des anciens Indiens, et, d'autre part, le goût d'aventure de ses ancêtres européens, le représentant de la nouvelle espèce n'aime guère à cultiver lui-même la terre qu'il possède. Longtemps, ce sont leurs esclaves qui font pour eux ces gros travaux, et cette manière lente de devenir riche répugne à leur tempérament remuant. Par la culture et l'élevage, on ne devient riche que si on les pratique en grand, avec des centaines d'esclaves, et, eux, ils veulent devenir riches à la manière des conquistadores, riches d'un seul coup, même si l'enjeu doit être leur propre vie. Aussi, les colons de Sao Paulo se réunissent-ils plusieurs fois par an en vastes bandes, en « Bandeirantes », pour courir le pays, précédés de leur bannière, à cheval et avec une suite de serviteurs et d'esclaves, comme autrefois les chevaliers-brigands, et non sans avoir, au préalable, fait solennellement bénir leur bannière à l'église. Parfois, ce sont jusqu'à deux mille hommes qui se réunissent ainsi pour ces « entradas » et les villes et les colonies restent alors quelques mois absolument vides d'hommes. Ils ne sauraient pas dire eux-mêmes ce qu'ils vont chercher ; en partie, l'aventure, en partie, l'espoir de faire quelque trouvaille imprévue dans ce pays inexploré et sans limite. Depuis qu'ont été découverts les trésors du Pérou et les mines d'argent de Potosi, on n'entend parler que d'un Eldorado fabuleux. Pourquoi ne serait-il pas caché au Brésil ? Et les Paulistes de remonter les cours d'eau, d'escalader les montagnes et d'en redescendre, de s'engager sur des pistes toujours nouvelles, juste dans la direction où le vent porte la « bandeira » qu'on tient en tête, toujours soutenus par l'espoir de tomber quelque part sur les mines fabuleuses. Et tant qu'on n'arrive pas à trouver le précieux minerai, tant que « l'Hercule of the Sertao », Ternao Diaz, ne découvre pas, pour le moins, les émeraudes, ils rapportent chez eux un autre butin : des hommes vivants. Dans les premières décades, ces « entradas » ne sont rien d'autre qu'une chasse aux esclaves, farouche, cruelle, effrénée. Au lieu d'acheter des nègres sur le marché de Bahia, les Paulistes trouvent plus expédient, en même temps que plus intéressant, de chasser l'indigène comme le lièvre, avec chevaux et chiens, dans une chasse rude et excitante : mais finalement, ce qui leur paraît le plus commode, au lieu de faire poursuivre leurs victimes par les chiens de chasse jusque dans les profondeurs de la forêt vierge, c'est d'aller se chercher ces esclaves tout simplement dans les colonies, où les Jésuites les ont si soigneusement installés et les ont déjà dressés au travail.

Bien entendu, cette chevalerie pillarde est contre la loi, car le Roi a expressément garanti leur liberté aux indigènes. Anchieta lance cette plainte désespérée : « Este genero de gente nao ha melhor pregaçao do que espada e vara de ferro ». Par pur esprit de lucre, ces bandes détruisent un travail de colonisation qui a demandé des années ; ils dépeuplent les colonies, ils portent profondément la terreur dans le pays pacifié, ils réduisent à l'esclavage et enlèvent des êtres non seulement inoffensifs, mais qui ont déjà été gagnés à la civilisation et au christianisme. Mais les Paulistes, grâce à leur accroissement rapide dû aux métis, sont déjà trop forts pour que les interdictions et les lois puissent les intimider ; les bulles papales, elles-mêmes, contre ces « entradas » et « bandeiras », sont inefficaces dans le « sertao », dans la forêt vierge. L'enlèvement des hommes devient de plus en plus brutal, en même temps qu'il se produit sans cesse plus avant dans l'intérieur du pays : au commencement du xixe siècle, on trouve encore dans le « Voyage pittoresque au Brésil », de Debrets, un des plus féroces tableaux, représentant des hommes, des femmes et des enfants, nus et attachés ensemble à de longues perches, et traînés comme du bétail par les sauvages chasseurs d'esclaves.

Pourtant, ces farouches individus ont, malgré eux, apporté une grande contribution à l'Histoire du pays. L'avidité, le goût du gain rapide, méprisable en soi, ont toujours été un des plus puissants moteurs qui aient entraîné les hommes au loin ; c'est elle qui a transporté les bateaux phéniciens au-delà des mers, qui a attiré les conquistadores vers les continents inconnus, c'est elle qui a fouetté les hommes, encore qu'elle soit la plus mauvaise des impulsions, pour leur faire quitter leur tranquillité et leur commodité. C'est ainsi que, paradoxalement, les bandeirantes qui ne veulent que piller et voler complètent l'œuvre civilisatrice de la construction du Brésil : leur poussée en avant, sauvage et sans but, a favorisé le développement géographique du pays. Remontant de Bahia le Sao Francisco, descendant, de Sao Paulo, le Parana et le Paraguay, montant dans la Sierra vers Minas Geraes jusqu'à Matto Grosso et Goyaz à travers la forêt vierge, ils créent et explorent les premiers chemins dans ce territoire inconnu et, en même temps qu'ils dépeuplent, ils colonisent. Car, en bien des endroits, quelques-uns d'entre eux s'arrêtent ; ainsi naissent de nouvelles cellules de colonisation, de nouveaux centres d'où partiront de nouvelles artères et de nouveaux nerfs vers les terres encore infoulées. Ils sont les plus farouches ennemis du plan de patiente colonisation des Jésuites et le contrecarrent, mais, par ailleurs, justement par leur impatience à aller vers l'inconnu, ils ont accéléré le processus de pénétration, « partie », selon le mot de Goethe, « de cette force qui sans cesse veut le mauvais et cependant crée le bon ». Et ils ont, eux aussi, leur bonne part à la création du Brésil.

Ce sont aussi les Paulistes qui, au cours d'une de leurs « entradas », pénètrent dans les vallées absolument désertes de Minas Geraes et trouvent là, dans le Rio das Velhas, le premier or. Un des bandeirantes apporte la nouvelle à Bahia, un autre à Rio-de-Janeiro, et c'est immédiatement une véritable migration qui part des deux villes et de tous les endroits possibles vers ces régions inhospitalières. Les propriétaires de plantations traînent avec eux leurs esclaves, les fabriques de sucre sont abandonnées, les soldats désertent ; en quelques années, toute une série de villes sort de terre dans le pays de l'or : Villa Rica, Villa Real, Villa Albuquerque avec cent mille habitants. A cela s'ajoute bientôt la découverte des diamants. Tout d'un coup, le Brésil est devenu la source d'or la plus riche du monde et la plus précieuse colonie de la Couronne portugaise, qui s'empresse de se réserver la cinquième partie de tout l'or découvert et tous les diamants au-dessus de vingt-quatre carats.

La nouvelle province est d'abord l'image même du chaos. Comme aux premiers temps de la colonisation, les envahisseurs se sentent, dans ces vallées écartées, par-delà tout devoir et tout droit, parce qu'il n'y a encore aucun contrôle officiel ; le gouverneur nommé se heurte — comme autrefois les Jésuites — dès qu'il veut introduire l'ordre et la discipline, à une opposition résolue. Les « Paulistes » s'arment contre les « emboabos », les envahisseurs de la côte, et on en vient à des combats désespérés, dans lesquels, finalement, l'autorité royale a le dessus. C'est uniquement l'avidité qui pousse les premiers chercheurs d'or à se grouper, pour ne partager avec personne d'autre leur richesse inattendue. Mais derrière leur résistance arbitraire, c'est, inconsciemment, un sentiment national qui constitue leur plus haute volonté. Par ces premières révoltes contre l'autorité portugaise, les Paulistes émettent, d'une façon purement instinctive, — en tous cas sans la formuler — la prétention de voir appartenir au Brésil toutes les richesses de la terre brésilienne ; ils trouvent absurde que l'or qu'ils extraient — ou plutôt qu'extraient leurs esclaves — doive être dépensé pour construire, à des milliers de lieues par-delà l'Océan, dans un pays qu'ils ne verront de leur vie, des palais et de gigantesques couvents. En un certain sens, on peut dire de ce premier soulèvement, vite réprimé, des chercheurs d'or contre l'autorité portugaise, qu'il a été le prologue de la grande guerre d'indépendance qui, dans la même ville, au même lieu, un demi-siècle plus tard, libérera à nouveau les forces contenues. Car l'or, objet de valeur le plus visible, le plus monnayable, a donné au Brésil pour la première fois la conscience de sa richesse ; dès l'instant de sa découverte, le Brésil ne se considère plus comme l'obligé reconnaissant envers son pays d'origine, mais comme un sujet libre qui a déjà rempli au centuple les obligations qu'il pouvait avoir envers sa patrie.

En tout, ce vertige de l'or ne dure pas plus de

cinquante ans. Puis — catastrophe pour le Portugal — la source tarit. Mais le même phénomène remarquable continue à se reproduire dans l'Histoire du Brésil : tout ce qui, pour la mère-patrie, pour le Portugal, est un malheur, constitue un avantage pour la colonie. Une crise financière d'une extrême gravité, et dont Pombal ne peut se rendre maître, s'abat sur le Portugal, dès que les envois d'or sont suspendus ; elle aboutira par la suite au renvoi des Jésuites et à la chute de Pombal. Le Brésil, lui, en sort plutôt affermi. Car, par la découverte de l'or, un nouveau déplacement d'équilibre et par-là, une première consolidation dans la répartition de la population du Brésil, est intervenue. Encore une fois, de larges masses ont été transplantées dans l'intérieur jusqu'alors faiblement colonisé, et même après que l'or répandu dans le sable est épuisé, les chercheurs d'or décident de coloniser les fertiles vallées de Minas Geraes. De cette façon, comme cela avait été le cas pour Sao Paulo, une nouvelle province se trouve peuplée ; et le fleuve Sao Francisco, jusqu'ici inutilisé, devient une vivante artère. De plus en plus, de simple côte qu'il était, le Brésil devient un véritable État.

Mais plus que tout l'or qu'il a gagné, ce qui est important pour le Brésil, c'est le sentiment puissamment renforcé de sa propre valeur. En partie dans les combats contre les Français qui pénètrent par le Nord, vers le Maranho, en partie par des incursions hardies dans l'inconnu et la colonisation progressive de l'Ouest, la population a conquis, par ses propres moyens, le bassin de l'Amazone, Matto Grosso, Goyaz, Rio Grande del Sul, et toute une série d'autres provinces. Chacune d'elles est aussi grande ou plus grande que les plus puissants États européens, comme l'Espagne, la France et l'Allemagne ; à une époque où l'Amérique du Nord qui a, à peu près, les mêmes dimensions, ne connaît guère plus du sixième de sa superficie totale, le Brésil s'est étendu presque jusqu'à ses limites d'aujourd'hui. La mère-patrie n'est plus à l'échelle depuis longtemps, car inscrit dans les immenses contours du Brésil, le Portugal a l'air d'une tache d'encre sur une gigantesque nappe. Et lorsqu'en 1750, dans le Traité de Madrid, les limites de la colonie doivent être définitivement fixées en face des colonies espagnoles, il faut bien que l'Espagne constate de mauvais gré qu'on ne peut plus songer à ramener ces frontières à l'ancien tracé du Traité de Todesillas, et que le Brésil, grâce au droit plus puissant que lui créent ses réalisations colonisatrices, a mis à néant toutes les clauses sur le papier. Au tournant du dix-huitième siècle, l'Europe commence lentement à comprendre, le pays lui-même commence à comprendre, combien il est devenu grand, puissant, unifié au cours de ces années en apparence sans événements, à sa façon calme et persévérante. Et plus il se libère de son enfance, de sa dépendance financière, plus il éprouve comme une injustice et une inconvenance le fait de voir mesquinement entravé par la tutelle maladroite et le manque de politique du Portugal, son libre développement. Car pour tirer le maximum de sa colonie, la Couronne portugaise étouffe le Brésil dans un réseau de lois qui comprime ses artères toutes gonflées de force et le tient éloigné du commerce international; c'est ainsi, par exemple, que le pays, où le coton pousse naturellement en abondance, se voit interdire précisément la fabrication des textiles, pour être contraint d'absorber les produits manufacturés par le Portugal, et les prohibitions de ce genre s'entassent avec autant d'arbitraire que de stupidité. En 1775, un décret interdit la production du savon; la distillation de l'alcool est défendue pour obliger les consommateurs à boire plus de vin du Portugal. Le Gouverneur refuse de recevoir dans son palais quelqu'un qui n'est pas habillé de vêtements fabriqués au Portugal. On refuse à un pays qui a déjà deux millions et demi d'habitants le droit de planter du riz ; au siècle de la philosophie et du progrès, ses villes n'ont pas le droit d'imprimer des journaux ni même des livres ; aucun Brésilien ne peut acquérir un bateau étranger ; aucun étranger ne peut vivre à Rio, c'est à peine s'il peut y débarquer. Le Brésil est enclos comme le jardin privé du roi de Portugal. Au dix-neuvième siècle même, quand Humboldt veut parcourir le pays, en vue de la merveilleuse description qui révélera vraiment le Brésil au monde, les autorités reçoivent confidentiellement l'ordre, lorsqu'un « certain baron de Humboldt » se présentera, de lui faire toutes les difficultés possibles.

Il est donc facile de concevoir l'attention passionnée avec laquelle les Brésiliens suivent la Guerre d'Indépendance de l'Amérique du Nord, quand celle-ci se soustrait violemment à une protection beaucoup plus intelligente et plus douce, et conquiert sa liberté. Les Jésuites, ceux qui ont été leurs premiers maîtres et les créateurs de leur façon de vivre, et qui se sont fait de moins en moins aimer dans le pays, au fur et à mesure que leur Organisation prenait davantage le caractère d'une affaire commerciale et concurrençait les colons indigènes, les Jésuites ont dû quitter le pays sur l'ordre de Pombal, mais ceci n'a en rien donné aux Brésiliens le droit et le pouvoir de régler eux-mêmes leur destinée. Les vice-rois administrent le pays dans le seul intérêt du Portugal et ne prennent qu'une faible part à son développement indépendant. Peu à peu, secrètement mais avec continuité, un parti antiportugais se forme, ou plutôt un parti qu'il aurait été encore facile d'apaiser par le simple octroi de l'égalité des droits et de la liberté du commerce international. Le Brésilien par lui-même n'est ni extrémiste, ni révolutionnaire; une main légère et adroite pouvait encore retenir le pays sans difficulté. Mais personne à Lisbonne ne comprend ses désirs, et Pombal lui-même, qui essaie vainement d'amener le Portugal à des vues plus éclairées et plus conformes à l'esprit du temps, n'accorde pas au Brésil, malgré certaines améliorations économiques, le plein épanouissement de ses forces organiques : l'expulsion des Jésuites qu'il a ordonnée comme palliatif, comme moyen d'apaisement et qui rencontre l'opposition violente des colonies dépendant d'eux, ne donne au pays aucun avantage matériel ou moral; au contraire, l'hostilité que les colons avaient jusqu'ici manifestée contre ces organisateurs clérico-commerçants se tourne maintenant exclusivement contre la mère-patrie. Déjà auparavant, des soulèvements isolés s'étaient produits à plusieurs reprises, à Minas Geraes, à Bahia et à Pernambouc, contre les employés du fisc portugais, mais parce qu'il n'y avait pas d'union entre eux, ils avaient été réprimés par la violence. C'étaient, pour la plupart, de simples rébellions locales contre une nouvelle taxe ou une nouvelle limitation, mouvements impulsifs d'une masse inorganisée, qui n'étaient pas une réelle menace pour les autorités portugaises. Ce n'est qu'à la fin du siècle qu'un mouvement national, conscient de son but et porté par un idéal, se constitue avec les conjurés de la « Inconfidencia Mineira ».

Cette « Inconfidencia Mineira » est une conjuration de jeunes gens et par cela même romantique, avec des discours téméraires et des poèmes pleins d'élan, maladroite dans ses préparatifs et cependant, dans sa résolution, portée par l'esprit du temps. Un groupe de jeunes gens brésiliens, étudiants à l'Université de Montpellier, avaient en 1788 discuté avec feu de la nécessité d'une libération nationale; ils avaient même cherché à prendre contact avec Jefferson, le délégué des États-Unis à Paris, pour gagner à leur cause la République nord-américaine. Il n'y eut pas de véritable action, mais l'idée resta vivante, et, dès que quelques-uns de ces jeunes gens furent revenus à Ouro Preto, la ville qui était alors la plus vive d'esprit, un groupe à tendance révolutionnaire fut formé sous la direction de José Alvares Maciel, tout frais revenu de Coïmbra, et Joaquim José da Silva Xavier, qui, sous le nom de « Tiradentes », est devenu le héros très chanté de ce premier mouvement d'indépendance vraiment brésilien. Ce sont, généralement, des hommes de profession libérale qui se groupent dans ces petits comités secrets, des médecins, des poètes, des juristes, des magistrats, la même couche bourgeoise qui montait depuis peu et qui, à la même heure, en France, dirige la Révolution. Des hommes qui discutent volontiers et s'enthousiasment pour les idées et les livres, des hommes qui parlent volontiers et, cette fois, parlent trop. Dans leur enthousiasme, les conjurés se voient déjà au but, longtemps encore avant d'avoir exactement mis sur pied et organisé leur complot, et cherchent impétueusement et avec bonne foi des amis de leur projet qui n'est encore que théorique. De sorte que le Gouverneur, sans cesse tenu au courant par des espions qu'il a fait se glisser parmi eux, peut frapper la conspiration avant qu'eux-mêmes ne soient passés à l'action. La plupart des jeunes gens sont condamnés à la déportation en Afrique, le poète Claudio Manuel da Costa se tue en prison et le seul qui fait volontairement et héroïquement des aveux devant le Tribunal pour le convaincre, Joaquim José da Silva Xavier, le « Tiradentes », est supplicié, le

21 juillet 1789, à Rio-de-Janeiro, de la façon la plus cruelle, et les morceaux de son corps martyrisé sont cloués aux carrefours de Minas « para terrivel, escarmento dos povos. » Mais ce n'est pas cela qui éteindra le brandon de la liberté : il continuera à luire sous terre. A la fin du dix-huitième siècle, le Brésil, semblable en cela à tous les États, ses voisins, de l'Argentine jusqu'au Venezuela, est déjà prêt intérieurement à la révolte contre l'Europe, et n'attend que le moment favorable.

Un hasard veut que cette révolte soit arrêtée encore pendant deux décades. Dans les guerres napoléoniennes, le Portugal est dans la pire des positions, entre le marteau et l'enclume. Ce petit pays se serait volontiers contenté de rester neutre et en dehors des luttes épuisantes des deux géants, l'Angleterre et Napoléon. Mais quand la violence domine un siècle, il n'y a plus de place pour les pacifiques ; il faut que le Portugal se décide pour la France qui veut ses ports ou pour l'Angleterre qui en a besoin pour résister au blocus. Et cette décision comporte de terribles responsabilités pour le roi Joao. Napoléon domine le continent, l'Angleterre a la maîtrise de la mer. Si le Roi résiste aux exigences de Napoléon, Napoléon l'envahira et le Portugal sera perdu. S'il résiste à l'Angleterre, l'Angleterre barre la mer et le Portugal perd le Brésil. En face de cet inexorable choix, entre voir Lisbonne bombardée de terre par Napoléon ou de la mer par les Anglais, il se forme à la Cour deux partis, le pro-français et le pro-anglais. Le Roi hésite et, en cet état, il prend conscience, pour la première fois, de ce que le Brésil est devenu au cours des trois derniers siècles : le bien le plus précieux de sa Couronne est, depuis longtemps, autre chose qu'une simple colonie. Il pressent que, dans l'avenir, il pourrait bien lui venir plus de richesse, de puissance et de considération dans le monde par la possession du Brésil que par celle du Portugal; pour la première fois, le Brésil et le Portugal se trouvent à égalité dans les plateaux de la balance.

Au dernier moment, quand Napoléon lui adresse un ultimatum en 1807, en lui demandant si le Portugal est pour lui ou contre lui, la Maison de Bragance précipite sa décision : plutôt abandonner Lisbonne, plutôt perdre tout le Portugal que le Brésil. Tandis que Junot est arrivé par marches forcées devant les portes de Lisbonne, la famille royale s'embarque hâtivement avec quinze mille personnes, toute la noblesse, la magistrature, le clergé, les généraux et — *last but not least* — deux cents millions de cruzados et traverse l'Océan sous la protection de la flotte anglaise. Il fallait un bouleversement mondial pour qu'un représentant quelconque de la Maison de Bragance et, cette fois, son Roi en personne, foulât le sol du Brésil pour la première fois en trois siècles.

Le Gouverneur et le Maître des cérémonies sont fortement secoués. Rio-de-Janeiro n'a aucun palais, n'a ni chambres, ni lits, pour recevoir de si hauts personnages et une cour aussi nombreuse. Mais le peuple enthousiasmé fait des ovations au souverain et le salue avec des cris de joie du titre d'« Emperador do Brazil », car il sent instinctivement qu'un souverain, après y être venu chercher refuge, ne peut plus traiter dans le futur le Brésil en subordonné. En effet, peu après l'arrivée du Roi, les limitations étroites sont supprimées. En premier lieu, les ports sont ouverts au commerce international, la production industrielle cesse d'être limitée, une banque locale est créée, le Banco do Brazil, des ministères installés, une imprimerie royale ouverte, dans le pays bâillonné jusqu'ici, un journal est même autorisé à paraître.

Une série d'institutions sont créées qui font de Rio-de-Janeiro une véritable capitale, des académies, des musées, un jardin botanique. Mais ce n'est qu'en 1815 que l'égalité constitutionnelle des Reinos Unidos intervient : le Portugal et le Brésil, jusqu'ici maître et valet, deviennent des frères. Ce à quoi on ne pouvait songer dix ans auparavant et qu'on n'avait pu espérer, au cours des siècles, de la sagesse des hommes politiques, la personnalité de Napoléon qui brassait le monde l'avait imposé par la force dans un temps record. Cette chance — on ne saurait assez répéter que toutes les catastrophes du Portugal ont été des chances pour le Brésil — cette chance permet à l'heureux Brésil de faire d'abord l'économie d'une guerre d'indépendance, qui a dévasté l'Amérique du Nord et a coûté aux autres États de l'Amérique du Sud de grands et sanglants sacrifices ; le Brésil peut tranquillement mettre à profit l'époque des troubles en Europe pour consolider lentement ses frontières. Il y a longtemps — en 1750 — que les contours du traité de Tordesilla ont été reconnus sans valeur. Le nouveau royaume s'étend en profondeur, loin dans l'Ouest, tout le long du cours de l'Amazone ; au Sud, le Rio-Grande-do-Sul a été gagné, au Nord la frontière longtemps disputée a été reculée jusqu'à la Guyane. Tandis que l'Europe est très occupée de congrès, le Roi, Dom Joao VI, ne peut résister à la tentation de s'approprier, en un tournemain, Montevideo et — tout à fait en passant — de rattacher l'Uruguay au Brésil comme province cisalpine. La forme définitive du Brésil est à peu près atteinte, dès le dix-neuvième siècle.

La présence de la cour royale pendant ces années, outre des avantages politiques, a aussi apporté des avantages moraux considérables. C'est la première fois, depuis que les Jésuites ont été chassés du pays sous Pombal, que des Portugais cultivés, des érudits, des savants, se fixent dans la capitale. Faisant preuve de vues très larges, le Roi fait en outre venir de France et d'Autriche des peintres et des chercheurs, pour créer des institutions ou les agrandir. Ce n'est qu'à partir de cette époque que nous possédons de vrais tableaux et des représentations de Rio, des études scientifiques, des descriptions lisibles. Le Brésil royal n'est plus maintenant la « terra de exilio » d'autrefois, depuis qu'il est devenu la « terra de refugio » de son Roi, et, en peu d'années, il devient une réplique de la civilisation européenne en même temps que le foyer d'une cour brillante et profondément considérée. Et rien ne souligne mieux la position qu'a prise dans le monde le nouveau pays que le fait de voir l'Empereur d'Autriche, devenu, après la chute de Napoléon, l'homme le plus puissant d'Europe, donner en mariage au successeur au trône du Brésil, une sœur de Marie-Louise, sa fille Léopoldine, qui est reçue en grande cérémonie à Rio. S'il avait été donné au roi Joao de suivre ses propres inclinations, il serait resté toute sa vie dans le nouveau pays dont la beauté et la valeur d'avenir est tout de suite apparue à lui-même comme à tous les siens. Mais la patrie portugaise exige jalousement la présence de son Roi, maintenant que Napoléon ne peut plus, de son île déserte de Sainte-Hélène, troubler la paix. Joao court le danger, s'il n'obéit pas à l'appel qui se fait sans cesse plus pressant, de perdre le trône de ses ancêtres. Il retarde longtemps ses adieux, mais, à la fin, il lui faut se résigner : en 1820, Joao VI rentre à Lisbonne, après avoir nommé à sa place, au Brésil, le successeur au trône, Dom Pedro.

Le roi Joao VI a résidé douze ans au Brésil : c'était un temps suffisant pour constater combien le pays était devenu, avec le nouveau siècle, puissant et obstiné : il n'a pu s'empêcher tout à fait d'avoir le mauvais pressentiment qu'une union personnelle entre deux pays n'est guère tenable à la longue, avec une séparation de trois mille lieues d'Océan. C'est dans cette pensée qu'il donne à son fils Dom Pedro, qu'il a installé « defensor perpetuo do Brazil », le conseil de se couronner lui-même roi du Brésil, si le besoin s'en fait sentir, avant qu'un quelconque aventurier ne s'empare du trône. Le départ du Roi fait, effectivement, éclore un mouvement national qui exige l'« independencia » et qui est plutôt encouragé qu'entravé par le successeur au trône. Après une apparence de résistance, le jeune ambitieux — guidé par le ministre José Bonifacio de Andrado, patriote de premier plan et le premier homme d'état vraiment brésilien qui avec beaucoup de perspicacité a su utiliser l'ambition du successeur au trône pour ses fins patriotiques — proclame l'Indépendance du Brésil. Le 12 octobre 1822, le « defensor perpetuo » est proclamé Empereur du Brésil, sous le nom de Pedro Ier, après qu'il a prêté serment de régner, non en autocrate, mais en souverain constitutionnel. Après de courtes luttes, partie contre des troupes portugaises demeurées loyales, partie contre des mouvements révolutionnaires, l'ordre extérieur est rétabli dans le pays ; l'ordre intérieur est plus difficile à obtenir. Le sentiment brésilien d'indépendance, enivré par le succès inattendu et rapide, veut encore des triomphes visibles. Ce premier empereur, le pays ne le sent pas tout à fait sien, véritablement brésilien ; le peuple ne peut pardonner à Pedro Ier d'être né portugais, et on ne peut faire taire le soupçon qu'après la mort de son père, Pedro essaiera de réunir à nouveau les deux couronnes. D'ailleurs, Pedro, romantique plutôt que réaliste, courageux mais trop préoccupé d'aventures galantes et livrant la Cour au bon plaisir de sa maîtresse, la marquise de Santos, ne sait pas se faire aimer de son peuple.

Le coup décisif est porté par la guerre malheureuse contre l'Argentine, dans laquelle le Brésil perd sa « République cisalpine ». Au sens historique, le résultat de cette guerre représente cependant un gain, car, par la création d'un Uruguay indépendant, tout conflit a été réglé une fois pour toutes entre les deux puissantes nations sœurs, entre l'Argentine et le Brésil, et une amitié durable s'en est suivie. Mais en 1828, le pays ne voit que la perte de l'embouchure du Rio-de-la-Plata, auquel le Brésil aspire nostalgiquement depuis des années, et l'Empereur doit subir les conséquences de cette mauvaise humeur. Il ne sert de rien qu'en 1830, après la mort de Joao VI, il renonce à la couronne de Portugal, qui lui revenait de droit, et démontre par-là qu'il s'est prononcé clairement pour le Brésil; il demeure ici l'étranger, l'homme venu du dehors, et les éléments nationalistes s'organisent sans cesse davantage contre lui. La Révolution française de Juillet donne à sa popularité le dernier coup, car tout ce qui est français agit comme un stimulant sur les parlementaires brésiliens qui, dans leurs discours et dans leurs débats, sont habitués à suivre l'exemple parisien, et la copie de tout ce qui est français va si loin que deux politiciens brésiliens ont pris ridiculement les noms de Lafayette et de Benjamin Constant. Seule une abdication de l'Empereur peu aimé, faite à temps, peut encore sauver le trône de l'assaut républicain; et Pedro Ier abdique en 1831 en faveur de son fils, avec cette constatation exacte : « Meo filho tem sobre mim a vantagem de ser Brasileiro ». A l'occasion de cette abdication, s'affirme à nouveau heureusement la tradition brésilienne de pratiquer ses bouleversements constitutionnels autant que possible dans un esprit de conciliation et sans effusion de sang.

Tranquillement, sans être poursuivi par la haine ni les injures, le premier empereur du Brésil quitte le pays.

**
*

Le nouvel empereur, Pedro II, « o emperador menino », à la fois Habsbourg et Bragance par le sang, a cinq ans quand son père abdique en sa faveur. José Bonifacio prend la régence et dans les coulisses les manœuvres politiques et les intrigues vont commencer maintenant. Pour les Brésiliens, dépendants et muets pendant trois cents ans, les droits parlementaires et la liberté de la presse sont des choses trop nouvelles pour qu'ils n'en soient pas tous ivres. Les débats se succèdent sans arrêt ; l'excitation politique est à son comble, à vrai dire sans aucune raison. Un parti travaille pour la république, un autre cherche à hâter le gouvernement personnel de Pedro II, les intrigues personnelles se heurtant tout le temps. Aucun gouvernement, aucun parti ne paraît vraiment stable. Le Régent est changé quatre fois en sept ans, jusqu'à ce qu'enfin, pour amener un certain apaisement, le parti conservateur décide en 1840 d'avancer la déclaration de majorité de Pedro II. Le 18 juillet, l'« emperador menino » cesse de l'être à quinze ans et est couronné solennellement empereur du Brésil.

L'accueil assez frais qui est fait à l'ambassadeur secret du Brésil, chargé de trouver en Europe une épouse de rang princier pour le jeune empereur, aussitôt après son accession au trône, montre bien le peu de confiance qu'inspirent au monde les constantes querelles des politiciens sudaméricains. Alors qu'au temps de son père Pedro Ier, on avait sans hésitation accordé la main d'une archiduchesse de la toujours riche lignée impériale, cette fois le tout-puissant chancelier Metternich demeure froid et temporisateur. Les États d'Amérique du Sud, par l'instabilité de leurs gouvernements, par les « putschs » continuels de leurs généraux ambitieux et de leurs politiciens passionnés, ont perdu beaucoup de leur crédit en Europe. En 1840, on ne pense plus à faire traverser l'Océan agité à une archiduchesse, pour l'envoyer dans un pays plus agité encore, et, même parmi les princesses de moindre rang, il n'en est aucune qui montre de l'inclination pour cette couronne impériale d'outre-mer. Après avoir fait antichambre en vain à Vienne pendant toute une année, il faut bien que le recruteur de fiancée se contente de ramener pour le jeune monarque une princesse napolitaine sans beauté ni fortune, mais, par contre, plus riche d'années que son futur époux.

Mais, cette fois, comme très souvent, les politiciens éprouvés se sont trompés dans leurs pronostics ; ce jeune souverain régnera paisiblement près d'un demi-siècle, et maintiendra une position difficile en soi, avec dignité et au milieu de la considération générale. Pedro II est, par nature, un contemplatif, plutôt fin lettré ou homme de bibliothèque porté au trône, qu'homme de politique ou d'armée. Véritable humaniste à l'esprit en éveil dont l'ambition est beaucoup plus satisfaite de recevoir une lettre de Manzoni, de Victor Hugo ou de Pasteur, que de briller dans les revues militaires ou de remporter des victoires, le souverain se tient, autant qu'il se peut, à l'écart, encore qu'il soit très imposant par sa belle barbe et son air plein de dignité. Ses heures les plus heureuses, il les passe à Petropolis, parmi ses fleurs, ou en Europe, parmi ses livres, ou encore dans les musées. Personnellement, il est conciliant, c'est par là qu'il a le plus d'influence sur son pays ; la seule guerre à

94

laquelle il est contraint, au cours de son long règne, la guerre contre Lopez, le dictateur militaire agressif du Paraguay, se termine par une réconciliation totale avec le vaincu après la victoire : on restitue volontairement jusqu'aux trophées militaires pris à l'ennemi. Grâce à l'attitude pleine de dignité, à l'extérieur, prudemment neutre, à l'intérieur, qu'adopte l'Empereur ; grâce à Rio Branco, homme d'État avisé, qui règle tous les incidents de frontière par l'arbitrage et sait échafauder les combinaisons internationales ; grâce au fait que le pays, dont la richesse augmente visiblement, cherche plutôt la stabilité intérieure que l'élargissement de ses frontières par la violence, le Brésil se taille, au cours des cinquante années du règne de Dom Pedro II, une nouvelle et très respectable place dans le monde.

Un seul problème, toutefois, reste sans solution au cours de toutes ces années, parce qu'il touche, par son acuité, aux centres nerveux du pays et parce qu'une action brutale nécessiterait une incalculable dépense de force et de sang : c'est le problème de l'esclavage. Depuis les lointains débuts, toute la production industrielle et agricole du Brésil a reposé uniquement sur l'esclavage, et le pays ne possède encore ni suffisamment de machines, ni suffisamment de travailleurs libres, pour remplacer les millions de bras noirs.

Mais, d'autre part, surtout depuis la Guerre de Sécession en Amérique du Nord, le problème est devenu moral plutôt que social, et la conscience de toute la nation, de façon avouée ou non, en est obsédée. Officiellement, toutefois, on a interdit toute nouvelle importation d'esclaves et, par-là, le commerce lui-même, depuis 1851 — et même depuis 1810 par un traité avec l'Angleterre —; en 1872, cette loi de protection est complétée par la loi du « ventre libre », aux termes de laquelle la liberté est accordée à tout enfant d'esclave dès le ventre maternel. Au moyen de ces deux textes, la question de l'esclavage ne serait plus pratiquement qu'une question de temps et non plus une question de principe, puisque l'accroissement du nombre des esclaves est prohibé et qu'au fur et à mesure de la mort du matériel humain, il n'y aurait bientôt plus au Brésil que des hommes libres. Mais en réalité, ni les importateurs, ni les possesseurs d'esclaves des plantations éloignées ne se conforment le moins du monde aux dites lois. Quinze ans après l'interdiction du commerce d'esclaves, on n'importe pas moins, en 1846, de cinquante mille noirs, en 1847, de cinquante-sept mille, en 1848, de soixante-dix mille ; et, comme le groupe puissant de ces trafiquants d'ivoire noir se moque de tous les règlements internationaux, il faut que le gouvernement anglais arme des canonnières pour faire la chasse aux chargements criminels. D'année en année, le problème de l'esclavage occupe davantage le centre du débat, et la pression des groupes libéraux se fait toujours plus vive pour obtenir la suppression radicale de la « honte noire », tandis que l'opposition grandit aussi vite, peut-être même plus vite dans les cercles agricoles qui craignent — non sans raison — si une réglementation trop brusque intervient, une crise catastrophique pour le pays, dont l'économie repose, pour les neuf dixièmes, sur la main-d'œuvre esclave.

Pour l'Empereur, le conflit prend de plus en plus un caractère personnel. L'idée de l'esclavage doit être une torture pour cet homme cultivé, libéral et démocrate, pour cet homme sentimental par nature, en dépit de la froideur des Habsbourg. Il montre clairement l'éloignement que lui inspirent tous ceux qui touchent à ce honteux commerce, en refusant obstinément d'accorder à qui que ce soit, fût-ce à l'homme le plus riche, s'il doit sa fortune au commerce des esclaves, un titre ou une décoration quelconque. Il est extrêmement pénible à cet intellectuel d'apparaître, au cours de ses visites en Europe, aux yeux des grands représentants de l'humanité, devant un Pasteur, un Charcot, un Lamartine, un Victor Hugo, un Wagner, un Nietzsche, comme le souverain responsable du seul État dans le monde, où le fouet et la marque sont encore tolérés. Mais il lui faut, longtemps encore, dissimuler cette répugnance personnelle, et éviter, conformément au conseil du meilleur, du plus avisé de ses hommes d'État, toute immixtion : Rio Branco, qui l'adjurait encore à son lit de mort : « Nao perturbem a marcha do elemento servil », voulant voir ce problème-là réglé, lui aussi, à la façon brésilienne, c'est-à-dire sans violence. Les conséquences économiques sont si difficiles à calculer, l'antagonisme ardent entre abolitionnistes et esclavagistes est à ce point irréductible, que le trône ne peut se maintenir qu'en équilibre entre les deux partis, parce que le moindre signe de faveur envers l'un ou l'autre déterminerait sa chute. C'est la raison pour laquelle jusqu'en 1884, pendant près de quarante ans, l'Empereur fait taire, autant qu'il le peut, l'opinion personnelle qu'on lui connaît en privé. Mais son impatience à se libérer de cette abomination s'accroît peu à peu ; une disposition provisoire ordonne en 1885 la libération de tous les esclaves âgés de plus de soixante ans, ce qui représente un nouveau grand bond en avant. Mais le temps qui doit amener la libération de tous les esclaves qu'il y a encore au Brésil paraît encore plus long à l'homme âgé et déjà malade, que celui dont il dispose encore, s'il veut voir l'événement de ses propres yeux ; et Pedro II, d'accord avec sa fille et successeur au trône, Donna Isabella, soutient sans cesse plus visiblement le parti des abolitionnistes. Enfin, le 13 mai 1888, la loi si longtemps attendue est promulguée : elle libère sans distinction et immédiatement tous les esclaves du Brésil.

Il s'en fallut de peu que l'Empereur n'ait jamais su que son souhait ambitieux s'était accompli. Pendant les journées où la nouvelle emplit de joie les rues du Brésil, Dom Pedro II est en danger de mort dans un hôtel de Milan. En avril encore, avec son habituelle fièvre de connaissance, il avait visité les musées et les savants d'Italie ; il était allé à Pompéi et à Capri, à Florence et à Bologne, il avait examiné chaque tableau de l'Académia, à Venise et, le soir, il avait entendu Eleonora Duse et reçu le compositeur brésilien Carlo Gomez. C'est alors qu'une grave pleurésie le terrasse. Charcot, de Paris, et trois autres médecins sont à son chevet, mais son état s'aggrave à un tel point, qu'on lui administre les sacrements. La nouvelle de la suppression de l'esclavage agit mieux sur lui que toutes les médecines. Le télégramme lui donne de nouvelles forces et il se remet si bien à Aix-les-Bains et à Cannes qu'il peut, au bout de quelques mois, songer à rentrer dans sa patrie.

Rio fait une réception enthousiaste à son vieil empereur à barbe blanche, qui a gouverné depuis cinquante ans dignement et pacifiquement. Mais le bruit qui se fait dans une seule rue n'exprime jamais le sentiment d'un peuple tout entier. En réalité, la solution de la question de l'esclavage a provoqué encore plus de désordre que, précédemment, la lutte des partis : car la crise économique est encore plus grave qu'on ne l'avait prévu. Quantité d'anciens esclaves se précipitent vers la ville ; les entreprises agricoles, qui sont brusquement privées de main-d'œuvre, ont de grandes difficultés, et les anciens propriétaires se sentent lésés, parce qu'ils n'ont reçu aucun dédommagement —

ou un trop faible dédommagement — pour leur perte d'argent sur l'ivoire noir. Les politiciens qui sentent souffler le vent, s'agitent de côté et d'autre, sans savoir où se fixer, et les tendances républicaines, qui brillaient sous la cendre depuis la Guerre d'Indépendance des États-Unis, s'allument dans ce courant d'air. Le mouvement n'est pas dirigé contre l'Empereur lui-même, car les républicains les plus acharnés sont obligés de respecter sa bonne volonté, sa sincérité et son esprit honnêtement démocratique. Mais il manque à Dom Pedro II un avantage, le plus important pour le maintien d'une dynastie : il a maintenant soixante-cinq ans, et il n'a pas de fils, pas d'héritier mâle du trône. Il a perdu deux fils en bas âge, sa fille et héritière est mariée à un prince d'Eu de la maison d'Orléans, et la conscience nationale du Brésil est déjà devenue si puissante et si chatouilleuse, qu'il ne veut plus admettre un Prince consort de sang étranger. Le vrai coup d'État part de l'armée, d'un tout petit groupe, et aurait pu probablement être facilement étouffé par une action énergique. Mais l'Empereur lui-même, vieux et malade, et, en réalité, lassé depuis longtemps du gouvernement, reçoit la nouvelle à Petropolis sans une trop grande envie de résister : rien ne pouvait être plus haïssable pour cette nature conciliante que la guerre civile. Comme ni lui, ni son gendre, ne montrent un esprit de décision rapide, le parti monarchiste fond et s'évanouit en une nuit. La couronne impériale tombe sans faire de bruit, aussi peu éclaboussée de sang au moment où on la perd, qu'au moment où elle fut gagnée; le vrai vainqueur moral, c'est encore une fois l'esprit de conciliation brésilien. Sans la moindre haine, le nouveau gouvernement laisse l'homme qui a été pendant cinquante ans le souverain bien intentionné du pays, s'éloigner paisiblement et aller mourir en Europe. Et, digne et silencieux, sans un mot de plainte, Dom Pedro II abandonne pour toujours, le 17 novembre 1889, comme autrefois son père et son grand-père, le continent américain, qui n'a pas de place pour les rois.

⁎⁎

Depuis lors, les « Estados Unidos do Brasil » sont restés une république fédérative. Mais cette transformation de l'empire en république s'est opérée avec aussi peu de secousses que s'était précédemment opéré le passage de la royauté à l'empire et, de nos jours, la prise de la présidence par Getulio Vargas ; ce ne sont jamais les formes extérieures de l'État qui déterminent l'esprit et l'attitude d'un peuple, mais c'est, au contraire, toujours le tempérament inné d'une nation qui laisse, en définitive, son empreinte dans l'Histoire. Au cours des différentes formes qu'il a revêtues, le Brésil a peu changé au fond, il n'a fait que développer une personnalité nationale toujours plus forte et plus consciente. Reflétant l'âme de millions d'êtres, il a inébranlablement appliqué la même méthode, dans sa politique extérieure comme dans sa politique intérieure : l'aplanissement de tous les conflits par les concessions réciproques. Jamais, le Brésil n'a gêné le développement du monde par le sien propre, il n'a fait que l'aider ; depuis plus de cent ans, le Brésil n'a pas élargi ses frontières et a vécu en bonne intelligence avec ses voisins ; il s'est contenté de diriger vers l'intérieur ses forces sans cesse grandissantes, sa population s'est accrue et le niveau de vie s'est élevé et, particulièrement dans les dix dernières années, il s'est adapté grâce à une rigoureuse organisation, au rythme des temps nouveaux. Abondamment pourvu par la nature d'espace et de richesses dans cet espace, gratifié de beauté et de toutes les forces potentielles imaginables, il se trouve toujours en face des mêmes obligations qui ont marqué ses débuts : transplanter les hommes des zones surpeuplées sur son sol inépuisable et, unissant l'ancien et le nouveau, créer une civilisation nouvelle. Au bout de quatre cent quarante-quatre ans, son développement n'en est toujours qu'à la période d'élan, et aucun effort d'imagination ne réussit à prévoir ce que ce pays, ce que ce monde représentera pour les générations à venir. Quand on décrit le présent du Brésil, c'est déjà, sans le savoir, du passé qu'on parle. C'est seulement en ayant déjà son avenir en vue qu'on lui donne son véritable sens.

ÉCONOMIE

Le Brésil, de beaucoup le plus vaste des États de l'Amérique du Sud — sa superficie couvre même une plus grande étendue que celle des États-Unis de l'Amérique du Nord — est pour l'avenir une des plus importantes, si ce n'est la plus importante réserve de notre monde. Il y a ici la richesse infinie de la glèbe qui n'a jamais connu ni culture, ni charrue et, sous elle, des métaux, des minéraux, des trésors naturels qui ont été à peine découverts et pas le moins du monde exploités. Il y a ici des possibilités de colonisation dans des proportions telles, qu'un imaginatif pourrait plus justement les calculer qu'un statisticien ordinaire : la seule différence des estimations, le simple fait qu'on se demande si ce pays qui compte aujourd'hui cinquante millions d'habitants pourra en avoir cinq ou sept ou neuf cents millions, donne une idée des bases de raisonnement qu'on possède pour le développement du Brésil dans cent ans, peut-être dans quelques dizaines d'années. Et on souscrit volontiers à la juste formule de James Bryce : « Pas un pays au monde, appartenant à une race européenne, ne possède une telle abondance naturelle pour l'expansion de l'existence humaine et d'une industrie créatrice. »

Le Brésil a la forme d'une gigantesque harpe, et

sa ligne de frontière reproduit curieusement le profil entier de l'Amérique du Sud. On y trouve à la fois la montagne, la côte marine, la plaine, la forêt, la région fluviale, et la fertilité, presque partout. Tous les climats : tropical, sub-tropical, européen ; son atmosphère est ici humide et là sèche, ici océanique et là alpine ; il y a des zones riches et des zones pauvres en précipitations et il y a ainsi place pour la végétation la plus variée. Le Brésil possède ou alimente les fleuves les plus puissants du monde, l'Amazone et le Rio de la Plata, ses montagnes rappellent, en beaucoup d'endroits, les Alpes, et atteignent avec leur plus haut sommet, l'Itaiaia, qui a trois mille mètres, la zone des neiges ; ses chutes d'eau, l'Iguassu et le Sete Quedas, dépassent en puissance celles du Niagara, pourtant de beaucoup plus célèbre, et comptent parmi les plus grandes réserves de houille blanche du monde ; ses villes, Rio-de-Janeiro et Sao Paulo, en pleine croissance fantastique, peuvent déjà rivaliser, en luxe et en beauté, avec les cités européennes. Le regard ébloui se pose sur toutes les variétés d'un paysage sans cesse changeant, et la faune et la flore sont d'une richesse si grande qu'elles ne cessent, depuis des siècles, de réserver des surprises au chercheur : la seule énumération des espèces d'oiseaux remplit des volumes de catalogues et chaque expédition nouvelle rapporte des centaines de nouvelles espèces. Mais seul l'avenir pourra révéler ce que cette terre recèle de latentes possibilités, de métaux, de minéraux. Ce dont on est certain, c'est que les plus grands gisements de fer du monde attendent ici, assez riches pour alimenter toute la terre pendant des siècles, et que dans le domaine géologique, il n'est pas un minéral, un métal ou une espèce de plante qui manque à cet immense empire. Quels qu'aient été, dans les dernières années, les travaux entrepris pour systé-

matiser les premières données, il faut bien dire
que les estimations n'en sont qu'à leur début et
n'ont même pas encore sérieusement commencé.
On ne peut que répéter sans cesse que cet extraordinaire pays, avec son espace et ses terrains
inexploités, constitue pour notre terre si lasse et si
épuisée le plus grand des espoirs, l'espoir le plus
justifié.

On est confondu, dès l'abord, par une telle luxuriance. Tout est véhément, le soleil, la lumière, les
couleurs. Le bleu du ciel vibre ici plus fortement,
le vert est profond et saturé, la terre rouge et
grasse ; nul peintre ne peut trouver sur sa palette
des couleurs plus éblouissantes, plus chatoyantes
que celles du plumage des oiseaux ou des ailes des
papillons. La nature est toujours ici au superlatif :
les orages qui déchirent le ciel du grondement de
leurs éclairs, les pluies qui tombent en torrents, la
végétation exubérante qui en quelques mois
couvre la terre de déserts verts. Mais la terre elle-
même, depuis de longs siècles inviolée et pas
encore poussée à produire au maximum, répond
ici avec une force presque incroyable à la moindre
sollicitation. Qu'on se rappelle la peine, la fatigue,
l'adresse, la ténacité, qu'il faut déployer en Europe
pour faire produire des fruits ou des fleurs à un
champ : ici, c'est exactement le contraire, en présence d'une Nature qu'il faut plutôt freiner pour
qu'elle ne se fasse pas envahissante. Ici, il faut
combattre la croissance au lieu de l'encourager.
Les arbres et les buissons poussent naturellement
et fournissent gratuitement à une grande partie de
la population sa nourriture, la banane, la mangue,
le mandioca, l'ananas ; et dans cet humus vierge,
tous les plants nouveaux, tous les fruits qu'on
importe d'un autre continent, s'acclimatent immédiatement.

Cette impétuosité, cette complaisance, cette

générosité, avec lesquelles ce pays répond à toutes les expériences, a même souvent été paradoxalement dangereuse au cours de son histoire économique. Les crises de surproduction sont uniquement dues ici au fait que tout pousse si vite et si facilement. Le Brésil s'est vu obligé, dès qu'il commençait à produire, à s'endiguer lui-même pour ne pas produire trop (les sacs de café jetés à la mer au vingtième siècle en sont un récent exemple). C'est pourquoi l'histoire économique du Brésil est remplie de surprenants renversements et est peut-être plus dramatique encore que son histoire politique. Généralement, le caractère économique d'un pays est tendu dès le début vers une certaine direction, et le rythme ne change pas sensiblement au cours des siècles. Tel pays est un jardin, tel autre tire sa richesse du bois ou du minerai, tel autre de l'élevage. La courbe de la production peut varier, monter ou descendre, mais le sens demeure, en général, le même. Le Brésil, lui, est, au contraire, un pays de modifications et de renversements constants. En fait, chaque siècle a eu, ici, un caractère économique différent, et la tragédie a comporté des actes aux noms variés : or, sucre, café, caoutchouc, bois. En chaque siècle, en chaque demi-siècle plutôt, le Brésil révèle une nouvelle et surprenante source de richesse.

Tout au début, au seizième siècle, c'est le bois, le pao Brasil, qui donne au pays sa marque économique et même, pour toujours, un nom. Lorsque les premiers bateaux mirent l'ancre devant cette côte, les Européens éprouvèrent d'abord une grosse déception. Rien à voler, rien à remporter. Le Brésil n'avait à leur offrir que l'anarchie, l'exubérance, la luxuriance de sa nature, que les hommes n'avaient pas encore soumise. « Nem ouro, nem plata », cette brève formule du premier rapport avait suffi à faire considérer comme nulle la valeur commerciale du nouveau pays. On ne pouvait rien prendre aux indigènes qui regardaient curieusement les blancs étrangers et vêtus, car ils ne possédaient rien en dehors de leur peau et de leurs cheveux. On ne trouvait pas ici, comme au Pérou et au Mexique, une civilisation nationale qui avait appris à tisser les fibres pour en faire des étoffes, qui avait martelé, pour en faire des bijoux et des armes, les métaux arrachés aux entrailles de la terre. Les cannibales nus de la Terre de Santa Cruz n'avaient même pas encore atteint le degré le plus primitif de la civilisation, ils ne savaient ni cultiver la terre, ni élever le bétail, ni bâtir des huttes. Ils attrapaient et engloutissaient uniquement ce qu'ils trouvaient sur les arbres et dans l'eau, et repartaient en avant, dès qu'ils avaient épuisé une région. Mais on ne peut rien prendre à celui qui n'a rien (où il n'y a rien, le Roi perd ses droits). Les matelots regagnaient leurs embarcations, déçus par un pays d'où cela ne valait pas la peine d'emporter quelque chose et où même les hommes se révélaient inutilisables. Si on voulait en faire des esclaves et les contraindre au travail sous le fouet, ils ne tardaient pas à mourir en quelques semaines. Tout ce que ces premiers bateaux rapportèrent, c'étaient des curiosités, quelques petits singes agiles et ces magnifiques perroquets multicolores, que les belles dames d'Europe voyaient avec plaisir dans des cages et à cause desquels le pays reçut d'abord le nom de Terra de Papagaios. Ce ne fut qu'au deuxième voyage qu'on découvrit un produit pouvant servir de base à un commerce avec ce pays lointain : le bois du Brésil. Ce bois qui portait le nom de Brasil — de « braso », luire ardemment — parce que sa section a des lueurs rougeâtres, était plus recherché, en vérité, comme produit tinctorial que comme bois proprement dit ; mais, à ce titre et parce qu'on ne connaissait à cette époque aucun autre produit pouvant être utilisé pour la teinture, il était un des produits exotiques très demandés sur le marché.

Le gouvernement portugais est trop occupé pour entreprendre lui-même l'exportation régulière du « pao Brasil ». Quel intérêt peut-il trouver à un monopole du bois, trop mince affaire et demandant trop de peine, quand il a mis toutes ses forces militaires et maritimes en œuvre pour piller les trésors des princes de l'Inde ? Et pourtant, cela vaut qu'on s'y intéresse. Pour un quintal de ce bois de teinture, qui revient, rendu à Lisbonne, frais et risques compris, à un demi-ducat, on peut avoir sur les marchés français ou hollandais de deux ducats et demi à trois. Mais ce qu'il faut à la Couronne, pour des entreprises plus grandioses et plus vastes, ce sont des gains rapidement monnayables. Aussi trouve-t-elle plus avantageux de concéder le monopole du bois à l'un des « cristaos novos », à Fernao de Noronha, contre paiement comptant, et celui-ci organise à Pernambouc le commerce avec ses coreligionnaires réfugiés. Mais même sous cette direction, le trafic reste mince et ne peut en aucune façon devenir une entreprise régulière de colonisation, amenant l'établissement de grandes manufactures. Un produit de teinture n'arrive pas à donner l'élan nécessaire pour la colonisation de ce pays lointain. Si le Brésil est appelé à occuper une place sur le marché mondial, il faut qu'il fournisse un autre produit plus rémunérateur que le « pao Brasil ».

Mais le Brésil, à l'époque de sa découverte — ou plus exactement l'étroite bande de terre le long de la côte qui est seule découverte — ne possède pas de produit de ce genre. Pour que l'économie européenne puisse exploiter le Brésil, il faut d'abord qu'elle le rende fertile. Tout ce qui est appelé à

croître et à se développer dans ces zones luxu-
riantes, les plantes et les produits, il faut d'abord
les implanter et les transplanter, et ce qu'il faut
par-dessus tout comme fertiliseur, c'est l'homme.
Dès le premier moment de son existence, c'est
l'homme, le colon, le planteur, l'élément de vie et
de fertilité, qui est la suprême nécessité pour le
Brésil. Tout ce que le Brésil doit donner, il faut
qu'il l'apprenne de l'Europe, que l'Europe le lui
apporte ; et tout ce qu'on lui prête en plants et en
énergies humaines, la nouvelle terre le restituera
mille fois à l'ancien continent. Ce n'est donc, pour
le Portugal, pas un problème de conquête qui se
pose, comme pour les pays d'Orient où il y a des
trésors à voler et à rapporter, mais un problème de
colonisation et d'investissements. Comme premier
essai de transplantation, les Portugais importent
la canne à sucre du Cap Vert au Brésil. Cette première expérience réussit à souhait : le Brésil
répond avec surabondance à la moindre sollicitation. La canne à sucre est la production idéale
pour un pays encore complètement inorganisé,
car la plantation et la récolte n'exigent qu'un travail manuel minimum et aucune formation. A
peine mise en terre, la canne à sucre s'élève de
deux pouces, et ceci, six à dix fois dans l'année ;
par les méthodes les plus simples, les plus faciles,
on en extrait le précieux suc. Il suffit de placer la
canne entre deux rouleaux de bois ; deux esclaves
— un bœuf coûterait trop cher — tournent interminablement une sorte de treuil jusqu'à ce que les
rouleaux aient extrait de la canne la moindre once
de jus précieux. Le jus blanc et poisseux est
ensuite cuit et moulé en blocs ou en pains : les
tiges rincées servent encore de moût, et les
cendres des feuilles brûlées sont utilisées pour la
culture. Ces premières et primitives méthodes de
fabrication se perfectionnent bientôt, et de petites

108

manufactures, les « engenhos », s'établissent près des cours d'eau, pour substituer la force hydraulique à l'humaine. Le sucre blanc, que les esclaves font couler des cannes brunes aux feuilles vertes, se transforme avec une rapidité surprenante en bel or jaune. L'Europe, depuis qu'elle a pris contact, grâce aux Croisades, avec la civilisation raffinée et délicate du monde oriental, a pris le goût des épices fortes et excitantes et aussi des douceurs et des sucreries. Elle est devenue riche par l'épanouissement du commerce, et n'ayant plus envie de son brouet spartiate, maigre et monotone, elle veut pour son palais des joies plus fines et plus nuancées. Elle ne se contente plus de demander au miel un sucrage fade : depuis qu'on lui a fait goûter ce sucre, fort et stimulant, elle en réclame toujours davantage, avec une gourmandise d'enfant. Et comme il faudra encore trois siècles avant que les Européens sachent faire du sucre avec leurs propres betteraves, les marchands, assurés d'une clientèle qui augmente sans cesse, importeront encore longtemps le produit de luxe des pays exotiques, en le payant n'importe quel prix. Voilà le Brésil devenu soudain très important sur le marché mondial. Comme les dépenses de fabrication sont pour ainsi dire nulles, car la terre est pour rien, les cannes aussi, et les esclaves des « engenhos » sont les moins chères des bêtes de somme, les gains ne cessent d'augmenter, et la richesse que le Brésil — ou plutôt le Portugal — tire de la nouvelle industrie, est immense. La production s'élargit et augmente de semaine en semaine ; en trois siècles, le Brésil se taille dans ce domaine une suprématie et une position privilégiée inébranlables ; on aura une idée des énormes chiffres atteints par l'exportation, par cet exemple : au cours de nombreuses années, la seule exportation du Brésil en sucre atteignit trois millions de Livres anglaises, c'est-à-dire une valeur supérieure à la totalité de l'exportation anglaise pour la même époque. Ce n'est qu'à la fin du dix-huitième siècle que les profits commencent à diminuer, car le Brésil provoque une baisse sur l'« or blanc » par la surproduction. Il en est de celui-là comme des autres produits coloniaux : le poivre, le thé, le caoutchouc : la surproduction ne tarde pas à transformer en une habitude toute naturelle ce qui était rare et coûteux. L'introduction de sucre de betteraves sera le dernier coup. Mais le « cycle » du sucre aura brillamment rempli son rôle dans l'histoire économique du Brésil, et le crépuscule du produit essentiel vient trop tard pour menacer une économie qui s'est déjà assise sur d'autres bases. La faible tige qui lui a été apportée par les premiers bateaux a soutenu le Brésil pendant trois siècles et lui a donné assez de force pour continuer son chemin sans elle.

Un nouveau produit d'exportation est là tout prêt. Il ressemble au premier en ce sens qu'il va se mettre au service d'un nouveau vice européen : c'est le tabac. Colomb avait déjà trouvé les indigènes en train de fumer, et les autres navigateurs avaient rapporté chez eux cette habitude. Les Européens voient d'abord dans cette coutume de mâcher, de fumer, de renifler une herbe brune quelque chose de barbare. On se moque des marins et on les méprise lorsqu'on les voit mastiquer ces épaisses chiques et cracher un jus brun et malpropre. On considère comme des sots ridicules les rares amateurs qui empestent l'air de leurs pipes d'argile, et la bonne société, la Cour surtout, s'y opposent sévèrement. Le tabac n'a pas dû, par suite, son introduction en Europe à un goût ou à une singerie de mode, mais à la peur. Dans les jours de terreur où les grandes épidémies se succèdent rapidement dans les différentes villes d'Europe et les dépeuplent, on croit — on ne sait encore rien des microbes — que le meilleur moyen de se préserver de la contagion, c'est de fumer constamment et d'immuniser le voisin par un poison. Mais lorsque l'épidémie est passée et la peur avec elle, les hommes se sont si bien habitués au tabac — c'est ce qui s'est passé avec le cognac qui n'était d'abord qu'un remède — qu'ils ne songent pas plus à s'en passer que de boire et de manger. D'année en année, la demande se fait plus forte ; le Brésil devient le grand fournisseur, car le tabac y pousse à l'état sauvage et de la meilleure qualité. Pas plus que le sucre, le tabac ne demande de soins spéciaux ni de longue attente. Il suffit de cueillir les feuilles du plant qui pousse tout seul, de les sécher, de les rouler, et ce qui ne vaut rien ici est embarqué comme marchandise précieuse. Jusqu'au dix-huitième siècle, l'économie brésilienne, s'appuiera sur le sucre, le tabac et ce troisième flatteur du palais européen dont la mode commence à se répandre : le chocolat. Et le coton, l'Algodon, s'y joint bientôt, dès que l'Europe apprend à le filer. Le Brésil a toujours eu du coton, il pousse à l'état sauvage dans les forêts de l'Amazone et dans d'autres provinces ; mais les indigènes, contrairement à ce qui s'était passé pour les peuples de civilisation avancée, pour les Aztèques et les Péruviens, ne savaient pas filer les brins ; ils ne savaient que placer les touffes au bout de leurs flèches, quand ils faisaient la guerre, pour mettre le feu aux campements de leurs ennemis, et dans la région du Maranho, le coton servait, chose curieuse, d'instrument de paiement. L'Europe, au commencement, sait encore moins ce qu'elle va faire du coton ; bien que Colomb ait déjà rapporté quelques touffes de la mousse blanche en Espagne, personne n'est conscient de son importance d'avenir comme produit textile. Mais au Brésil, par contre, les Jésuites, probablement instruits par des rapports venus du Mexique, savent déjà à quoi s'en tenir, et, dans leurs « aldeias », ils enseignent aux indigènes à le filer. Mais c'est seulement avec l'invention de la machine à tisser (1770-73), avec ce qu'on a appelé la « révolution industrielle », que le coton s'exporte en grand. C'est surtout l'Angleterre — elle emploie plus d'un million d'ouvriers dans l'industrie textile, à partir de la fin du dix-huitième siècle — qui a besoin de quantités de plus en plus grandes, pour fournir le monde en produits manufacturés, et qui paye des prix de plus en plus élevés. On commence au Brésil la plantation systématique du coton qui poussait jusqu'alors à l'état sauvage ; dès le commencement du dix-neuvième siècle, le « algodon » représente presque la moitié de l'exportation totale du Brésil et sauve la balance commerciale ; la forte baisse des sucres est heureusement et rapidement compensée par cette exportation gigantesque, déplacement tout à fait typique dans l'économie brésilienne.

Toutes ces matières premières, le sucre, le tabac, le cacao, le coton sont livrés uniquement à l'état brut, sans être travaillés dans le pays ; il faudra encore une longue évolution avant que le Brésil soit assez libre et assez mûr pour avoir une industrie de transformation organisée et mécanique. Tout ce dont il est capable, c'est planter, récolter et embarquer les « produits coloniaux », comme on les appelle, c'est-à-dire tout ce qui se fait de la manière la plus primitive, ce qui ne demande que des bras. Et des bras nombreux et à bon marché. C'est pourquoi les hommes sont la matière première dont ce pays, abondamment pourvu de tout ce que la nature fournit, a le plus pressant besoin et doit importer en quantités de plus en plus grandes. S'il est une particularité dans l'économie brésilienne, c'est qu'il lui faut à toutes les époques importer la force motrice dont il manque : dans les premiers siècles, le bras humain, au dix-neuvième, le charbon, au vingtième, le pétrole. Il est tout naturel qu'en ces premières années, il cherche à se procurer sa force motrice au meilleur compte. Les colons s'efforcent d'abord de réduire les indigènes en esclavage. Mais ceux-ci se révèlent de faible constitution et, par suite, d'un rendement médiocre. De plus, les Jésuites ne cessent de s'appuyer sur les édits royaux pour la protection de la population indigène, si bien qu'à partir de 1549, on commence à importer régulièrement « l'ivoire noir » d'Afrique. Chaque mois, et bientôt chaque semaine, de nouveaux chargements de cette vivante matière première sont importés dans les « tumbeiros » (le nom vient de ce que la moitié des nègres empilés et enchaînés sur ces cruels bateaux meurent en route). En trois siècles, sur les dix millions d'esclaves que le Nouveau Continent a importés de l'Afrique pillée et dépeuplée, le Brésil en absorbe au moins trois millions : on n'aura jamais les chiffres exacts (d'après certaines estimations, ce serait même quatre millions et demi) car en 1890 Ruy Barbosa, dans un noble geste pour laver la jeune République de cette tare du passé, donna l'ordre de brûler les archives se rapportant à l'esclavage.

Le commerce des esclaves demeure longtemps pour le Brésil, si ce n'est le plus considéré, tout au moins le plus lucratif ; financé par Londres ou Lisbonne, il fournit à l'affréteur comme au marchand un gain assuré, grâce à la demande sans cesse croissante. L'esclave nègre, qui sur le marché de Bahia revient en moyenne de cinquante à trois cents milreis, paraît cher comparé à l'esclave indigène, coté de quatre à soixante-dix milreis. Mais il faut tenir compte, dans le prix de revient d'un solide nègre de Guinée ou du Sénégal, du déchet endommagé en route et jeté à la mer, des bénéfices inouïs que font le chasseur d'esclaves, le marchand et le capitaine, et ajouter à tout cela le droit d'entrée de trois à trois mille cinq cents reis, que sa Très-Chrétienne Majesté, le roi de Portugal, exige et perçoit immédiatement à l'Alfandega, au Bureau des Douanes, à l'occasion du sombre trafic. En dépit de ce prix élevé, le propriétaire d'une hacienda ne peut pas plus se passer de nègres que de charrue ou de pic. Un nègre bien bâti, s'il est fouetté convenablement, travaille douze heures sans recevoir de salaire; en outre, ce n'est pas un investissement à capital perdu, car le nègre se reproduit dans ses rares moments de loisir et augmente le cheptel des enfants qu'il élève et qui, naturellement, sont autant d'esclaves nouveaux et gratuits pour son maître : un couple de nègres, acquis au seizième siècle, fabrique en deux ou trois siècles, pour la famille de son maître, toute une génération d'esclaves. Ces esclaves représentent la force motrice qui actionne les grandes haciendas, et comme la terre est sans valeur dans cet immense pays, la richesse d'un planteur se mesure au nombre de ses esclaves, comme se mesurait aux temps féodaux en Russie la richesse d'un grand propriétaire foncier, non par la valeur de la terre, mais par le nombre d'« âmes » qui y étaient attachées. Jusque très avant dans le dix-neuvième siècle, les esclaves sont la vraie base de l'économie. C'est sur leurs épaules que pèse tout le poids de la production coloniale, tandis que les Portugais se bornent à surveiller et à diriger la marche ininterrompue de cette machine mue par des millions de bras.

Cette rigide division en blancs et noirs, en maîtres et esclaves, existe dès le début, et elle n'aurait pas manqué de briser l'unité du Brésil, sans l'action incessante et compensatrice de la colonisation à l'intérieur. Cependant, au début, le vaste pays n'a pas encore d'équilibre statique, car au premier siècle et jusque dans le milieu du second, toute l'activité, tout l'afflux sanguin va vers le Nord. Pour le monde d'alors, contrairement à son déclin actuel, c'est la zone tropicale du Brésil qui est son vrai trésor : c'est là que se concentre l'activité économique, tant que le goût des Européens pour les produits coloniaux ne s'est pas apaisé. De simples lieux de transit qu'ils étaient, Bahia, Olinda, Pernambouc se transforment en véritables villes, où l'on construit des villas et des palais, tandis que l'arrière-pays ne connaît encore que des huttes et de timides églises de bois. C'est là qu'abordent les bateaux européens, qu'ils déchargent ou chargent, c'est là que coule sans cesse le flot noir des esclaves, c'est là que les neuf dixièmes des produits coloniaux sont emballés et embarqués, c'est là que s'établissent les premiers comptoirs et c'est près de ces villes tropicales en plein développement que s'installent, pour plus de commodité, les « engenhos » et les plantations les plus importantes. Vers 1600, 1650 et même encore vers 1700, quand on parle du Brésil en Europe, on n'entend que le Nord et seulement la côte, avec ses ports qui sont déjà connus dans le monde, son sucre, son cacao, son tabac, son commerce, ses affaires. Personne en Europe, pas même le Roi de Portugal, ne soupçonne l'évolution de l'arrière-pays, moins lucrative, mais beaucoup plus saine ; elle se dissimule à la curiosité des navigateurs et des marchands derrière une haute chaîne de montagnes. La grande œuvre des Jésuites au Brésil, c'est d'avoir favorisé la colonisation du pays, grâce à leur zèle systématique et tenace, en utilisant les éléments locaux. Contrairement aux percepteurs royaux et aux trafiquants avides, pour qui l'intérêt ne réside que dans ce qu'on peut rapidement monnayer, les Jésuites ont compris que la base économique, sur laquelle un peuple s'établit, ne peut être ni le rendement de quelques monopoles, ni la traite des esclaves ; qu'un pays qui veut se construire doit d'abord apprendre à cultiver la terre et à sentir qu'elle est vraiment sienne, dans les formes éternelles et millénaires de l'agriculture et de l'élevage. Le vrai commencement de la nation brésilienne, au sens moral, réside dans le fait que des tribus encore absolument nomades aient pu être éduquées pour ce travail indispensable.

Le travail commence à zéro. Quand Nobrega et Anchieta arrivent dans le pays, tout manque, à part la terre que personne ne cultive, à part les indigènes qui ne savent pas encore la cultiver. Aucun moyen de liaison, aucun moyen de communication. On n'a rien sous la main, il faut tout faire venir par mer, chaque tête de bétail, chaque vache, chaque veau, chaque cochon, chaque marteau, chaque scie, chaque clou, chaque bêche, chaque râteau. Il faut faire venir les plantes et les semences, et puis, au prix de mille peines, enseigner à ces êtres enfantins et nus, comment on cueille, comment on moissonne, comment on construit des étables pour les animaux et comment on soigne les animaux. Avant de pouvoir en faire des chrétiens, il faut d'abord leur enseigner à travailler, avant de leur donner les fondements de la croyance, il faut s'appliquer à leur donner la volonté du travail. Ce qui, de loin, était apparu aux Jésuites comme une entreprise spirituelle de grand style, devenait ici une pénible et patiente besogne que seuls des hommes disciplinés, ayant voué leur vie à une idée, pouvaient mener à bien : civiliser des hommes par l'agriculture. Rien de ce que ces premiers maîtres ont apporté avec eux comme livres de médecine, comme plantes, animaux ou outils, n'a été aussi tonique et vivifiant pour l'évolution que l'énergie têtue et ardente de la douzaine d'hommes qu'ils étaient. Rapidement — comme tout au Brésil — ces premières « aldeias », ces jeunes colonies, croissent et se développent, et les Jésuites peuvent bientôt, légitimement fiers, rendre compte, dans leurs lettres, du bonheur avec lequel l'union entre l'homme et la terre, et le croisement entre blancs et indigènes, s'opèrent pour former une nouvelle et active espèce. Déjà, les pères croient avoir mené leur œuvre à bonne fin; Sao Paulo, la ville, puis la province, sont colonisées et les « aldeias » pénètrent sans cesse plus avant dans le pays. Mais la conquête du pays ne va pas aller de soi, paisiblement, tranquillement, selon le plan établi et comme ils l'avaient prévu. L'Histoire aime, pour accomplir ses projets, à s'écarter du plan établi par l'homme et à suivre ses propres voies. C'est ce qui arrive ici : les Jésuites ont fixé au sol une jeune espèce avec l'intention de le lui voir cultiver. Mais voici que déjà la nouvelle génération des Mamelucos, des métis, s'échappe avec impatience des limites fixées par les bons pères. L'instinct nomade de leurs ancêtres de couleur et, d'autre part, la barbarie effrénée des premiers colons sont encore vivants dans leur sang. Pourquoi travailler soi-même la terre, au lieu d'employer des esclaves? Ces demi-noirs ne tardent pas à devenir les pires ennemis des tout-noirs, les fils des indigènes dont les ancêtres ont été tirés de l'esclavage par les Jésuites, à devenir les pires trafiquants d'esclaves. C'est justement à Sao Paulo dont les Jésuites avaient rêvé comme d'une cité de mœurs pures et d'unité que prend naissance la nouvelle espèce de conquistadores, les « Paulistas », qui deviennent bientôt les pires ennemis des Jésuites et de leur œuvre colonisatrice. Rassemblés en troupe guerrière, ces « bandeirantes » (curieusement semblables aux chasseurs d'esclaves d'Afrique) parcourent le pays, dévastent les colonies, volent les esclaves, non seulement dans la forêt vierge, mais même ceux qui sont à la glèbe et à la charrue. Et pourtant, ils mettent en principe — à leur manière violente et brutale — la conception des Jésuites sur la pénétration rayonnante dans toutes les directions. En effet, de chacune de ces expéditions, quelques-uns des Paulistas demeurent, se fixent aux carrefours, des colonies et des villes se forment à l'arrière des bandes pillardes, qui rentrent avec des milliers d'esclaves. Le Sud fertile commence à se remplir d'hommes et de bêtes, le type du « vaqueiro », de l'éleveur de bétail, et du « gaucho » s'élabore à côté de celui de l'homme de la côte plus paresseux et aimant ses aises, le type de l'homme de l'intérieur, de l'homme qui a une vraie patrie. La première des grandes immigrations vers l'intérieur a été l'œuvre pour partie du plan des Jésuites et pour partie de l'avidité des Paulistas ; le bon et le mauvais, opposés en apparence, concourent à une œuvre commune. Au dix-septième siècle, l'agriculture, l'élevage, la ferme constituent à l'intérieur un solide contrepoids au monde tropical du Nord, aux montées et aux chutes rapides, et trop soumis aux fluctuations du marché mondial. Et le Brésil est de plus en plus conscient de sa volonté de devenir un pays se suffisant à lui-même, au lieu d'être uniquement le lieu de livraison des produits coloniaux, un pays qui se développe selon ses lois propres, au lieu d'être seulement une pousse de la mère-patrie.

Au seuil du dix-huitième siècle, le Brésil est économiquement une colonie productive, d'autant plus importante pour la Couronne Portugaise que celle-ci se voit dépouillée par les Anglais et les Hollandais de toutes ses colonies asiatiques, l'une après l'autre. Fini, pour Lisbonne, l'âge d'or, où d'après la chronique, la journée était trop courte, pour inscrire et compter les droits d'entrée sur le commerce avec les Indes. Mais, depuis le dix-septième siècle, le Brésil n'est plus inscrit au passif du Portugal, et il y a longtemps que les misères du début sont oubliées, quand le Gouverneur devait supplier pour chaque cruzado et Nobrega mendier à Lisbonne des chemises de rebut pour ses convertis. Les Brésiliens sont de bons fournisseurs, ils emplissent de marchandise précieuse les bateaux portugais, ils entretiennent de leurs deniers les employés portugais, et les percepteurs envoient déjà aux caisses royales un montant imposant en taxes perçues. Mais les Brésiliens sont, en outre, de bons acheteurs et de bons consommateurs ; beaucoup de ces rois du sucre ont plus d'argent et de crédit que leur Roi lui-même, et le Portugal n'a pas de meilleur déversoir, pour ses vins, ses textiles, ses livres. En silence, le Brésil est devenu une colonie importante et sans cesse plus prospère ; elle est, en même temps, demeurée la colonie qui a coûté le moins de sang au Portugal, celle qui donne le moins de soucis et qui demande le moins d'investissement. Pas plus à Bahia qu'à Rio de Janeiro, ou à Pernambouc, il n'est besoin de fortes garnisons pour maintenir l'ordre. La population augmente constamment avec les années et, quelques petits tumultes mis à part, n'a jamais tenté d'insurrection sérieuse. Il n'est pas besoin de construire de coûteuses fortifications, comme aux Indes ou en Afrique, ou d'envoyer là-bas de l'argent pour des entreprises de l'État. Longtemps, ce pays se défendra lui-même, subviendra lui-même à son entretien.

Il est donc difficile d'imaginer une colonie plus commode que le Brésil, avec sa croissance constante, son évolution modeste — on est tenté d'écrire « sans bruit » — qui s'accomplit sans être remarquée du reste du monde. Rien dans ce pays qui se développe, replié sur lui-même, et n'envoie aux comptoirs de l'extérieur que du sucre ou du tabac en grosses balles brunes, qui soit fait pour exciter l'imagination ou la curiosité de l'Europe. C'est la conquête du Mexique, de l'or des Incas, les mines d'argent de Potosi, les perles de l'océan Indien, les combats des fermiers américains contre les Peaux-Rouges, les pirates de la mer des Caraïbes qui inspirent aux poètes et aux chroniqueurs leurs récits romanesques et fascinent la jeunesse toujours avide d'aventures. Le Brésil, lui, reste pendant des décades, pendant deux siècles même, sans attirer l'attention du monde. Mais ce fut une chance pour lui d'être ainsi dissimulé et à l'écart. Rien n'a été plus favorable à son évolution lente et organique que la découverte tardive — au commencement du dix-huitième siècle seulement — de son or et de ses diamants qui restent longtemps enfouis et ignorés. Découverts plus tôt, ces diamants et cet or faisaient se ruer les grandes nations sur un tel butin, les troupes des conquistadores arrivaient du Pérou, du Chili, du Venezuela pour d'incessantes rapines, et le Brésil devenait le champ de bataille des pires instincts, éventré, déchiré, morcelé. Mais en 1700, quand le Brésil se révèle soudain comme le pays le plus riche en or de l'époque, le moment des grandes aventures et des conquistadores, des Villeguaignons, des Walter Raleighs, des Cortès, des Pizarros, est définitivement passé ; finies les sauvages audaces au cours desquelles quelques aventuriers résolus, avec quatre ou cinq bateaux et quelques centaines de soldats, massacraient et assujettissaient des contrées

entières. En 1700, le Brésil est déjà une unité et
une force; il a ses villes, ses fortifications, ses
ports; mieux : il a ce qui est plus déterminant que
tout cela, il constitue déjà une communauté nationale, et cette armée invisible qui se dresserait
jusqu'au dernier homme contre une irruption
étrangère, et qui ne consent plus qu'avec difficulté
à payer tribut à sa propre mère-patrie d'outre-
Océan. Tout ce qui lui manque, c'est encore du
temps et encore des hommes. Il va devenir le plus
fort, grâce à sa patience et à son calme.

C'est plus qu'un succès national pour le Brésil et
le Portugal, quand on découvre de l'or dans la province de Minas Geraes. C'est un événement mondial qui a exercé une influence décisive sur la
structure économique de la société d'alors. Selon
Werner Sombart, l'évolution capitaliste et industrielle de l'Europe, à la fin du dix-huitième siècle,
aurait été impossible sans le violent et stimulant
afflux de l'or brésilien qui fit immédiatement
battre plus fort le pouls de l'économie européenne.
La quantité d'or que le Brésil, qui n'a pas attiré
l'attention jusqu'ici, jette d'un seul coup sur le
marché, représente pour l'époque une somme
qu'on a peine à se représenter. D'après les estimations dignes de foi de Roberto Simonsen, on a
extrait des mines de Minas Geraes, en ce demi-
siècle, plus d'or que de l'Amérique entière jusqu'à
la découverte des mines d'or de Californie en 1852.
Le butin du Mexique et du Pérou, qui plongea le
seizième siècle dans une crise de démence et qui
fit, d'un coup, doubler et tripler la valeur, le prix
de toutes les choses (ainsi que Montesquieu l'a si
magistralement montré dans sa célèbre étude sur
« Les richesses de l'Espagne »), ce butin représente
à peine un cinquième, peut-être même à peine un

dixième de ce que la colonie jusqu'ici méprisée fournit à la mère-patrie. Lisbonne, qui a été détruite, est reconstruite grâce à cet or; le gigantesque cloître de Mafra est bâti grâce au « Quinto », au droit du cinquième que le Roi s'est attribué légalement; la floraison subite de l'industrie anglaise est due à cet engrais jaune, et les affaires de l'Europe prennent un rythme accéléré par ce soudain afflux. En cet instant du monde, pendant cinquante ans, le Brésil est la fabrique de monnaie de l'ancien monde, et la colonie la plus productive, la plus enviée qu'un État européen puisse posséder. On dirait que le rêve des conquistadores s'est réalisé et que le légendaire Eldorado a été découvert.

*
**

Cet épisode de l'or — car ce ne sera rien de plus qu'un épisode dans l'Histoire du Brésil — est si dramatique par sa montée, son cours et son extinction, que c'est sous la forme d'une pièce de théâtre en trois actes qu'on en donne le mieux l'idée.

Le premier acte se passe, juste avant 1700, dans une vallée de Minas Geraes qui n'est encore à ce moment rien d'autre que de l'humus sans hommes, sans villes, sans chemins. Un beau jour, de Taubate, une petite colonie de Paulistas, quelques hommes à cheval ou à mulet partent vers les collines, que le petit Rio de Velhas traverse de ses courbes et de ses méandres; comme des milliers d'autres avant eux, ces hommes sont attirés vers un « quelque part » dont ils ignorent le chemin et vont, à la vérité, sans but précis. Ce qu'ils veulent, c'est trouver quelque chose et le rapporter, des esclaves peut-être, ou du bétail, peut-être un métal précieux. Et c'est la trouvaille inattendue : L'un d'eux, sans qu'on sache s'il avait été secrètement informé ou si c'est par pur hasard, découvre dans le sable les premiers grains d'or flottants et les rapporte dans une bouteille à Rio-de-Janeiro. Et comme toujours, le premier regard sur ce métal mystérieux et couleur d'envie suffit pour provoquer une migration sauvage : de Bahia, de Rio, de Sao Paulo, les gens se pressent, à cheval, à âne, à mulet, à pied ou remontent en barque le Sao Francisco. Les marins abandonnent leurs bateaux — ici, le metteur en scène doit grouper des figurations massives — les soldats leurs garnisons, les marchands leurs affaires, les prêtres leurs chapelles et, en noirs troupeaux, les esclaves sont traînés jusqu'à ce désert. Au premier moment, ce qui paraissait être une chance menace de dégénérer en catastrophe économique pour tout le pays. Les fabriques de sucre, les plantations de tabac s'arrêtent, parce que ceux qui les dirigent les ont abandonnées et ont emmené les esclaves avec eux : on va rafler là-bas en une semaine, en un jour, autant qu'ici en un an de travail consciencieux. Il n'y a personne pour décharger les bateaux ni pour assurer les moyens de communication. Tout est arrêté. Il faut que le Gouvernement édicte des sanctions contre ceux qui abandonnent le travail pour partir à l'intérieur. Mais tandis qu'une catastrophe menace les villes de la côte brusquement dépeuplées, une catastrophe inverse menace la région de l'or par ce brusque surpeuplement, la famine à côté des tas d'or. Midas et son destin éternel ! Il y a des grains d'or et de la poussière d'or tant qu'on en veut, mais il n'y a pas de pain, pas de maïs, pas de fromage, pas de viande, pas de lait pour nourrir ces gens qui sont des centaines de milliers ; ce désert montagneux n'a ni provisions, ni bétail, ni fruits. Heureusement, la pensée de pouvoir vendre leur marchandise cinq ou dix fois son prix et en outre d'être payés en or pur, décuple l'avidité des marchands. Des masses de vivres de plus en plus considérables et d'autres marchandises telles que des pelles, des haches, des cribles arrivent par terre et par eau. Dans le pays, on trace des chemins, le fleuve Sao Francisco, qui coulait jusqu'ici dans le silence et voyait à peine une voile en un mois, devient une voie animée. Les barques descendent et remontent, esclaves aux rames; les bœufs tirent ensuite les chariots et l'or rêvé revient en petits sacs de cuir brut ou déjà à demi monnayé. Une activité fébrile s'est emparée brusquement de ce pays tranquille et presque endormi.

Mais c'est une mauvaise fièvre, comme toujours, la fièvre de l'or. Elle excite les nerfs, elle chauffe le sang, elle fait les yeux avides et les sens troublés. Bientôt, ce sont des batailles exaspérées : les premiers venus, les « paulistas » se dressent contre les retardataires, les « emboabos ». D'un coup de couteau, on s'empare de ce qu'un autre a péniblement ramassé, et le comique se mêle grotesquement au tragique. Des hommes qui, hier encore, étaient des mendiants, se pavanent en habits pompeux et ridicules; des déserteurs et des portefaix perdent des fortunes au jeu de dés. Une scène d'opéra pour terminer le premier acte : tandis que la terre est ainsi sauvagement éventrée en mille endroits, on trouve, dans la même contrée, un objet plus précieux encore que l'or : le diamant.

Second acte : un nouveau personnage de premier plan fait son entrée, le gouverneur portugais, représentant les droits de la Couronne. Il est venu exercer sa surveillance sur la province nouvellement découverte et, surtout, pour s'assurer du droit du cinquième qui revient au Roi : il est suivi de soldats et de dragons à cheval, pour faire respecter l'ordre. On établit une « monnaie » où tout l'or découvert doit être apporté pour être fondu afin qu'un contrôle précis puisse s'établir. Mais cette farouche multitude ne veut pas de contrôle; un soulèvement éclate qui est impitoyablement écrasé. Peu à peu, l'aventure effrénée se transforme en une industrie réglée, par l'autorité royale. L'une après l'autre, dans la petite région minière, de vastes villes se développent, Villa Rica, Villa Real et Villa Albuquerque qui, dans leurs huttes et dans leurs maisons de boue hâtivement construites, rassemblent cent mille personnes, plus que New York et plus que n'importe quelle ville américaine à cette époque; villes dont personne ne sait plus rien aujourd'hui et dont le monde d'alors avait, tout au plus, une vague notion. Car le Portugal est bien résolu à protéger son trésor et à ne laisser s'en approcher aucun étranger, fût-ce pour une heure. Toute la région est pour ainsi dire ceinte d'une grille de fer; des soldats patrouillent nuit et jour aux carrefours; aucun voyageur n'a le droit de pénétrer dans la zone, aucun mineur n'a le droit de l'abandonner avant d'avoir été au préalable soigneusement fouillé pour le cas où il emporterait de la poussière d'or, illégalement soustraite au contrôle de la « monnaie »; toute infraction est punie de peines terribles. Personne n'a le droit de donner des renseignements sur le pays, sur le Brésil et ses trésors, on ne laisse partir aucune lettre, et un livre écrit par un Jésuite italien, le père Antonil, sur les « Richesses du Brésil », est supprimé par la censure. A peine le Portugal s'est-il rendu compte de ce qu'il possède avec le Brésil, qu'il met tout en œuvre pour écarter la dangereuse jalousie et l'avidité des autres nations. Seuls la Cour et les fonctionnaires de la Tesoraria peuvent savoir où l'on trouve des diamants et où l'on trouve de l'or et la part de la Couronne. Aujourd'hui encore, il est à peu près impossible de calculer avec exactitude ce qu'a été le butin au cours de ces siècles. Ce qui n'est pas douteux, c'est qu'il a été considérable, car non seulement le cinquième affluait dans les caisses royales à sec depuis longtemps, mais il y avait encore tous les diamants au-dessus de vingt-deux carats qui devaient être livrés sans indemnité, et il faut y ajouter les droits d'entrée sur les marchandises dont la Colonie devenue brusquement riche a besoin, et sur les esclaves dont il faut faire venir le double pour avoir un rendement rapide. C'est seulement maintenant que le Portugal est conscient d'avoir, avec le Brésil, conservé celle de ses « provinces d'outre-mer » qui a le plus de valeur, maintenant qu'il a perdu ses empires aux Indes et en Afrique, cette province que ses « Lusiades » n'ont pas chantée et que seuls les plus pauvres et les plus réprouvés sont allés coloniser.

Le troisième acte de cette tragi-comédie de l'or se passe environ soixante-dix ans plus tard et amène la tragique conclusion. La première scène se passe à Villa Rica et à Villa Real, identiques et pourtant différentes. Le paysage n'a pas changé avec ses montagnes nues ou vert sombre, avec son fleuve se frayant sans hâte un chemin par les vallées étroites. Mais la ville est changée ; de puissantes églises, hautes et claires, richement ornées à l'intérieur de tableaux et de sculptures se dressent sur les collines ; autour du Palais du Gouverneur se pressent de magnifiques maisons ; une population riche et respectable y vit, mais ce n'est plus la population dépensière, joyeusement vivante d'hier et d'avant-hier. Quelque chose a disparu qui donnait aux rues, aux tavernes et aux boutiques leur vivante animation, quelque chose a disparu qui faisait briller le regard des hommes, qui donnait à leurs mouvements de la légèreté et de la vie, quelque chose s'en est allé qui enflammait l'atmosphère et la rendait fiévreuse et ce quelque chose c'est l'or. Le fleuve coule et écume toujours, en ramenant sur les rives les cailloux et le sable qu'il entraîne dans son cours, mais on peut secouer le sable tant qu'on voudra dans les cribles, et le laver et le relaver, ce n'est plus que du sable sans valeur. On n'y trouve plus, comme autrefois, les lourds grains étincelants; passées les années où il suffisait, pour s'enrichir, d'installer cinquante ou cent esclaves qui secouaient sans arrêt le sable dans des baquets de bois et secouaient tant qu'il y avait encore au fond quelques onces de grains précieux. L'or du Rio das Velhas n'avait été que de l'or flottant, de l'or de surface et il est épuisé à présent. Pour extraire l'or de la profondeur de la montagne, il faut un travail technique difficile pour lequel l'époque ni le pays ne sont encore mûrs. Et voici le tournant : Villa Rica est devenue Villa Pobre, la ville pauvre. Les laveurs d'or d'hier, appauvris et aigris, s'en vont avec leurs mulets, leurs ânes et leurs nègres et leur maigre avoir; les huttes de boue des esclaves, des milliers sur les collines, sont entraînées par les pluies ou s'effondrent. Les dragons s'en retournent, car ils n'ont plus rien à surveiller, la Casa de Fundaçao n'a plus rien à fondre, le Gouverneur plus rien à administrer. La prison elle-même demeure vide, car c'est à peine s'il reste quelque chose qu'on puisse voler. Le cycle de l'or est révolu.

Quatrième acte, en deux scènes qui se passent au même moment, mais l'une au Brésil, l'autre au Portugal. La première scène se passe dans le Palais Royal à Lisbonne. Réunion du Conseil de la Couronne. On lit les rapports de la Tesoraria et ils sont effrayants. Toujours moins d'or du Brésil et toujours plus de dettes dans le pays. Les sociétés industrielles fondées par Pombal sont tout près de s'effondrer parce qu'on ne peut plus les financer; la reconstruction de Lisbonne, commencée avec tant d'énergie, est arrêtée. Où trouver de l'argent, maintenant que l'or n'afflue plus du Brésil et qu'est-ce qui pourrait bien le remplacer ? L'expulsion des Jésuites, la confiscation de leurs biens n'a guère été d'un grand secours ; après la disparition de l'empire de rêve des « Lusiades », voici que s'évapore l'illusion de l'éternel Eldorado. Trompeur comme toujours, l'or a promis du bonheur, mais n'a pu en donner. Et le Portugal doit se limiter à redevenir ce qu'il était, un petit pays calme et digne d'être aimé, précisément pour sa calme beauté.

L'autre scène contemporaine à Minas Geraes est tout l'opposé de la première : les laveurs d'or sont descendus de la montagne inhospitalière avec leurs mules, leurs ânes, leurs esclaves et tout leur avoir transportable, et ils ont découvert la plaine fertile. Ils s'y établissent, de petites colonies et des villes naissent, les bateaux vont et viennent sur le Sao Francisco, le trafic s'anime, une province vide, inculte, et inhabitée se transforme en une province active. Ce qui se traduit en perte pour le Portugal, est un avantage pour le Brésil : en compensation de l'or disparu, il a gagné une substance beaucoup plus précieuse, un nouveau morceau de son propre sol pour le travail actif et productif.

Du point de vue démographique, la ruée vers l'or de Minas Geraes représente la première des grandes migrations intérieures, qui ont été si décisives pour l'évolution nationale et économique du Brésil. Sans ces migrations toujours renouvelées dans les limites intérieures, on ne s'expliquerait pas le phénomène par lequel un pays d'une telle étendue a pu avoir une unité nationale si complète, que la langue elle-même s'est à peine modifiée dans quelques dialectes, et que de Parana jusqu'à l'Amazone, de l'Océan aux confins presque inaccessibles de Goyaz, on retrouve les mêmes mœurs, et un type populaire, demeuré le même en dépit de toutes les différences climatiques et professionnelles. Comme dans tous les pays très étendus, le colon a ici un autre comportement envers la terre que le paysan d'Europe, avec sa propriété étroitement délimitée, complètement attaché à son sol et à sa maison. Au Brésil où toute la terre de l'Hinterland était libre et où chacun pouvait prendre ce qu'il voulait et comme il voulait, l'homme est entreprenant et a le goût du déplacement. Il arrivait tout naturellement ici que le colon, moins traditionnellement attaché que le paysan européen, changeait facilement le lieu de son séjour et se pliait volontiers aux nouvelles occasions qui s'offraient à lui. Les grandes transformations de l'économie brésilienne, le passage d'un produit monopolisé à un autre, ce qu'on appelle les cycles de la production, se présentent aussi comme des migrations et des déplacements d'équilibre colonisateur, et on pourrait, en un sens, donner à ces cycles aussi bien que le nom des produits le nom des villes et des régions qu'ils ont créées. L'ère du bois, du sucre et du coton a colonisé le Nord. Elle a créé Bahia, Recife, Olinda, Pernambouc et Ceara. Minas Geraes a été colonisé par l'or. Rio-de-Janeiro devra sa grandeur à l'immigration du Roi et de sa Cour, Sao Paulo sa montée fantastique à l'empire du café, Manaos et Belem leur brusque épanouissement au cycle vite révolu du caoutchouc, et c'est à peine si nous connaissons la situation des villes que la prochaine vague, la poussée du minerai, l'industrie feront brusquement croître.

Ce processus de répartition équilibrante qui se poursuit encore aujourd'hui — car le Brésilien doit à ses sombres ancêtres une grande mobilité —

et qui n'a cessé d'être favorisé par l'apport constant de l'immigration africaine, d'abord, puis européenne, a toujours empêché l'arrêt complet de l'expansion. Il a fait obstacle à une division en couches sociales trop fixes, et il a élaboré l'élément national plus fortement que l'élément particulier. On entend bien, de-ci de-là, dire qu'un tel est de Bahia, tel autre de Porto Alegre, mais dès qu'on s'informe davantage, on apprend que leur père ou leur mère venaient d'ailleurs. C'est grâce à cette transfusion, à cette transplantation permanentes, que le miracle de l'unité brésilienne s'est maintenu jusqu'aujourd'hui et qu'une concentration nationale s'est faite tout naturellement, à mesure qu'augmentaient les moyens de communication, les forces de liaison de la radio et du journal. Alors que l'empire hispano-américain qui ne dépasse ni en nombre d'habitants, ni en étendue, l'ancienne terre de la Couronne portugaise, a vu s'accentuer par sa division en districts gouvernés séparément les particularismes argentin, chilien, péruvien, vénézuélien, le Brésil, au contraire, préparait, dès le début, au moyen d'un gouvernement centralisateur, une forme économique et nationale indestructible, parce qu'ancrée de bonne heure dans le cœur du peuple.

Si l'on essaie de dresser le bilan, le « doit » et « avoir » des rapports entre la colonie et la mère-patrie, entre le Brésil et le Portugal, depuis les premiers moments jusqu'au commencement du dix-neuvième siècle, on se trouve en présence d'un tableau très changeant. De 1500 à 1600, le Brésil est partie prenante, le Portugal donne : il faut envoyer des fonctionnaires et des bateaux, des marchandises et des soldats, des marchands et des colons à travers l'Océan, et la population blanche du Portugal est dix fois celle de la jeune colonie. En 1700, c'est-à-dire au commencement du dix-huitième siècle, les comptes s'équilibrent sensiblement avec une légère tendance favorable au Brésil. En 1800, la proportion a déjà fantastiquement changé. Le Portugal a l'air minuscule avec ses 91 000 kilomètres carrés, à côté d'un pays qui en a huit millions et demi. Rien qu'en esclaves noirs, le Brésil a plus d'habitants que le Portugal avec tous ses sujets ; l'empire américain ne peut plus être comparé du point de vue économique avec le Portugal appauvri, plongeant dans un marasme de plus en plus profond. Il y a longtemps que le Brésil s'est libéré de toute aide avec son or plus ou moins abondant, avec ses diamants, son sucre, son coton, son tabac, son bétail, ses minerais et sa puissance de travail grandissant d'année en année, qui n'est pas la moindre de ses richesses. C'est maintenant l'enfant qui subvient aux besoins de sa mère. Quand Lisbonne est en partie détruite par le tremblement de terre, le Brésil lui envoie un cadeau de trois millions de cruzados pour sa reconstruction ; les riches au Portugal, ce sont ceux qui ont des biens au Brésil ou qui commercent avec ses ports et ses villes. Le Brésil est un monde à côté de la « pequena casa Lusitania ».

Mais plus le Brésil devient fort, mûr, capable de se soutenir lui-même, plus la mère-patrie trahit le visible souci de voir l'enfant devenu trop puissant échapper un jour à sa tutelle. Elle essaiera sans relâche de remettre dans les lisières royales, comme s'il était toujours mineur, l'être qui sait déjà agir, penser, produire dans l'indépendance. Il faut empêcher à toute force son indépendance économique de se manifester. Tandis que l'Amérique du Nord règle librement sa destinée, le Brésil n'est pas encore autorisé à fabriquer des produits avec ses matières premières. Il n'a pas le droit de tisser des étoffes, mais doit les obtenir par le détour de la mère-patrie, il n'a pas le droit de se construire des bateaux pour que seuls les armateurs portugais puissent réaliser des profits. Il faut empêcher le Brésil d'offrir un champ d'action aux intellectuels, aux techniciens, aux industriels. Pas le droit d'imprimer des livres, pas le droit de diffuser un journal, et on leur enlève, avec les Jésuites, les seuls qui répandaient un peu d'instruction. Surtout qu'il n'ait pas d'essor économique indépendant, pas de libres contacts avec les marchés mondiaux! Le Brésil doit demeurer un pays esclave, une colonie dépendante, et plus il est dépendant, ignorant, sans caractère national, plus le Portugal est satisfait. Toute tentative de libération est écrasée par la violence. Et les troupes portugaises, en garnison au Brésil, ne sont plus du tout là comme autrefois pour protéger le Brésil contre l'ennemi du dehors — il y a longtemps que le Brésil y a pourvu tout seul — mais uniquement pour défendre les casernes économiques royales contre le pays lui-même.

Mais le même phénomène se répète sans cesse dans l'Histoire; ce que la raison et l'indifférence ont négligé pendant des années, la violence brutale l'obtient en une heure. C'est Napoléon, le tyran de l'Europe, qui va être le libérateur de cette contrée de l'Amérique. Car, en obligeant le Roi du Portugal à abandonner en une fuite précipitée sa bonne ville de Lisbonne, que menace l'avance foudroyante des troupes françaises, il l'oblige en même temps à regarder, pour la première fois, le pays qui lui a bâti ses palais et qui a été, depuis des décades et des siècles, le fidèle soutien de sa couronne et de son royaume. Pour la première fois, le Brésil voit apparaître, au lieu du percepteur ou de la gendarmerie, avec toute sa Cour, sa noblesse et son clergé, un membre de la Maison de Bragance, le Roi Joao VI.

Mais au dix-neuvième siècle, il n'y aura plus de colonie brésilienne ; le Roi Joao n'a plus le choix : il émancipe solennellement l'enfant qui l'a pris dans ses bras et le soutient lui, le fugitif, lamentablement vaincu. Sous la dénomination de « Royaumes-Unis », le Brésil et le Portugal deviennent égaux et pendant douze ans la capitale de ce double royaume ne sera plus sur le Tage, mais dans la baie de Guanabara. Les barrières qui séparaient le Brésil du commerce mondial tombent tout d'un coup, plus d'autorisations, d'interdictions, de décrets rigoureux. Il est permis aux bateaux étrangers d'accoster, à partir de 1808, des marchandises peuvent être échangées sans qu'un tribut soit payé à la Tesoraria d'outre-Atlantique. Le Brésil peut travailler et produire, il peut parler, écrire et penser, et l'évolution économique peut commencer en même temps que l'évolution culturelle, si longtemps brimée par la violence. Pour la première fois, depuis l'époque fugitive de la domination hollandaise, des savants, des artistes, des techniciens de grande valeur sont appelés pour servir à l'édification d'une culture locale. Des choses tout à fait inconnues, des musées, des bibliothèques, des universités, des écoles de beaux-arts, des écoles techniques sont installées, et le pays a pleine liberté pour montrer et affirmer sa personnalité particulière au monde de la culture.

Mais quand on a commencé à connaître et à aimer la sensation de la liberté, on n'a de cesse qu'on ne l'ait obtenue tout entière et sans limites. Même le lien lâche qui unit le nouveau royaume à l'ancien par-delà les mers pèse et opprime. Et c'est seulement quand le Brésil s'est couronné lui-même, en 1822, que sa véritable indépendance commence.

**

Ou plus exactement, qu'elle pourrait commencer. Car le Brésil, s'il a réussi à conquérir son indépendance politique, est encore enchaîné économiquement. Jusque très avant dans le dix-neuvième siècle, au contraire, il sera sous la dure dépendance économique de l'Angleterre et des autres États industriels, plus dure que ne l'avait été celle du Portugal. Le Brésil — bridé dans son évolution par les interdits de Lisbonne — a manqué la révolution industrielle qui, à la fin du dix-huitième siècle, a commencé à bouleverser notre monde de fond en comble. Jusqu'alors, il lui avait été possible de lutter contre toute concurrence dans la livraison des produits coloniaux par le bon marché de sa main-d'œuvre, par l'esclavage, et de prétendre, au sens économique, au premier rang parmi les colonies américaines. Au temps de la Déclaration d'Indépendance, il dépassait encore l'Amérique du Nord comme pays d'exportation, et les chiffres de son commerce extérieur sont supérieurs, certaines années, à ceux de l'Angleterre. Mais avec le nouveau siècle, un élément nouveau a été introduit dans l'organisation du monde : la machine. Douze hommes, servant une seule machine à vapeur à Liverpool ou à Manchester, produisent plus, à temps égal, que cent, bientôt que mille esclaves. Le travail à la main ne pourra pas plus lutter contre la fabrication mécanique organisée que les indigènes nus, armés de flèches, contre les mitrailleuses et les canons. Ce retard fatal sur le rythme de l'époque s'aggrave encore d'une particulière malchance. Dans le catalogue formidable et presque complet de ses métaux et de ses roches, ce qui fait défaut au Brésil, c'est la source d'énergie motrice déterminante au dix-neuvième siècle : le charbon.

Dans ce moment décisif où force et transports vont dépendre entièrement de la nouvelle matière dynamique, le Brésil n'a pas une seule mine de charbon sur son immense territoire.

Chaque kilogramme met plusieurs semaines à être transporté et il revient très cher, car le sucre qu'on livre en échange a fait une chute vertigineuse. Les transports ne « paient » pas et, en outre, la construction de chemins de fer dans ce pays montagneux ne s'accomplit que lentement, après d'irremplaçables dizaines d'années. Pendant que le rythme du commerce et des communications, dans les pays d'Europe et d'Amérique du Nord devient dix, cent, mille fois plus important, la terre, au Brésil, refuse de fournir du charbon, les monts se révoltent et les fleuves s'agitent comme pour se défendre contre le nouveau siècle. Le résultat ne se fait pas attendre : de lustre en lustre, le Brésil reste de plus en plus en retard sur l'évolution moderne, et le Nord, en particulier, avec ses moyens de communication défectueux, arrivera à être dans une situation à peu près intenable. A une époque où, aux États-Unis, les rubans de rails unissent déjà en une triple et quadruple ceinture l'Est à l'Ouest et le Nord au Sud, ici, sur un territoire aussi vaste, il n'y a pas trace de rail sur les neuf dixièmes de l'étendue ; et, tandis que les nouveaux bateaux à vapeur montent et descendent sans cesse le Mississippi, l'Hudson et le Saint-Laurent, il est bien rare qu'on voie la fumée d'une cheminée sur l'Amazone ou le Sao Francisco. Et c'est ainsi qu'à une époque où, en Europe et en Amérique du Nord, les mines de charbon et les entreprises métallurgiques, les usines et les centres commerciaux, les villes et les ports travaillent de concert avec une perte de temps sans cesse réduite, et où le potentiel de la production en masse augmente d'année en année, le Brésil demeure stationnaire et impuissant, avec les méthodes du dix-huitième, du dix-septième et du seizième siècle, qu'il continue à livrer les mêmes matières premières, et qu'il est livré, par conséquent, pour ses produits manufacturés, au bon plaisir du commerce mondial.

Et la balance commerciale est de plus en plus défavorable : du premier rang en Amérique, le Brésil passe au deuxième et au troisième et, au commencement du dix-neuvième siècle, le tableau de son économie a quelque chose de sardonique. Car il faut que le pays, qui probablement possède les plus grands gisements de fer qui soient sur la terre, importe de l'étranger chaque machine et chaque outil. Bien que son sol lui fournisse une quantité de coton illimitée, il lui faut importer d'Angleterre toutes les étoffes tissées ou imprimées. Bien que ses forêts s'étendent à l'infini sans être exploitées, il lui faut acheter au-dehors son papier, et il en est ainsi de chaque objet qui ne peut être obtenu par le travail inorganisé, par le travail manuel patriarcal. Comme c'est toujours le cas au Brésil, de grands placements, organisant l'exploitation, le sauveraient. Mais depuis que son or s'est tari, le Brésil manque de capitaux, et c'est ainsi que ses chemins de fer, ses premières usines, les quelques entreprises importantes qu'il aura, seront exclusivement l'œuvre de sociétés anglaises, françaises ou belges, et que le nouvel empire, colonie de sociétés anonymes, sera livré au pillage universel. A une époque où l'évolution de l'économie politique d'un pays est déterminée par le rythme de son mouvement, par l'énergie créatrice qui le traverse de part en part, le Brésil avec ses méthodes archaïques est menacé d'un marasme complet. Encore une fois, son économie est arrivée au point mort.

Mais c'est la particularité de l'évolution de ce pays, aux possibilités illimitées, qu'il vainc chacune de ses crises par une brusque transformation : à peine son principal article d'exportation cesse-t-il de rendre, qu'il s'en trouve un nouveau et plus productif. Ce qui a été au dix-septième le miracle du sucre, au dix-huitième, le miracle de l'or et des diamants, sera, au dix-neuvième, le miracle du café. Après le cycle du sucre, l'or blanc, le cycle de l'or véritable, viendra le cycle de l'or brun, le café, qui fera place, pour un bref moment, au cycle de l'or fluide, le caoutchouc. Et c'est un triomphe sans précédent, car avec le café, le Brésil se crée, pendant tout le dix-neuvième siècle et fort avant dans le vingtième, un monopole universel et absolu! Ce sont toujours les mêmes facteurs si caractéristiques qui font du nouvel article exactement ce qui convient au Brésil : générosité du sol, facilité de la culture, simplicité primitive de la production. Le grain de café ne peut ni se planter ni se récolter à la machine. C'est un travail où l'esclave rend plus que la bielle d'acier. Et une fois de plus, comme pour le sucre, le cacao et le tabac, c'est un article de qualité qui satisfait les nerfs raffinés du goût, c'est, en vérité le produit complémentaire des deux autres, la trinité idéale et savoureuse d'après le repas : le cigare, le sucre et le café.

Ce qui sauve toujours le Brésil, c'est son soleil, le suc, la force de son sol. Ce qui était déjà exquis dans la vieille patrie devient plus exquis encore sur la nouvelle terre ; nulle part le café ne réussit aussi parfaitement et avec un tel arôme que dans cette zone subtropicale. On connaissait déjà dans les siècles précédents la graine et son pouvoir stimulant. Mais quand le café est transplanté dans la région de l'Amazone vers 1730, puis à Rio-de-Janeiro en 1762, il est encore un article de luxe et ne peut jouer un rôle dans l'économie : dans les tableaux statistiques du commencement du dix-neuvième siècle, il vient, en valeur et en quantité, loin derrière le coton, le cuir, le cacao, le sucre et le tabac. Comme cela s'est passé pour ses frères aînés, le tabac et le sucre, c'est d'abord l'habitude de plus en plus répandue en Europe et en Amérique d'user du merveilleux stimulant qui va encourager la plantation. Dans la deuxième moitié du dix-neuvième siècle, la production et l'exportation décrivent des courbes fébriles, et le Brésil devient le fournisseur de café du monde entier. Il lui faut élargir de plus en plus rapidement sa production, pour satisfaire à la demande, les ouvriers affluent dans la province de Sao Paulo par centaines de milliers, puis par millions, les grands ports et les docks de Santos — où parfois, en une seule journée, trente vapeurs chargés de sacs de café sont à l'ancre — doivent être reconstruits. Avec l'exportation du café, le Brésil régularise pour des décades son économie, et il suffit de voir les chiffres pour se rendre compte de la valeur que cela représente. De 1821 à 1900, en quatre-vingts ans, le pays livre pour 270 millions 835 000 Livres anglaises, en totalité jusqu'aujourd'hui, pour deux milliards de Livres anglaises ; cela suffit à couvrir en grande partie ses investissements et ses importations. Mais d'autre part, cette monoproduction rend le Brésil très dépendant des cours de bourse, et la valeur de sa monnaie est fatalement liée au cours du café ; la moindre chute dans le prix du café entraîne le milreis avec elle.

Et ces chutes sont inévitables. Le planteur, attiré par les facilités d'exportation, élargit constamment ses haciendas et, comme aucune économie dirigée n'intervient à temps pour empêcher cette surproduction désordonnée, une crise suit l'autre. Le Gouvernement est intervenu à maintes reprises pour éviter une catastrophe, tantôt en achetant une partie de la récolte, tantôt en imposant si fortement les nouvelles plantations que cela équivaut à les interdire, enfin, en faisant jeter à la mer, pour éviter la chute des cours, le café qu'il a racheté. Mais la crise reste latente. Après une courte période d'assainissement, le cours retombe et entraîne le milreis avec lui. Le même sac de café qui valait encore cinq Livres anglaises en 1925, tombe en 1936 à une Livre et demie, et le milreis fait une chute plus profonde encore. Mais du point de vue de la stabilité des finances et de l'équilibre intérieur, c'est plutôt un avantage de voir la royauté du café toucher à sa fin, et de ne plus voir tout un pays prospère ou en crise en raison du cours hasardeux de la graine brune dans les bourses internationales. Comme toujours, cette fois encore, une crise économique est pour le Brésil un gain national, car elle le mène à la régularisation de sa production et lui fait voir, à temps, le danger qu'il y a à mettre toute la fortune du pays sur une seule carte.

Un moment, il semble que le roi de l'économie brésilienne, le café, voit se dresser en face de lui pour le détrôner un dangereux prétendant au trône : le caoutchouc. A la vérité, il a un certain droit moral à l'appui de ses prétentions, car il n'est pas, comme le café, un immigrant plutôt tard venu, mais un citoyen du pays. Le caoutchouc, le hevea bresiliensis, se trouvait originairement dans les forêts de l'Amazone. Depuis des siècles et des siècles, trois cents millions de ces arbres y croissent sans que leur aspect particulier ni leur sève précieuse aient été connus des Européens. Les indigènes utilisent de temps à autre la résine qui s'écoule — comme La Condamine le note le premier au cours de son voyage sur l'Amazone, en 1736, — pour rendre leurs bateaux et leurs voiles résistants à l'eau. Mais la résine poisseuse est inutilisable industriellement, parce qu'elle ne résiste ni aux températures basses ni aux très hautes, et n'est envoyée qu'en petite quantité en Amérique, au commencement du dix-neuvième siècle, sur des articles de fabrication très primitive. Le tournant décisif ne se manifeste qu'en 1839, lorsque Charles Goodyear découvre que, par le soufrage, on peut transformer la matière molle en une nouvelle substance moins sensible à la chaleur et au froid. D'un seul coup, le caoutchouc devient un des « big booms », un des grands besoins du monde moderne, à peine moins important que le charbon, le pétrole, le bois ou le métal. On en a besoin pour faire des tuyaux, des chaussures, et pour des milliers d'autres usages ; avec l'introduction de la bicyclette, puis de l'automobile, son emploi prend des proportions gigantesques.

Jusqu'à la fin du dix-neuvième, le Brésil aura le monopole exclusif de la matière première qui sert de base au nouveau produit. Sur toute la surface de la terre, c'est seulement dans les forêts de l'Amazone — chance économique sans pareille — que se trouve l'hevea bresiliensis ; il est aisé au Brésil de dicter ses prix. Le Gouvernement, bien décidé à garder pour lui seul le monopole précieux, interdit l'exportation, fût-ce d'un seul arbre, en se souvenant comment, par l'introduction de quelques buissons de café pris à la Guyane française toute proche, il avait lui-même autrefois écrasé un rival dangereux. Et maintenant, un « boom », en un parallèle remarquable avec ce qui s'est passé pour les mines d'or de Minas Geraes, va commencer dans les forêts vierges de l'Amazone, habitées seulement jusqu'alors par les moustiques et d'autres animaux. Une fois de plus, avec le cycle de « l'or fluide », énorme immigration vers l'intérieur, dans une province qui n'avait pas encore été colonisée. Soixante-dix mille hommes, de la région de Cerea, qu'une brusque sécheresse a obligés à abandonner leurs foyers, sont recrutés par les Compagnies et envoyés de Belem par canots et par bateaux dans ce désert; il serait plus honnête de dire qu'on les a vendus. Car c'est un terrible système d'exploitation qui commence dans ces parages, aussi éloignés de la légalité et de la surveillance que l'étaient autrefois les mines de Minas Geraes; c'est en véritables esclaves que sont traités les « seringueiros » par les entrepreneurs qui, non contents des gains qu'ils réalisent sur le caoutchouc, revendent encore à quatre et cinq fois leur valeur, aux malheureux travailleurs enchaînés par leur contrat dans la « verte prison » de la forêt vierge, les objets et les vivres dont ils ont besoin. Je renvoie ceux qui voudraient comprendre dans leurs détails les horreurs de cette époque au merveilleux roman de Ferreiro de Castro, qui a peint cette ignominie avec un extraordinaire réalisme. Le travail du « seringueiro » est terrible; campé dans de misérables huttes, éloigné de toute humanité civilisée, il lui faut, d'abord, de la hache et du couteau, se frayer un chemin à travers la brousse jusqu'aux arbres qu'il doit marquer et vider; faire le trajet plusieurs fois par jour dans une chaleur torride, assurer, en temps utile, la cuisson de la sève de caoutchouc; et, brisé, grelottant de fièvre, il est, après des mois de travail, le débiteur de son entrepreneur qui, dans ses calculs frauduleux, lui réclame le prix de son voyage et lui vend ses vivres à des prix d'usure. Essaie-t-il, par la fuite, d'échapper à son « contrat de travail » — c'est de cette appellation qu'on décore cet esclavage — il est bien vite chassé et rattrapé par les gardes armés, et, c'est dans les chaînes qu'il continue à peiner.

Mais à la faveur de cette exploitation éhontée, du monopole et de la demande mondiale croissante, les profits montent vertigineusement. C'est, au dix-neuvième siècle, le retour des jours de Villa

Rica et de Villa Real, la poussée subite des villes et le faste absurde en plein désert. Belem s'épanouit et, à mille lieues de la côte, une ville entièrement nouvelle surgit, Manaos, bien décidée à surpasser en splendeur et en luxe Rio-de-Janeiro, Bahia et Sao Paulo. Des avenues asphaltées, des banques, des palais éclairés à l'électricité, des magasins et des maisons splendides, le plus grand et le plus luxueux théâtre du Brésil (il n'a pas coûté moins de dix millions de dollars), tout cela au milieu de la forêt vierge. L'argent ruisselle. Un Konto qui vaut à ce moment deux cents dollars, on le dépense comme une pièce de cinq francs; on fait venir de Paris et de Londres, sur les grands vapeurs qui, toujours plus nombreux, remontent l'Amazone, les produits du luxe le plus raffiné. Tout le monde vend du caoutchouc, spécule sur le caoutchouc, et, tandis que les arbres saignent et que les « seringueiros » meurent dans leur « verte prison » par centaines et par milliers, toute une génération, dans la région de l'Amazone, s'enrichit avec l'or fluide, comme ses ancêtres s'étaient autrefois enrichis, dans la région de Minas Geraes, avec les mines d'or. Bien entendu, l'État trouve son profit dans cette exportation lucrative; la balance commerciale du caoutchouc se rapproche, en bonds rapides et fous, de celle du café; l'automobile ouvre des perspectives illimitées. Encore dix ans, et Manaos deviendra une des villes les plus riches, non seulement du Brésil, mais du monde.

Mais la bulle chatoyante va crever aussi vite qu'elle est apparue. Un homme, tout seul, l'a percée d'une pointe secrète. Un jeune Anglais réussit adroitement, par la corruption, à mettre à néant les interdictions gouvernementales concernant l'exportation des plants ou des semences de l'hevea bresiliensis : il n'emporte pas moins de soixante-dix mille graines en Angleterre, où les premiers arbres sont plantés à Kew Gardens, puis transplantés à Ceylon, à Singapour, à Sumatra, à Java. Le monopole brésilien cesse d'exister et sa production passe rapidement au second rang. Car la plantation systématique dans les îles malaises, où les arbres à caoutchouc sont alignés comme des grenadiers, permet une exploitation beaucoup plus rapide et beaucoup plus aisée que dans la forêt vierge, où chaque arbre doit d'abord être dégagé de la brousse. C'est une fois de plus la victoire de l'organisation moderne sur la production archaïque et improvisée du Brésil.

La chute est vertigineuse. En 1900, le Brésil produit encore 26 750 tonnes contre quatre pauvres tonnes d'Asie. En 1910, il a encore la suprématie avec ses 42 000 tonnes contre 8 200. Mais, déjà en 1914, il est battu avec 37 000 tonnes contre 71 000, et à partir de ce moment, il recule rapidement : en 1938, 16 400 tonnes contre 365 000 aux États malais seulement, plus 300 000 à la colonie hollandaise, 58 000 en Indo-Chine et 52 000 à Ceylon. Et ces malheureuses 16 000 tonnes n'atteignent pas les prix d'autrefois. Les plus grandes troupes d'Europe ne viennent plus jouer au théâtre de Manaos, les avoirs fondent, le rêve de l'or fluide est terminé. Un nouveau cycle est révolu, après avoir rempli sa secrète mission : insuffler à une province endormie la vie et l'activité et la relier par les communications et le commerce à l'ensemble de la nation.

**

La règle profonde de l'évolution brésilienne va s'affirmer une fois de plus au dix-neuvième siècle : il lui faut toujours une crise, après la séduction facile du profit dû à un article essentiel, pour se transformer : et, finalement, ces crises cycliques favorisent l'ensemble de son évolution complexe, au lieu de la gêner. La dernière grande transformation à laquelle le Brésil est contraint ne lui est pas imposée par les caprices du marché international, mais par sa propre volonté, par la loi de 1889, qui abolit enfin l'esclavage.

C'est d'abord un rude coup pour l'économie, si rude qu'il renverse l'Empire. Beaucoup de nègres, ivres de leur nouvelle liberté, abandonnent l'intérieur et se rendent dans les villes. Des exploitations qui ne sont productives que grâce à leur innombrable main-d'œuvre s'arrêtent ; les propriétaires de plantations perdent, avec leurs esclaves, une grande partie de leur capital, et l'agriculture, elle aussi, qui déjà lutte avec peine contre la concurrence mécanique moderne, menace, comme le café, d'être complètement vaincue. On entend s'élever le vieux cri d'autrefois : des bras pour le Brésil ! Des bras, des hommes à tout prix ! Le Gouvernement se voit obligé de donner à l'immigration, qui n'a été jusqu'ici qu'un « laissez-faire » passif et indifférent, une impulsion systématique, pour attirer les immigrants européens et asiatiques. Avant l'ère du café, le Brésil n'avait connu qu'une immigration agricole. Déjà en 1817, le roi Joao avait fait venir par des agents européens deux mille colons suisses qui avaient fondé une colonie, Nova Friburgo ; après eux, en 1825, un groupe allemand s'était installé sur le Rio Grande del Sul et, peu à peu, par l'arrivée de 120 000 Allemands dans le Sud du Brésil, des régions strictement allemandes s'étaient formées dans les districts de Santa Catarina et de Parana ; toute cette immigration était due plus ou moins à l'initiative privée ou à l'intervention d'agences non officielles. Mais maintenant qu'une grande et lucrative production est en plein essor et que la main-d'œuvre esclave fait défaut, l'État va se décider — en particulier la province de Sao Paulo — à encourager l'immigration sur une échelle beaucoup plus vaste, en payant la traversée de ses propres deniers à l'immigrant dénué de ressources et en mettant des terres à la disposition de ceux qui veulent s'adonner à l'agriculture. Ces subventions s'élèvent dans les années importantes jusqu'à dix mille Kontos par an, en argent comptant; mais à peine le Brésil a-t-il ouvert ses portes, que les masses affluent. L'année de la libération des esclaves, en 1890, l'immigration passe de 66 000 à 107 000, pour atteindre, en 1891, le chiffre le plus élevé qui ait jamais été obtenu, 216 760; le chiffre baissera par la suite, mais restera toujours à un niveau élevé jusqu'aux années de troubles politiques où il tombera à 20 000 par an. Cette immigration de quatre à cinq millions de blancs dans les cinquante dernières années a été pour le Brésil un apport inouï d'énergie, en même temps qu'un énorme bénéfice culturel et ethnologique. La race brésilienne qui, par un apport nègre de trois cents ans, menaçait de devenir toujours plus africaine, toujours plus noire de peau, devient visiblement plus claire, et l'élément européen aide le niveau général de la vie à s'élever au-dessus de celui atteint par l'esclave analphabet. L'Italien, l'Allemand, le Slave, le Japonais, apportent de leur patrie une force et une volonté de travail absolument intacte, mais exigent en échange un standard de vie plus élevé. Il sait écrire et lire, il a une formation technique, il travaille à un rythme plus rapide que la génération que le travail esclave a corrompue et dont le climat a affaibli la capacité de production. Instinctivement, les immigrants recherchent les régions qui ressemblent par le climat et les habitudes de vie à leur pays d'origine, et ce sont surtout les provinces du Sud, du Rio Grande del Sul, Santa Catarina qui deviennent

145

vivantes au cours de ce cycle de l'« or vivant ». Le cycle de l'immigration est pour les villes et la région de Sao Paulo, de Porto Alegre et de Santa Catarina, ce que le sucre a été pour Bahia, l'or pour Minas Geraes, le café pour Santos : l'impulsion décisive qui crée, une fois l'énergie mise en mouvement, des habitations, des possibilités de travail, des industries et des valeurs culturelles. Et c'est parce que ce nouveau matériel vient des régions les plus variées du monde — ce sont des Italiens, des Allemands, des Slaves, des Japonais, des Arméniens — que le Brésil peut prouver de la façon la plus heureuse son habileté ancienne à faire des mélanges et des adaptations réciproques. Les nouveaux éléments se fondent avec une rapidité surprenante, grâce à la force d'assimilation toute particulière de ce pays, et la génération suivante agit tout naturellement et avec les mêmes droits dans le sens de l'ancien idéal, de l'Idéal du début : une nation unie dans un seul esprit et dans une seule langue.

Cette impulsion, œuvre de l'immigration des cinquante dernières années, est la vraie récompense de l'affranchissement des esclaves, cette œuvre de moralité. Cet apport de quatre à cinq millions d'Européens au tournant du siècle a été une des plus grandes chances de l'Histoire du Brésil, à un double titre. En premier lieu, parce que ces forces saines sont arrivées avec une telle abondance, en second lieu parce qu'elles sont arrivées au moment historique le plus favorable. Si une immigration de cette ampleur, si de telles masses d'Italiens et d'Allemands avaient afflué un siècle plus tôt, quand la culture portugaise n'était qu'une mince couche, ces langues étrangères, ces usages particuliers se seraient emparés de quelques provinces, de grandes parties du pays se seraient définitivement italianisées ou germanisées. Si, par contre, l'immigration massive s'était produite non pas à une époque où l'esprit cosmopolite dominait, mais à notre époque de nationalisme exaspéré, les individualités n'auraient pas été disposées à se dissoudre dans une nouvelle manière de parler et de penser. Chacun serait demeuré attaché avec obstination à son idéologie d'origine et aurait résisté à l'influence du nouveau pays. De même que la découverte de l'or n'était intervenue ni trop tôt, ni trop tard, qu'elle avait donné une impulsion à l'économie brésilienne et n'avait pourtant pas mis son unité en danger, de même que le cycle rédempteur du café était né pour éloigner une catastrophe, ainsi l'émigration européenne s'est produite quand elle était à tous points de vue profitable. Ce puissant apport, au lieu d'étouffer l'élément brésilien, n'a fait que le rendre plus fort, plus divers et plus personnel.

Au vingtième siècle se vérifiera une fois de plus la loi qui veut que le Brésil ait toujours besoin de crises, pour provoquer d'énergiques transformations de son économie. Cette fois, pour son bonheur, ce ne sont pas des crises locales, mais deux catastrophes d'outre-mer, les deux guerres européennes, qui donnent à sa formation économique des impulsions décisives. La première guerre mondiale souligne tout le danger qu'il y avait pour le Brésil à avoir basé presque toute son exportation sur un seul produit brut, et d'autre part, à n'avoir pas développé ses industries dans toute leur complexité. L'exportation du café est arrêtée; par-là, l'artère maîtresse est ligaturée tout d'un coup, des provinces entières ne savent que faire de leurs produits coloniaux; d'autre part, l'incertitude des mers et les soucis militaires de l'Europe ne permettent plus d'importer les produits textiles de nécessité courante. Le Brésil a, d'une façon trop unilatérale et sans se préoccuper de son équilibre intérieur, fait reposer toute sa balance commerciale sur l'exportation de ses milliards de grains de café, et celle-ci commence à osciller dangereusement. Voilà le Brésil contraint à se transformer et à se tourner vers au moins quelques-unes de ses entreprises industrielles. Une fois l'élan donné, les choses vont aller bon train : pendant toutes les années au cours desquelles la malheureuse Europe est dévorée par la guerre, quantités d'articles fabriqués à la main ou à la machine et qui primitivement devaient être importés d'Europe sont maintenant établis dans le pays, et une certaine autarchie se prépare. Quand on arrive au Brésil après quelques années d'absence, on est surpris de voir combien d'articles importés auparavant sont maintenant fabriqués sur place, et combien, en si peu de temps, le pays a su se rendre indépendant des directeurs et des instructeurs étrangers. La deuxième guerre mondiale a trouvé le Brésil mieux préparé. La chute des cours du café et des autres produits coloniaux a été inévitable, mais elle n'a pas entraîné avec soi la ruine de Sao Paulo, comme l'avait fait autrefois l'épuisement de l'or pour les villes de Minas Geraes et la catastrophe du caoutchouc pour Manaos. L'économie a appris la sagesse du vieux proverbe anglais (et français) : elle sait qu'il ne faut pas mettre tous les œufs dans le même panier, et elle s'est établie sur des bases beaucoup plus solides que celle d'un article unique monopolisé et soumis à toutes les oscillations du marché mondial. L'équilibre a pu être conservé parce que la perte sur un des tableaux est compensée par la forte montée de l'industrie qui fabrique maintenant dans le pays, avec les matières premières locales et dans des proportions sans cesse accrues, ce qu'elle importait d'Allemagne et des autres pays bloqués. Si les guerres de Napoléon ont amené indirectement l'indépendance politique du Brésil, les guerres d'Hitler ont créé indirectement son indépendance industrielle, et il saura conserver à travers les siècles l'une et l'autre.

Il est toujours hasardeux d'essayer de tirer l'avenir du présent. Avec ses cinquante millions d'habitants et son espace immense, avec ses réalisations colonisatrices sans précédent dans l'Histoire, le Brésil n'en est cependant aujourd'hui qu'au début de son évolution. Il est bien loin d'avoir déjà surmonté toutes les difficultés qui gênent une construction définitive et qu'il y a lieu d'envisager en dépit des merveilles déjà accomplies. Pour apprécier comme il convient ce qui a été fait au cours des siècles, la justice veut qu'on examine aussi les obstacles qui se sont présentés et se présenteront encore : il n'est pas de meilleure mesure de l'énergie d'un homme ou d'un peuple que les difficultés morales ou physiques qu'il a dû vaincre.

Des deux difficultés essentielles que le Brésil a rencontrées et qui l'ont empêché de donner la mesure totale de ses forces, l'une est apparente, l'autre échappe d'abord à un regard superficiel. Le danger secret et par-là plus insidieux pour le plein épanouissement de son énergie, c'est l'état de santé de sa population que l'administration ne songe ni à cacher, ni à sous-estimer. Le paisible Brésil a son champ de bataille intérieur, où des ennemis sans pitié lui volent ou lui affaiblissent chaque année des quantités d'hommes. Il lui faut lutter sans cesse contre des milliards d'êtres minuscules et à peine visibles, contre des bacilles et des insectes et d'autres perfides porteurs de maladies.

L'ennemi N° 1 est aujourd'hui encore la tuberculose qui enlève au pays des corps d'armée tout entiers : deux cent mille personnes par an. Le Brésilien, par sa constitution fragile, paraît être livré, désarmé, à cette « pesta branca », à cette peste blanche. A cela s'ajoute, en particulier dans le Nord, la sous-alimentation ou plus exactement l'alimentation erronée dans ce pays qui regorge de produits alimentaires. Une réaction énergique du gouvernement a déjà commencé pour arrêter tout au moins la contagion, et cette campagne ira s'élargissant dans l'avenir. Mais si la médecine, si la science ne créent pas le remède attendu depuis des dizaines d'années, il faudra compter longtemps encore avec ce dangereux ennemi; alors que la syphilis a perdu de son intensité au cours des siècles et semble devoir être vaincue rapidement par la thérapeutique d'Ehrlich.

Le deuxième ennemi est la malaria, le paludisme presque inévitable dans les conditions climatiques du Nord et encore multiplié par l'irruption inattendue de l'Anophelis Gambia, dont quelques exemplaires ont réussi à s'introduire en 1930 dans l'avion arrivé de Dakar et se sont, comme tout ici, rapidement acclimatés et multipliés.

La troisième maladie, c'est la lèpre qui ne peut être traitée que par l'isolement, tant qu'un traitement radical n'a pas été découvert. Toutes ces maladies, dans la mesure où elles ne sont pas mortelles, entraînent un énorme affaiblissement de la puissance de travail. En particulier dans le Nord, où la production, en raison du climat, est presque toujours très au-dessous du niveau européen ou américain : lorsque les tableaux statistiques fournissent le chiffre de quarante à cinquante millions d'habitants, la production ne répond pas, même de très loin, à ce qu'un même chiffre donnerait pour une masse identique de Japonais, d'Européens ou d'Américains du Nord, dont la santé moyenne est bien meilleure et qui vivent dans de meilleures conditions de climat. Un nombre effrayant d'êtres continuent ici à ne jouer aucun rôle dans l'économie, ni comme producteurs, ni comme consommateurs; la statistique estime le nombre des gens sans occupation ou sans occupation définie à 25 millions (Simonsen : « Niveis de Vida e a Economia Nacional »), et leur standard de vie est, en particulier dans la zone équatoriale, tellement bas, que les conditions alimentaires arrivent à être plus basses qu'au temps de l'esclavage. Une des tâches essentielles du gouvernement et à laquelle il s'emploie de la façon la plus urgente, c'est de faire entrer dans le cadre de la vie organisée, tant économiquement que du point de vue sanitaire, les masses insaisissables des forêts de l'Amazone et des profondeurs des provinces frontières : mais il y faudra encore des décades.

Ainsi, l'homme, dans la mesure où nous le considérons comme une force productive, est bien loin d'avoir donné toutes ses possibilités au Brésil, pas plus que la terre avec toutes les richesses de son sur-sol et de son sous-sol. C'est ici que gît la difficulté apparente (et non dissimulée comme dans la maladie). Elle est causée par la disproportion entre l'espace, le chiffre de la population et les moyens de communication. Il ne faut pas se laisser éblouir par l'organisation modèle et la civilisation moderne dans les grands centres comme Rio ou Sao Paulo, où les maisons s'alignent les unes à côté des autres, où les buildings escaladent le ciel et où les automobiles roulent sans arrêt. A deux heures de la côte, les parfaites routes asphaltées finissent en routes impraticables pendant plusieurs jours, pour peu que soient tombées quelques pluies tropicales, ou praticables seulement avec des chaînes, et le « sertao » commence, la zone sombre et qui est bien loin d'être acquise à une véritable civilisation. Voyager à droite ou à gauche de la route principale, c'est une aventure risquée. Les chemins de fer ne plongent pas assez avant dans l'intérieur et correspondent mal entre eux, en raison de leurs trois largeurs de voies différentes ; ils sont, en outre, si lents et si incommodes, qu'on va beaucoup plus vite vers Bahia ou vers Belem en bateau. D'autre part, les grands cours d'eau comme le Sao Francisco ou le Rio Doce ne sont que rarement desservis par des bateaux, et d'une manière insuffisante ; de sorte que de grandes portions essentielles du pays — quand on ne peut s'aider de l'avion — ne peuvent être atteintes que par des expéditions individuelles. Pour employer une métaphore médicale : ce puissant corps souffre constamment de troubles circulatoires, sa pression sanguine ne se manifeste pas avec égalité dans tout l'organisme et des organes essentiels du pays sont économiquement atrophiés.

Et des produits qui sont parmi les plus précieux dorment encore en terre, inutilisés, sans servir à l'industrie. On sait exactement aujourd'hui l'emplacement des gisements, mais à quoi bon extraire quand on ne peut transporter ? Le bateau ou le chemin de fer font défaut aux endroits où se trouve le minerai et où il faudrait de la houille ; il n'y a pas de possibilités de transport dans des régions où le bétail prospérerait. La cause et l'effet (ou peut-être l'absence d'effet) c'est ici un serpent qui se mord la queue. La production ne peut se développer à un rythme assez rapide, faute de voies de communication ; ces voies, à leur tour, ne peuvent être rapidement établies parce qu'un trafic productif ne répondrait pas à leur construction et à leur entretien dans des régions peu colonisées. Il faut ajouter à tout ceci cette considération particulière que pour cet instrument de progrès qu'est l'automobile, le Brésil manque absolument de pétrole — comme il manquait de charbon, au dix-neuvième siècle — et qu'il lui faut importer chaque goutte de benzine, dans la mesure où l'alcool ne peut la remplacer. Pour résoudre ce problème crucial des communications et des transports de la manière la plus rapide, il faudrait des capitaux considérables, et le Brésil manque d'argent liquide. L'argent comptant est très rare et même les fonds d'État s'escomptent à environ huit pour cent; l'intérêt est beaucoup plus élevé dans les affaires privées. Les fréquentes dévalorisations du milreis, la vieille méfiance, devenue une sorte d'instinct pour tout ce qui concerne les investissements en Amérique du Sud, ont amené la grande finance d'Amérique du Nord et d'Europe à une grande, à une, peut-être, trop grande prudence; par ailleurs, le gouvernement est devenu très réservé au cours des dernières années, en matière de concessions, pour éviter de voir passer en des mains étrangères des entreprises vitales pour les pays. Tout ceci a ralenti le processus d'industrialisation et de production intensive, si on fait des comparaisons avec l'Europe et l'Amérique du Nord, où les investissements ont été trop hâtifs et trop nombreux, tandis qu'on demeurait ici en retard de plusieurs décades. Une double fertilisation est nécessaire à ce pays gigantesque, à cet empire, à ce monde, pour assurer son développement rapide et complet : un afflux massif de capital et plus encore, un afflux constant d'hommes que la Guerre Mondiale et ses conséquences idéologiques ont tari au cours des dernières années. L'Amérique a trop de capitaux liquides qui dorment, improductifs dans ses banques; l'Europe a trop d'hommes, trop peu d'espace, et sa congestion permanente la conduit sans cesse à la frénésie politique. Le Brésil, lui, souffre d'anémie : trop peu d'hommes sur un trop grand espace. La cure est là, à la fois pour l'Ancien Continent et le Nouveau : une vaste transfusion de sang et de capital, opérée avec toute la prudence et toute la patience désirables.

Mais si les difficultés sont grandes — elles ont toujours existé et sont demeurées les mêmes depuis le début — les promesses de cette partie du monde, puissante et bénie, sont mille fois plus grandes. C'est justement parce que son potentiel de forces est loin d'avoir été mis en valeur, qu'il représente, non seulement pour ce pays, mais pour le monde entier, une immense réserve. A côté des circonstances qui retardent son évolution, le Brésil a trouvé une aide miraculeuse dans la science et dans la technique modernes, dont nous savons déjà ce qu'elles donnent, mais n'imaginons même pas ce qu'elles donneront dans l'avenir. Aujourd'hui déjà, on ne cesse d'être stupéfait par ce qu'elles ont produit dans le domaine de l'unification, de la suppression de la dépendance et de l'assainissement. La syphilis qui était ici une maladie héréditaire, dont on parlait aussi librement que d'un rhume de cerveau, a, pratiquement, disparu avec la découverte d'Ehrlich, et il n'est pas douteux que l'hygiène scientifique aura bientôt raison prochainement aussi des autres maladies. De même que Rio-de-Janeiro qui était, il n'y a guère plus de dix ans, la ville la plus redoutable pour la fièvre jaune, est devenue une des villes du monde les plus sûres au sens sanitaire, il faut espérer que la science ne tardera pas à délivrer le Nord de ses miasmes et de ses fléaux et permettra à une population menacée dans ses forces vives par la fièvre et la sous-alimentation, de prendre sa place active dans la nation. L'avion vous transporte en une demi-heure de Rio-de-Janeiro à Bello Horizonte, quand il fallait seize heures il y a cinq ans ; on est, en deux jours, au cœur des forêts de l'Amazone, à Manaos, quand il en fallait vingt ; il faut une demi-journée pour se rendre en Argentine, deux jours et demi pour gagner l'Amérique du Nord, deux jours pour aller en Europe. Et tout ceci ne vaut que pour aujourd'hui : demain les progrès de l'aéronautique auront doublé. On peut dire qu'en fait la difficulté cruciale de l'économie brésilienne est résolue, que la maîtrise de son immense espace est assurée et entre dans la phase pratique : qui saurait dire si de nouveaux transports aériens ou d'autres découvertes ne résoudront pas bientôt rapidement le problème des communications que notre imagination est à la fois trop pauvre et trop craintive pour prévoir. La science commence aussi à se rendre maîtresse d'un autre obstacle, insurmontable en apparence, l'affaiblissement de l'énergie sous l'influence du climat tropical : la réfrigération des appartements et des bureaux, qui n'est encore aujourd'hui qu'un luxe limité, sera dans quelques années aussi répandue ici et d'un usage aussi courant que le chauffage central dans nos zones froides. Quand on voit ce qui a été fait dans ce pays et ce qui reste à faire, on comprend qu'avec le temps tous les obstacles seront vaincus.

Mais il ne faut pas oublier que le temps n'est pas une mesure en soi, qu'il s'est rétréci avec l'usage de la machine et cet organisme bien plus extraordinaire qu'est l'esprit humain. En une année de l'ère de Getulio Vargas, en 1940, on produit davantage qu'en dix ans sous Dom Pedro II, en 1840, et que cent ans plus tôt, sous le roi Joao. Quand on voit à quel rythme les villes croissent ici, l'organisation s'améliore, les forces potentielles se transforment en forces réelles, on sent que contrairement à ce qui se passait autrefois, les heures ont ici plus de minutes qu'en Europe. De quelque fenêtre que l'on regarde, on voit une maison en construction; sur toutes les routes et loin sur l'horizon, on voit de nouvelles colonies, et plus que tout cela, ce qui s'est épanoui, c'est l'esprit et la joie de l'entreprise. A toutes les forces du Brésil encore inconnues, une nouvelle s'est jointe dans les dernières années : la conscience nationale. Ce pays avait pris l'habitude de rester en arrière de l'Europe pour sa culture, son progrès, son rythme de travail, sa production. Humblement, avec une sorte de sentiment colonial attardé, il tournait les yeux vers le monde d'outre-mer comme vers le plus expérimenté, le plus sage, le meilleur. Mais l'aveuglement de l'Europe qui se précipite pour la seconde fois dans la dévastation, par son nationalisme et son impérialisme furieux, a fait se replier sur elle-même la nouvelle génération. Le temps est passé où Gobineau pouvait écrire ironiquement : « Le Brésilien est un homme qui désire passionnément habiter Paris. » Il ne se trouvera aucun Brésilien et rarement un immigrant, pour désirer retourner dans le vieux monde, et cette ambition de se construire soi-même et dans l'esprit du temps se traduit par un optimisme et une audace tout nouveaux. Le Brésil a appris à penser en mesures d'avenir. Quand il construit un ministère — le Ministère du Travail et le Ministère de la Guerre à Rio-de-Janeiro, par exemple — il le construit plus grand qu'à Paris, Londres ou Berlin. Quand on trace le plan d'une ville, on calcule d'avance la population au quintuple ou au décuple. Rien n'est trop audacieux, trop neuf pour arrêter ce nouveau vouloir. Après de longues années d'incertitude et de timidité, le pays a appris à penser dans les dimensions de sa propre grandeur et à compter sur ses possibilités comme sur une réalité saisissable et toute proche. Il s'est aperçu que l'espace est une force qui engendre des forces; que ce n'est ni l'or, ni le capital en réserve qui constituent la richesse d'un pays, mais sa terre et le travail qui peut être fait sur cette terre. Mais qui donc possède plus de terre inutilisée, inhabitée, inexploitée que cet empire qui est aussi vaste à lui tout seul que tout le vieux continent? Et l'espace, ce n'est pas seulement de la matière, c'est aussi de la force matérielle. L'espace élargit l'âme et le regard, il donne à l'homme qu'il entoure et qui l'habite courage et confiance pour se lancer en avant; où il y a de l'espace, il n'y a pas seulement le temps, mais aussi l'avenir. Et l'homme qui vit dans ce pays sent au-dessus de lui le battement puissant de ses ailes.

CULTURE

« E mais gentil gente »

Martim Alfonso de Souza, en 1531, à
son arrivée à Rio.

Il y a quatre cents ans que dans la prodigieuse
cornue qu'est ce pays, la masse humaine, sans
cesse rebrassée et pourvue d'apports nouveaux,
bout et fermente. Le processus est-il absolument
achevé, cette masse composée de millions d'éléments est-elle déjà devenue une forme, une
matière particulière, une substance nouvelle ?
Existe-t-il dès aujourd'hui quelque chose à quoi
l'on puisse donner le nom de race brésilienne,
d'homme brésilien, d'âme brésilienne ? En ce qui
concerne la race, le génial connaisseur de la
nation brésilienne, Euclydes da Cunha, l'a déjà
nié, il y a longtemps, d'une façon décisive, quand il
a nettement déclaré : « Nao ha um typo anthropo-
logico brasileiro », il n'y a pas de race brésilienne.
On entend par race — dans la mesure où l'on veut
donner quelque valeur à cette conception confuse
et de nos jours surfaite, et qui n'est plus ou moins
qu'un expédient généralisateur — la communauté
millénaire du sang et de l'Histoire, alors que chez
un vrai Brésilien tous les souvenirs qui som-

158

meillent dans l'inconscient depuis les temps immémoriaux rêvent à la fois d'ancêtres venus de trois continents, des côtes européennes, du bled africain et de la forêt vierge américaine. Le procédé pour devenir Brésilien n'est pas seulement un procédé d'adaptation au climat, à la nature, aux conditions matérielles et morales du pays, c'est avant tout un procédé de transfusion. Car la majorité de la population brésilienne — les immigrés récents mis à part — représente un mélange d'une complexité inextricable. Non seulement, on se trouve en présence des trois couches, américaine, européenne et africaine, mais chacune de ces trois couches se subdivise à son tour. L'Européen qui a fait souche dans ce pays, le Portugais du seizième siècle, n'est rien moins que d'une seule race ou de pure race : il est le produit d'un amalgame d'ancêtres ibères, romains, gothiques, phéniciens, juifs et maures. Les aborigènes, à leur tour, se subdivisent en races étrangères l'une à l'autre, les Tupis et les Tamoios. Et quant aux nègres, qui sait de combien de zones de l'Afrique immense ils avaient été rassemblés! Tout cela s'est constamment mêlé et, en outre, renouvelé par l'incessant afflux de sang nouveau à travers les siècles. Dans le cadre brésilien, ces groupes sanguins de tous les pays d'Europe, auxquels finalement sont encore venus se joindre avec les Japonais les éléments asiatiques, varient et se compliquent dans des croisements et des surcroisements innombrables et ininterrompus. Toutes les nuances, on peut les trouver ici, toute la gamme des physiologies et des caractères : quand on se promène dans les rues de Rio, on voit en une heure plus de types mélangés d'une façon particulière et, à vrai dire, de types déjà impossibles à définir, que dans n'importe quelle autre ville au monde. Le jeu d'échecs, lui-même, avec ses millions de combinaisons dont pas une seule ne se renouvelle, paraît pauvre à côté du chaos de variations, de croisements et de surcroisements auxquels en quatre siècles la nature inépuisable s'est complue ici. Mais le jeu d'échecs reste toujours jeu d'échecs, encore qu'aucune partie ne ressemble à l'autre, parce qu'il est enfermé dans un même espace et qu'il est soumis à certaines lois déterminées. C'est ainsi que le fait d'être rassemblés au même lieu, et l'adaptation qui s'ensuit à des lois climatiques identiques, aussi bien que le même cadre religieux et linguistique, ont créé entre Brésiliens, par-delà les particularités, certaines ressemblances indéniables qui vont s'accentuant d'un siècle à l'autre. Semblables aux cailloux roulés par le torrent qui sont d'autant plus lisses qu'ils se sont plus longtemps frottés les uns aux autres, ces millions d'hommes ont vu, par le mélange permanent et la vie commune, s'effacer jusqu'à devenir invisible l'arête aiguë de leur particularisme originaire, en même temps que grandissait ce qui leur est commun et semblable. Le procédé est toujours en cours, ils continuent à devenir plus semblables les uns aux autres par un continuel mélange; encore que la forme définitive de cette évolution ne soit ni achevée ni fixée, le Brésilien de toutes les classes et de toutes les couches n'en a pas moins déjà la marque typique de l'appartenance à un peuple.

Si on cherchait à rattacher ces caractéristiques du Brésilien à l'un quelconque des pays d'origine, on ferait une construction inexacte et artificielle. Car rien n'est plus spécifiquement brésilien que d'être un homme sans Histoire, ou, à tout le moins, à courte histoire. La civilisation brésilienne ne remonte pas, comme celle des peuples européens, à des traditions lointaines jusque dans les temps mythiques et ne peut se vanter, comme les

Péruviens et les Mexicains, d'avoir un passé pré-
historique. Quoi que la nation leur ait ajouté par
de nouvelles combinaisons et par son propre
apport, les éléments fondamentaux de sa civilisation sont entièrement importés d'Europe. La religion, les mœurs, les habitudes de vie extérieures et
intérieures de ces millions d'êtres doivent bien peu
ou plutôt ne doivent rien à leur propre sol. Toutes
les valeurs culturelles sont venues par la mer, sur
toutes sortes de bateaux, sur les vieilles caravelles
portugaises, sur les bateaux à voile et sur les
bateaux à vapeur modernes ; et les efforts pleins de
piété orgueilleuse pour retrouver un apport intéressant des ancêtres cannibales et nus à la civilisation du Brésil n'ont jusqu'ici abouti à aucune
découverte. Il n'y a aucune poésie brésilienne pré-
historique, aucune religion brésilienne archaïque,
aucune musique ancienne brésilienne, aucune
légende populaire conservée à travers les siècles,
pas même les plus modestes traces d'art. La place
réservée dans les musées nationaux des peuples
à l'exposition des produits de l'industrie des
ancêtres et aux échantillons d'écriture autochtone
doit rester vide dans les musées brésiliens. Contre
ce fait, il ne sert de rien de chercher et de fouiller,
et quand on essaie de donner pour des danses
nationales du Brésil la Samba et la Macumba, on
obscurcit et on fausse artificiellement la réalité,
car ces danses et ces rites ont été importés par les
« desgregados » en même temps que leurs chaînes
et leurs marques au fer rouge. Les seuls objets
d'art qu'on ait trouvés au Brésil, les ustensiles
d'argile de l'île Marajo, ne sont pas davantage
d'origine autochtone : ils sont, sans aucun doute,
l'œuvre d'hommes d'une autre race, vraisembla-
blement des Péruviens, qui ont descendu l'Amazone jusqu'à l'île qui se trouve à son embouchure,
et les avaient emportés avec eux, à moins qu'ils ne

les aient fabriqués sur place. Il faut donc s'accommoder de ce fait : rien qui caractérise une civilisation en architecture ou sous une forme créatrice quelconque ne remonte ici au-delà de l'époque de la colonisation, au-delà du seizième ou du dix-septième siècle. Les plus belles œuvres des églises de Bahia et d'Olinda elles-mêmes, avec leurs autels ruisselants d'or et leurs meubles sculptés, sont incontestablement d'inspiration portugaise ou jésuite, et c'est à peine si on peut les distinguer de celles de Goa ou de celles du Portugal. Chaque fois que sur le plan historique, on veut ici remonter au-delà de l'arrivée des Européens, on ne saisit que le vide, que le néant. Tout ce que nous appelons aujourd'hui brésilien ou que nous reconnaissons comme tel, ne peut être défini par une tradition propre, mais uniquement par une transformation créatrice de l'européen par le climat, par le pays et ses habitants.

Cependant, ce qui est typiquement brésilien est déjà assez personnel, assez frappant, pour ne plus être confondu avec le portugais, aussi sensible que puisse être encore la parenté, la filiation. Il est absurde de nier cette dépendance. Le Portugal a donné au Brésil les trois choses qui sont décisives pour la formation d'un peuple : la langue, la religion, les mœurs, et par-là, les formes dans lesquelles le nouveau pays, la nouvelle nation pouvait se développer. Inévitablement — parce que c'est là un processus organique, qu'aucune autorité royale et qu'aucune force armée ne saurait arrêter — ces formes originales allaient, sous d'autres cieux et dans d'autres espaces et sous l'influence d'un sang étranger au flux grandissant, évoluer différemment. En premier lieu, c'est la tournure d'esprit des deux nations qui s'est faite divergente ; le Portugal, le vieux pays historique, rêve à son grand passé qui ne revivra jamais, le Brésil a les yeux tournés vers l'avenir. La mère-patrie a autrefois — et de quelle manière grandiose ! — épuisé ses possibilités ; le Brésil n'a pas encore atteint toutes les siennes. Ce n'est pas tant une différence de structure qu'une différence de générations. Les deux peuples, aujourd'hui liés d'une étroite amitié, ne sont jamais devenus étrangers l'un pour l'autre : ils ont dans une certaine mesure fait leur vie chacun de leur côté. La langue est peut-être le symbole le plus clair de ce qui s'est passé. La langue écrite, le vocabulaire, autrement dit les formes originales, sont encore aujourd'hui à peu près identiques dans les deux langues, et il faut avoir une oreille exercée aux nuances les plus délicates pour se rendre compte qu'on lit le livre d'un poète portugais et non celui d'un poète brésilien. D'autre part, c'est à peine si un mot de la langue primitive des Tupis et des Tamoios, telle que l'avaient notée les premiers missionnaires, est passé dans le brésilien d'aujourd'hui. Le Brésilien — et c'est là toute la différence — se borne à prononcer le portugais autrement que ne le font les Portugais. Le plus remarquable, c'est que cet accent brésilien, ce dialecte brésilien soit resté identique du Nord au Sud, de l'Est à l'Ouest sur 850 000 kilomètres carrés, soit devenu, par conséquent, une véritable langue nationale. Les Portugais et les Brésiliens se comprennent encore parfaitement, car ils se servent des mêmes mots, de la même syntaxe, mais dans l'intonation et, en partie aussi, dans l'expression littéraire, les différences, qui n'étaient que de légères variantes à l'origine, commencent à s'accentuer à peu près dans la mesure où les Anglais et les Américains, qui appartiennent au même domaine linguistique, se distinguent davantage les uns des autres de décade en décade.

Des milliers de lieues de distance, un autre climat, des conditions de vie différentes, des liens et des communautés nouvelles ne pouvaient manquer en quatre cents ans d'avoir progressivement leur influence. Et c'est ainsi que lentement mais sûrement un nouveau type, la personnalité tout à fait spécifique d'un peuple est apparue.

Ce qui caractérise physiquement et moralement le Brésilien, c'est avant toute chose qu'il est d'une constitution plus délicate que l'Européen ou l'Américain du Nord. Le type pesant, massif, de haute taille, à la puissante ossature, fait à peu près complètement défaut au Brésil, comme fait défaut, au moral, toute brutalité, toute violence, tout ce qui est véhément et bruyant, tout ce qui est grossier, prétentieux et arrogant. Quelle sensation bienfaisante on éprouve en constatant ce fait, mille fois grossi dans une nation ! Le Brésilien est un être silencieux, rêveur et sentimental, souvent même avec une légère teinte de mélancolie qu'en 1585, Anchieta et le père Cardim croyaient sentir dans l'air quand ils disaient de ce pays qu'il était « desleixado e remisso e algo melancolico ». Même dans les relations extérieures, les habitudes sont remarquables de douceur. On entend rarement une personne parler haut ou s'adresser à une autre avec colère, et c'est surtout quand on se trouve devant une foule qu'on remarque le plus clairement cette mise en sourdine si frappante pour nous.

Au cours d'une grande fête populaire comme celle de Penha, ou bien au cours d'une traversée en ferry-boat pour l'île de Paqueta où une église doit être consacrée, alors qu'une foule de milliers de personnes avec de nombreux enfants se presse dans un espace restreint, on n'entend ni cris de rage, ni hurlements de joie trop sauvages. Même lorsqu'ils prennent du plaisir à être nombreux, les êtres restent ici calmes et discrets, et cette absence de toute force et de toute brutalité donne à leur joie calme un charme touchant. Ici faire du bruit, crier, être en fureur, danser sauvagement est une envie tellement contraire aux habitudes, qu'elle est réservée, comme soupape de sûreté, pour tous les instincts refoulés, aux quatre jours de Carnaval. Mais, même au cours de ces quatre journées de débordement apparemment sans frein, il n'arrive jamais qu'au sein de cette foule de millions de personnes également surexcitées par une tarentelle, il se produise des excès, des inconvenances ou des vulgarités ; tout étranger, toute femme même, peut se risquer tranquillement dans cette rue grouillante, éclatante de bruit. Le Brésilien conserve toujours sa mollesse et ses bonnes manières. Les classes les plus variées s'abordent avec une politesse et une cordialité qui étonnent toujours les hommes d'une Europe cruellement retournée à la barbarie. Involontairement, on se dit qu'il s'agit sans doute de frères ou d'amis d'enfance dont l'un vient justement de revenir d'Europe ou d'un grand voyage à l'étranger. Et puis, au prochain coin de rue, on rencontre deux autres hommes qui se saluent de la même façon et on se rend compte que l'accolade entre Brésiliens est une coutume très compréhensible, un débordement de leur naturelle cordialité. La politesse, de son côté, est ici la base toute naturelle des rapports humains et elle revêt des formes que nous avons depuis longtemps oubliées en Europe : au cours d'une conversation dans la rue, les gens conservent leur chapeau à la main ; quand on demande un renseignement, on trouve un empressement enthousiaste, et dans les classes supérieures, le rituel du formalisme avec visite et contre-visite et dépôt de cartes de visite est observé avec une ponctualité toute protocolaire. Tout étranger est accueilli avec la plus grande hospitalité et les chemins lui sont aplanis avec le maximum de complaisance. Méfiants comme on l'est malheureusement devenu devant tout ce qui est naturellement humain, on s'enquiert auprès de ses amis et auprès des immigrés récents pour savoir si cette cordialité ne serait pas quelque chose de purement formel et conventionnel, si ces rapports si aimables, si bons, sans aucune apparence de haine ou de jalousie entre les races et les classes, ne seraient pas une simple illusion, une première impression superficielle. Mais tout le monde est unanime à vous vanter la principale et la plus réelle caractéristique de ce peuple qui est d'être bienveillant par nature. Chacun de ceux que vous interrogez répète le mot du premier qui soit venu : « E mais gentil gente. » On n'a jamais, ici, entendu parler de cruauté envers les animaux, de courses de taureaux ou de combats de coqs, jamais, même aux jours les plus sombres, l'Inquisition n'a offert ses autodafés à la foule ; tout ce qui est brutal répugne au Brésilien. Il est statistiquement établi que le meurtre et l'assassinat ne sont presque jamais le fruit d'une préméditation, mais qu'ils sont toujours des gestes spontanés, des « crimes passionnels », brusque explosion de jalousie ou folie. Les crimes qu'il faut attribuer à la ruse, au calcul, à l'avidité ou à la dépravation sont de grandes raretés ; pour qu'un Brésilien joue du couteau, il faut que ce soit dans un accès nerveux, ou sous l'action du soleil. J'ai été frappé, en visitant le grand pénitencier de Sao Paulo, de voir que le type du criminel, tel que le décrit avec précision la criminologie, faisait absolument défaut. Les prisonniers étaient des hommes absolument doux, avec des yeux tranquilles et tendres qui, une fois par hasard, dans une minute où le sang chauffe, avaient dû commettre quelque action dont ils n'étaient même pas conscients. Mais, en général, — et ceci m'a été confirmé par tous les immigrés — toute action violente, brutale ou sadique, est absolument contraire à la nature du Brésilien. Il est bienveillant, pas irritable, et le peuple a des traits gentiment enfantins qui sont si souvent le propre des gens du Sud, mais rarement d'une façon aussi répandue et aussi marquée qu'ici. Au cours de tous ces mois, personne ne s'est montré désagréable, pas plus les gens haut-placés que les autres ; partout, j'ai eu l'occasion de vérifier — phénomènes si exceptionnels aujourd'hui — l'absence de méfiance envers l'étranger, la personne de race ou de classe différentes. Parfois, lorsque je me glissais dans les « favellas », ces magnifiques et pittoresques cabanes de nègres qui sont placées comme de tremblants nids d'oiseaux sur le rocher au milieu de la ville, je n'avais pas la conscience tranquille et j'avais de mauvais pressentiments. Car, après tout, je venais là en curieux pour regarder les habitudes de vie au degré le plus bas, et pour observer des gens à l'état primitif, dans leurs cabanes d'argile ou de bambou, ouvertes et sans protection ; au début, je m'attendais, comme cela me serait arrivé dans un quartier ouvrier prolétarien d'Europe, à être gratifié de quelque injure ou de quelque mauvais regard. Mais c'était le contraire, ici : pour ces êtres sans méchanceté, un étranger qui se donne la peine de venir dans ce quartier perdu est le bienvenu et presque un ami ; le nègre rit de toutes ses dents éblouissantes, quand il vient au-devant de vous, en vous apportant de l'eau, et il vous aide encore à monter les degrés d'argile glissant ; les femmes qui allaitent leurs enfants vous regardent avec amitié et innocence. Et c'est ainsi dans tous les tramways, sur tous les bateaux d'excursion : qu'on ait en face de soi un nègre, un blanc ou un métis, c'est la même innocente cordialité. Jamais on ne peut découvrir entre les douzaines de races la moindre trace de particularisme hostile, pas plus chez les adultes que chez les enfants. L'enfant noir joue avec l'enfant blanc, celui à la peau brune prend naturellement le nègre bras-dessus bras-dessous ; aucune restriction, aucun boycott, même privé. Quand ils font leur service ou exercent leurs fonctions au marché, dans les bureaux, dans les boutiques, dans les ateliers, personne ne songe à se grouper par origine ou par couleur, tout le monde travaille ensemble, pacifiquement et amicalement. Des Japonais épousent des négresses, des blanches épousent des bruns ; le mot « métis » n'est pas une injure, ici, mais une simple constatation qui n'a rien de péjoratif : la haine de classe, la haine de race, cette plante vénéneuse d'Europe, n'a encore ici ni racines, ni terrain.

Cette délicatesse de l'âme, cette bienveillance sans préjugés et sans méfiance, cette incapacité à être brutal, le Brésilien la paye d'une très forte, peut-être trop forte susceptibilité. Le Brésilien, tout Brésilien n'est pas seulement sentimental, il est sensitif et il a un sens de l'honneur particulièrement facile à blesser, et c'est un sens de l'honneur tout à fait spécial. Précisément parce qu'il est lui-même d'une telle politesse et d'une telle modestie, il tient immédiatement la moindre impolitesse, fût-ce la moins intentionnelle, pour une forme de mépris. Il ne réagit pas violemment, comme le ferait un Italien, un Espagnol ou un Anglais ; il enferme au fond de lui la blessure prétendue. On entend sans cesse la même histoire : il y a dans une maison une servante blanche, noire ou brune ; elle est propre, aimable, silencieuse et on n'a aucun reproche à lui faire. Un beau matin, elle disparaît, sans que la maîtresse de maison sache pourquoi, et elle n'en saura jamais rien. Il est probable qu'elle lui a, la veille, adressé un léger mot de blâme ou de mécontentement, et, par ce petit mot, peut-être dit trop haut, elle a profondément blessé la jeune fille, sans s'en rendre compte. La jeune fille ne se fâche pas, ne se plaint pas, ne cherche aucune explication. Elle fait ses paquets en silence et s'en va sans faire de bruit. Il n'est pas dans la manière des Brésiliens de se justifier ou de demander des justifications, de se plaindre ou d'avoir de furieuses explications. Il se borne à se replier sur lui-même; c'est là sa défense naturelle et on rencontre partout ici cette calme, silencieuse et secrète obstination. Personne, si vous avez une fois refusé, fût-ce de la manière la plus courtoise, une offre ou une invitation, ne vous la renouvellera; aucun vendeur, dans un magasin, n'insistera d'un seul mot, si vous hésitez à propos de votre achat; et cette secrète fierté, cette susceptibilité du sentiment de l'honneur, se retrouve jusque dans les classes inférieures et même les basses classes. Tandis qu'on trouve des mendiants dans les villes les plus riches du monde, à Londres, à Paris et partout dans les pays méridionaux, il n'y en a pour ainsi dire aucun dans ce pays où l'expression « misère toute nue » est à peine une exagération; et cela n'est pas dû à une législation énergique, mais à cette hypertrophie de la susceptibilité, dont toute la population est atteinte et qui lui fait éprouver comme une douleur le plus poli des refus.

Pour moi, c'est cette délicatesse du sentiment, cette absence totale de véhémence qui constitue la particularité essentielle du peuple brésilien. Les hommes de ce pays n'ont pas besoin de tensions violentes et fortes, de succès visibles et profitables pour être satisfaits. Ce n'est pas par hasard que le sport, qui n'est, après tout, que la passion de se dépasser et de se surpasser l'un l'autre, n'a pas acquis, dans ce climat qui invite plutôt au repos et à la plaisante jouissance, cette suprême et absurde importance qui explique pour une bonne part l'augmentation de la brutalité et la diminution de l'esprit de notre jeunesse ; ce n'est pas par hasard qu'on ne se trouve jamais ici en présence des dérèglements et des scènes de folie furieuse qui accompagnent l'extase des records, telles qu'elles sont à l'ordre du jour dans nos pays soi-disant civilisés. Ce qui avait provoqué l'étonnement si sympathique de Goethe, au cours de son premier voyage en Italie, cette faculté des populations méridionales de ne pas chercher sans cesse les buts matériels ou métaphysiques de la vie, mais de se réjouir de cette vie pour elle-même, d'une manière paisible et souvent paresseuse, on le retrouve ici avec gratitude. Les gens d'ici n'ont pas trop de désirs, ils sont sans impatience. La plupart se contentent de pouvoir bavarder un peu, après ou pendant le travail, puis de pouvoir flâner, en buvant du café, rasés de frais et les souliers bien cirés, d'avoir leur maison, leurs enfants, leurs bons amis. Toutes les formes du plaisir, du bonheur, sont mêlées à cette paisible sérénité. C'est la raison pour laquelle il a été relativement si facile de gouverner ce pays, pourquoi le Portugal a eu besoin de si peu de soldats et pourquoi le Gouvernement actuel a besoin de si peu de pression et d'oppression pour maintenir l'ordre et la paix. La vie publique dans l'État se manifeste ici avec infiniment moins de haine, de groupe à groupe et de classe à classe, grâce à cette disposition intérieure permanente à sa paix et à l'absence d'envie.

Du point de vue économique et technique, ce manque d'élan, cette non-avidité, cette non-impatience, que je considère, en ce qui me concerne, comme une des plus belles vertus des Brésiliens, pourraient bien constituer une déficience. Comparée à l'Europe ou à l'Amérique du Nord, la moyenne de rendement en travail du pays est certainement très inférieure. Déjà il y a quatre cents ans, Anchieta a souligné l'action lénifiante que le climat exerce inévitablement sur les habitants. Mais il ne faut pas attribuer à la paresse cette infériorité dans la quantité du rendement. Le Brésilien est, par nature, un excellent travailleur. Il est souple, il produit et comprend rapidement. On peut le former à tout, et les émigrants venus d'Allemagne, qui ont importé dans le pays des industries neuves et souvent compliquées, vantent unanimement la souplesse et l'intérêt avec lequel les ouvriers les plus simples savent se plier à de nouvelles formes de production. Les femmes sont très adroites pour les industries d'art, les étudiants ont le plus vif intérêt pour les sciences, et il serait injuste de considérer l'ouvrier brésilien comme inférieur. A Sao Paulo, où le climat est plus favorable, et quand l'ouvrier trouve une organisation européenne, il fournit exactement autant que n'importe quel autre ouvrier du monde. J'ai observé à Rio les petits cordonniers et les petits tailleurs travaillant tard dans la nuit, dans leurs ateliers exigus. J'ai sincèrement admiré comment, par une chaleur d'été infernale, où le fait de se baisser pour ramasser son chapeau demande un effort, le travail continue sans arrêt, sur les chantiers de construction, sous l'ardent soleil. Ce n'est donc pas l'aptitude, le bon vouloir ou le rythme de travail de l'individu qui font défaut : c'est, en face de l'impatience européenne ou nord-américaine, d'avancer deux fois plus vite dans la vie au moyen d'un double enjeu de travail, une moindre tension intérieure qui diminue le dynamisme général. Une bonne partie des « caboclos », dans les zones tropicales, ne travaille pas pour économiser et mettre de côté, mais uniquement pour assurer la vie des quelques jours qui vont suivre; comme cela se passe toujours dans les beaux pays où la nature est

171

généreuse et donne tout ce dont on a besoin pour vivre, où les fruits mûrissent autour de la maison et vous tombent, pour ainsi dire, dans la main, et où l'on n'a pas besoin de se préoccuper d'un mauvais hiver, il se crée une certaine indifférence pour le gain et l'épargne ; ni l'argent, ni le temps ne vous pressent. Pourquoi livrer ou fabriquer absolument cet objet aujourd'hui ? Pourquoi pas demain — « manana, manana » ? Pourquoi tant de précipitation dans un monde aussi paradisiaque ? La ponctualité existe ici dans la mesure où l'on sait que toute conférence, tout concert commencent à peu près exactement un quart d'heure ou une demi-heure après l'heure annoncée ; si l'on règle sa montre comme il faut, on ne manque rien et on s'adapte. La vie en soi est plus importante ici que le temps. Il arrive souvent — on me le disait en accordant que je pouvais en douter — que l'ouvrier ne rentre pas à l'atelier, pendant deux ou trois jours, après avoir touché sa paye. Il a travaillé alertement et avec zèle la semaine précédente et il a gagné suffisamment pour vivre modestement, très modestement deux jours de plus sans travailler. Pourquoi, dans ces conditions, travailler deux jours de plus ? De toutes façons, les quelques milreis qu'il gagnerait n'arriveraient pas à le rendre riche : il vaut donc mieux jouir de ces deux ou trois jours dans le calme et le contentement, mais peut-être faut-il avoir vu la luxuriance de cette terre, pour comprendre cela. Alors que dans un pays plat, désert et gris, le travail est la seule chose qui puisse faire oublier à l'homme son existence sans joie, au milieu d'une nature si riche, gratifiée de beauté et croulant sous les fruits, la vie n'éveille pas le désir aussi sauvage et aussi violent de devenir riche. Telle que la voit le Brésilien, la richesse n'est en aucune façon l'entassement pénible d'argent gagné par d'incalculables heures de travail, ni le fruit d'un zèle furieux, épuisant les nerfs. La richesse est quelque chose dont on rêve et qui doit vous tomber du ciel, et la fonction du ciel est dévolue, au Brésil, à la Loterie. Le Lotto est, au Brésil, une des rares passions visibles de ce peuple à l'extérieur si calme, et l'espoir commun et quotidien de centaines de milliers, de millions de personnes. La roue de la fortune tourne sans interruption, il y a un tirage tous les jours. Où qu'on aille, où qu'on se trouve, dans tous les magasins et dans la rue, sur le bateau et en chemin de fer, des billets vous sont offerts et le Brésilien — garçon coiffeur, cireur, porteur, employé ou soldat — achète des billets avec ce qui lui reste de son salaire. A une certaine heure de l'après-midi, on voit ensuite comme une tumeur noire, une foule dense devant les lieux de tirage, dans toutes les maisons, dans tous les magasins la radio marche, l'attente de toute une ville ou plutôt de tout le pays est concentrée, en cet instant, sur un seul chiffre et un seul nombre. Les classes supérieures, elles, jouent dans les casinos, et presque chaque ville d'eaux, chaque important établissement de luxe a le sien. Il y a ici des Monte-Carlo à la douzaine, et il est bien rare de voir une table sans joueurs.

Mais ce n'est pas tout. Aux jeux importés d'Europe, au Lotto, au baccarat, à la roulette, la population a encore ajouté un jeu de son invention, un jeu national, le « bicho », qu'on appelle jeu des animaux ; bien qu'il soit rigoureusement interdit par le gouvernement, il n'en est pas moins pratiqué avec zèle.

L'origine du bicho, ou jeu des animaux, est une histoire curieuse, qui montre clairement combien la passion pour le hasard répond profondément au caractère naïf et rêveur de ce peuple. Le directeur du jardin zoologique de Rio-de-Janeiro se plaignait de ce qu'il n'avait pas assez de visiteurs.

Connaissant bien ses concitoyens, il eut l'idée de génie de faire savoir que tous les jours un des pensionnaires du jardin zoologique serait détaché, tantôt l'ours, tantôt l'âne, tantôt le perroquet, tantôt l'éléphant. Le visiteur dont la carte d'entrée correspondrait à cet animal recevrait vingt ou vingt-cinq fois le prix d'entrée. Le succès ne se fit pas attendre : pendant des semaines, le jardin zoologique fut plein à craquer de gens venus, bien entendu, beaucoup moins pour voir les animaux que pour gagner la prime. A la fin, ils trouvèrent que c'était trop fatigant et trop loin d'aller jusqu'au jardin zoologique et se mirent à jouer entre eux l'animal qui devait être détaché ce jour-là. De petites banques noires s'installèrent derrière des comptoirs de café et au coin des rues, pour prendre les enjeux et payer les gains. Quand la police interdit le jeu, on le rattacha secrètement au Lotto, dont chaque chiffre représentera, désormais, pour les Brésiliens, un animal déterminé. Pour que la police ne puisse trouver aucune preuve, on joue sur parole : le banquier ne donne aucun reçu à son client, mais on ne cite pas un seul cas où l'un d'eux se serait montré malhonnête. Ce jeu, sans doute en raison même de l'interdiction, s'est emparé de tous les milieux : tous les enfants de Rio savent, dès qu'ils ont appris à compter, le chiffre qui correspond à chaque animal et en connaissent mieux la liste complète que leur alphabet. Aucune mesure, aucune sanction n'y peut rien. A quoi servirait-il de rêver la nuit, si on ne pouvait le lendemain transposer son rêve en chiffres et en nombres, en Lotto et en jeu des animaux ? Comme toujours, les lois se sont révélées impuissantes contre une véritable passion populaire, et le Brésilien compensera toujours l'esprit de lucre qui lui manque par ce rêve quotidien de brusque enrichissement. La question se pose donc ainsi : de même que le Brésil est bien éloigné d'avoir tiré de sa terre les valeurs potentielles qu'elle contient, de même la grande masse brésilienne n'a pas encore donné cent pour cent de ce qu'elle possède en dons naturels, en force de travail, en possibilités actives. Mais, dans l'ensemble, compte tenu des obstacles inhérents au climat et à la délicatesse corporelle des Brésiliens, leur productivité est tout à fait appréciable. D'ailleurs, après les expériences des dernières années, on hésite à considérer comme un défaut le manque total d'élan et d'impatience, le fait de ne pas être tellement pressé d'aller au-devant de l'avenir. Car c'est une question qui déborde largement le problème brésilien : n'est-il pas plus important pour les nations et les individus d'avoir une vie paisible, de savoir se contenter de ce qu'on a, que ce dynamisme surchauffé, se surpassant sans cesse lui-même, qui jette les gens les uns contre les autres, d'abord dans la concurrence, puis, finalement dans la guerre; et on peut se demander aussi si l'extraction à cent pour cent des forces dynamiques de l'homme ne dessèche pas et ne racornit pas quelque chose en lui, sur le plan spirituel, par ce constant « doping », par cette surchauffe fébrile. On oppose ici aux statistiques, aux sèches balances commerciales, quelque chose d'invisible qui constitue le bénéfice réel : une humanité qui n'est ni troublée, ni mutilée et qui vit dans un contentement paisible.

C'est cette extraordinaire frugalité, cette absence de besoins qui caractérise toute la couche inférieure de ce pays, une couche énorme, une masse sombre et invisible qui n'a pu encore être embrassée complètement ni quant à son nombre ni quant à ses conditions d'existence. L'habitant des grandes villes ne rencontre jamais ces gens qui ne se rassemblent pas comme, par exemple, les masses pauvres américaines ou européennes, dans des fabriques ou des ateliers; et on ne peut en réalité parler d'eux comme d'un prolétariat, parce que tout lien fait défaut entre ces millions d'êtres cachés et dispersés par tout le pays. Les « cabo-clos » de l'Amazone, les « seringueiros » des forêts, les « vaqueiros » des grandes prairies, les Indios dans leur maquis souvent impénétrable ne sont jamais réunis en grandes colonies visibles, et l'étranger (comme d'ailleurs le citadin indigène) connaît, en réalité, très peu de chose de leur existence. Il ne sait que vaguement que quelque part ces millions d'êtres existent, et que les besoins comme les revenus de cette masse presque complètement de couleur atteignent le niveau de vie le plus bas, tout près de zéro. Depuis des siècles, la manière de vivre de ces descendants des Indios et des esclaves qui se sont croisés et recroisés n'a subi ni modification, ni amélioration depuis des centaines d'années, et ils ont, en général, été bien peu atteints par les produits et les progrès de la technique. Ils construisent presque tous leur habitation eux-mêmes : c'est une cabane ou une petite maison de bambou, avec un crépi d'argile et une couverture de joncs. Des vitres sont déjà un luxe, un miroir ou un objet d'ameublement quelconque, le lit et la table mis à part, une rareté dans ces cabanes de l'intérieur du pays. On ne paye, toutefois, pas de loyer pour ces cabanes qu'on a construites soi-même : hors des villes le terrain est tellement dénué de valeur que personne ne prendrait la peine d'encaisser des loyers pour quelques mètres carrés. Grâce au climat, la question du vêtement est résolue avec un pantalon de toile, une chemise et une veste. L'arbre et le buisson fournissent gratuitement la banane, la mandioca, l'ananas, la noix de coco, et il est facile d'avoir quelques poules et parfois, même un cochon. Les besoins essentiels de la vie sont assurés de cette façon, et quelle que soit encore l'activité régulière ou accidentelle de ces travailleurs, il leur reste toujours de quoi pourvoir à leurs cigarettes et aux petites nécessités de leur existence. On n'ignore pas, dans les hautes sphères, que les conditions de vie de ces classes inférieures, en particulier dans le Nord, ne correspondent pas à notre temps, que par cette pauvreté à l'état endémique, des couches entières de la population sont affaiblies par la sous-nutrition et incapables d'une production normale : des moyens sont sans cesse envisagés et des mesures ordonnées pour obvier à cette misère toute nue, au sens propre de l'expression. Mais les dispositions fixant le salaire minimum fixé par le Gouvernement de Getulio Vargas n'ont pu encore pénétrer dans ce hinterland, également éloigné de la route et du rail, ni dans les forêts de Matto Grosso ou d'Acre ; des millions d'hommes sont encore en dehors du cours de la civilisation, incapables de concevoir un travail régulier, organisé, contrôlé, et il faudra des années, des dizaines d'années, pour qu'ils puissent efficacement prendre leur place dans la vie nationale. Le Brésil n'a pas encore mis en valeur cette large et sombre masse, ni comme producteur ni comme consommateur ; pas plus qu'il ne l'a fait pour ses autres forces naturelles. Cette masse constitue, elle aussi, une des gigantesques réserves de l'avenir, une des nombreuses énergies potentielles pas encore transformées de cet étonnant pays.

Au-dessus de cette masse amorphe et éparpillée, qui jusqu'ici n'a apporté que peu de chose ou pour mieux dire qui n'a rien apporté à la civilisation (la plupart de ces gens sont analphabets et leur standard de vie est plus bas au degré de l'échelle), la petite bourgeoisie, la classe moyenne, tend à s'élever constamment et voit son influence grandir : les fonctionnaires, les petits entrepreneurs, les commerçants, les ouvriers, les nombreuses professions des villes et des faciendas.

C'est dans cette couche qu'on trouvera le mieux ce qui caractérise le Brésilien, sa manière de vivre tout à fait personnelle qui sait rendre créatrices les vieilles traditions coloniales. Il n'est pas facile d'étudier l'existence de ces gens qui vivent de la façon la plus simple, sans bruit, dans le cercle familial. Chacun a sa maison modeste, il est vrai, à un étage, deux tout au plus, avec trois ou six pièces ; la façade sur la rue est sans prétention ni ornements, et l'intérieur est simple, sans souci d'hôtes ou de festivités. Si ce n'est chez les trois ou quatre cents « grandes » familles, on ne trouvera dans le pays aucun tableau de prix, aucun objet d'art, même de valeur moyenne, aucun livre précieux, rien du large confort de la bourgeoisie moyenne d'Europe ; cette modestie du Brésilien est impressionnante. La maison étant exclusivement destinée à la famille, on n'y recherche pas le faux éclat ni les petites apparences de luxe. A l'exception de la radio, de la lumière électrique et de la salle de bains, l'intérieur des maisons n'a pas changé depuis l'époque coloniale des vice-rois, pas plus, d'ailleurs, que la manière de vivre dans ces maisons. Les habitudes ont conservé le caractère patriarcal du siècle passé, qui s'oppose au relâchement de la vie de famille et du principe d'autorité paternelle. Comme dans les anciennes provinces de l'Amérique du Nord, les mœurs rigoureuses des temps coloniaux exercent encore leur influence ; on retrouve ici encore en usage ce que nos pères en Europe nous racontaient du temps de leurs propres pères. La famille est demeurée ici la raison d'être de la vie et le véritable centre de gravité d'où tout part et où tout revient. On vit ensemble et on se soutient; pendant la semaine, le cercle est plus étroit, mais le dimanche il s'élargit pour accueillir les parents; c'est en commun qu'on décide de la profession, des études de chacun. Le père a encore une autorité illimitée sur les siens. Il a tous les droits et tous les privilèges, il peut exiger l'obéissance tout naturellement, et l'usage de baiser la main de son père en signe de respect, comme il existait en Europe il y a quelques siècles, s'est encore conservé dans les milieux provinciaux. La supériorité et l'autorité masculines sont encore illimitées, et beaucoup de choses sont permises à l'homme qui sont interdites aux femmes. La femme, encore qu'elle ne soit plus tenue aussi serrée qu'il y a quelques dizaines d'années, est cependant à peu près complètement limitée à sa maison. La femme bourgeoise ne sort presque jamais seule dans la rue, et il serait inconvenant qu'elle se fît voir sans son mari, même accompagnée d'une amie, hors de sa maison, après le crépuscule. C'est pourquoi le soir, comme en Italie et en Espagne, les villes sont surtout des villes d'hommes : ce sont les hommes qui emplissent les cafés, se promènent sur les boulevards, et il serait inimaginable, même dans les grandes villes, de voir des femmes ou des jeunes filles aller le soir au cinéma sans être accompagnées par leur père ou leur frère. Les luttes émancipatrices, les revendications féministes n'ont pas encore trouvé place ici; même les femmes qui exercent une profession, et qui ne sont ici qu'une faible minorité en regard de celles qui sont attachées à leur maison et à leur famille, observent ici la réserve traditionnelle. Bien entendu, la situation des jeunes filles est encore plus rigoureuse. La fréquentation des jeunes gens, l'amitié la plus innocente leur sont interdites encore aujourd'hui, s'il n'est pas clairement établi dès le début qu'on a le mariage en vue, et le mot

« flirt » n'est pas traduisible en portugais. Pour éviter toute complication, on se marie très jeune, les jeunes filles des milieux bourgeois, à dix-sept ou à dix-huit ans, si ce n'est plus tôt ; on en est encore ici à désirer, au lieu de la craindre, la bénédiction d'avoir de bonne heure des enfants. La femme, la maison, la famille sont encore ici étroitement unies ; si ce n'est pour des œuvres de bienfaisance, les femmes ne sont jamais mises en avant dans les cérémonies ou dans les occasions officielles et elles n'ont jamais eu de rôle dans la vie politique, à l'exception de la Marquise de Santos, l'amie de Dom Pedro. Les Américains et les Européens peuvent bien considérer avec dédain que tout ceci est arriéré, mais ces innombrables familles qui vivent satisfaites et tranquilles dans leurs petites maisons constituent, par leur manière de vivre normale et saine, le véritable réservoir de la force nationale. C'est de cette couche moyenne, qui malgré sa manière de vivre conservatrice a l'esprit constructeur et est amie du progrès, c'est de ce sain et solide humus qu'est sortie la génération appelée à partager avec les familles anciennes et aristocratiques la direction du pays. On peut dire, dans un certain sens, que Vargas, qui est originaire du pays et appartient à la classe moyenne, est l'expression la plus frappante de cette génération nouvelle, forte et luttant avec énergie, tout en étant consciemment traditionaliste.

Au-dessus de cette bourgeoisie moyenne, qui a pénétré tout le pays, qui est l'image du nouveau Brésil, et dont l'influence augmente sans cesse, se trouve — ou plutôt subsiste — l'ancienne couche beaucoup plus restreinte, qu'on appellerait volontiers la couche aristocratique, si ce mot ne risquait de prêter à confusion, s'agissant de ce pays neuf et foncièrement démocratique. Car, les familles qui composent cette classe, apparentées entre elles,

180

certaines anoblies, d'autres, non, les unes origi-
naires de l'époque coloniale, les autres, arrivées
seulement du Portugal avec le roi Joao, n'ont pas
eu, en fait, le temps de se stabiliser en classe aristocratique : elles n'ont en commun que leur
manière de vivre et leur haute culture intellectuelle, développée depuis des générations. Ayant
beaucoup voyagé en Europe ou formés par des
maîtres ou des gouvernantes venus d'Europe, possédant, en général, de grosses fortunes ou ayant
d'importantes fonctions dans l'État, les représentants de cette classe ont préservé leur contact
intellectuel avec l'Europe depuis le commencement du premier empire et ont mis leur ambition
à donner du Brésil dans le monde une image de
culture et de progrès. C'est de ce milieu qu'est
issue la génération de grands hommes d'État tels
que Rio Branco, Ruy Barbosa, Joaquim Nabuco,
qui surent combiner avec bonheur, au sein de la
seule monarchie d'Amérique, l'idéalisme démocratique de l'Amérique du Nord avec le libéralisme
européen, et mener à bien, d'une façon calme et
persévérante, cette méthode de la conciliation, de
l'arbitrage et des traités qui est la gloire de la politique brésilienne.

Aujourd'hui encore, c'est ce milieu presque
exclusivement qui fournit les diplomates, alors
que l'Administration et l'Armée commencent à
passer à la jeune bourgeoisie montante. Mais leur
influence culturelle se fait encore sentir d'une
façon bienfaisante sur tout ce qui représente le
Brésil. Pas plus dans leur manière de vivre que
dans celle de la bourgeoisie, il n'y a la moindre
ostentation.

Ils ont de belles maisons, avec de magnifiques
vieux jardins, mais ils se gardent de leur donner
des airs de palais : presque toutes se trouvent à
Tijuca ou à Laranjeiras ou dans la rue Paysandù,

parties de la ville autrefois très exclusives. Ils sont très traditionalistes dans leur manière de vivre, collectionnent toutes les œuvres d'art historiques de leur pays et représentent, avec leur attachement nationaliste joint à leur universalité d'esprit, un type de très haute civilisation, qui n'existe pour ainsi dire pas dans les autres pays de l'Amérique du Sud et qui rappelle beaucoup le type autrichien, libéral et ami des arts. Ces vieilles familles — ici, « vieilles » s'applique à ce qui date de cent ans — n'ont pas encore dû céder leur suprématie culturelle à une aristocratie de l'argent, d'abord parce que la plupart d'entre elles sont fortunées et parce qu'ici les différences sont beaucoup moins marquées que chez nous. Le Brésilien ne connaît aucun exclusivisme — c'est là sa grande force — et le processus d'assimilation est constant aussi bien sur le plan social que sur le plan racial. Toute tradition, tout passé sont ici de beaucoup trop fraîche date, pour ne pas se fondre volontiers et aisément dans les formes brésiliennes nouvelles.

C'est sur ces deux groupes — la couche inférieure est encore incapable de prendre part à la formation d'une culture spécifiquement brésilienne, tant en raison de son analphabétisme qu'en raison de son isolement spatial — qu'est fondée la participation individuelle du Brésil à la civilisation du monde, au sens productif comme au sens réceptif. Pour donner à cet apport particulier toute sa valeur, il ne faut pas oublier que toute la vie intellectuelle de cette nation a à peine plus de cent ans et, qu'au cours des trois cents qu'a duré la période coloniale, toute aspiration quelconque à la culture a été systématiquement étouffée. Jusqu'en 1800, dans ce pays qui n'avait le droit d'imprimer ni un journal ni un ouvrage littéraire, le livre était une rareté, une dépense et en outre un luxe, car c'est à peine si une personne sur cent savait lire et

écrire. C'étaient d'abord les Jésuites qui se char-
geaient de l'instruction dans leurs collèges et ils
donnaient, bien entendu, à la religion le pas sur
toutes les connaissances universelles contempo-
raines. Avec leur expulsion en 1765, l'instruction
publique connaît une lacune complète. Ni l'État ni
la Ville ne songent à construire des écoles. Le Mar-
quis de Pombal introduit bien en 1772 une taxe
spéciale sur les denrées alimentaires et les bois-
sons, destinée à l'érection de bâtiments scolaires
élémentaires; mais tout cela reste sur le papier.
C'est seulement en 1808, avec l'arrivée de la Cour
portugaise fuyant l'Europe, qu'est introduite dans
le pays la première bibliothèque, et pour donner à
la ville où il réside un certain éclat culturel destiné
à l'extérieur, le Roi fait venir des savants et fonde
des Académies et une école des Beaux-Arts. Mais
on n'a fait rien de plus, par-là, que créer une
mince façade : on continue à ne rien faire de systématique et de largement conçu pour livrer aux
masses les modestes secrets de l'art d'écrire, lire et
compter. En 1823, avec l'Empire, on commencera
à faire des plans pour que « cada villa ou cidade
tivesse uma escola publica, cada comarca um
liceu, e que se estabelesem universidades nos mais
apropriados locais ». Mais il faut encore quatre
ans pour qu'en 1827 soit établi légalement ce minimum, créer une école élémentaire dans toute
grande agglomération. Avec cela, on a enfin fixé le
principe; mais le progrès sera d'une lenteur de tor-
tue. En 1872, sur une population de dix millions
d'habitants, il n'y a pas plus de 139 000 enfants qui
vont à l'école, et même de nos jours en 1938, le
Gouvernement s'est vu contraint de créer un
Comité d'initiative pour l'extirpation définitive de
l'analphabétisme.

Il a donc manqué pendant des siècles à l'éclosion d'une poésie et d'une littérature originale

l'humus approprié dans lequel une véritable croissance eût pu se manifester : un public local. Jusqu'il y a très peu de temps, écrire des vers ou des livres, c'était pour un Brésilien une entreprise sans issue matérielle, un sacrifice héroïque sur l'autel de la Poésie ; car c'était créer et parler absolument dans le vide, à moins qu'on ne le fît dans la vie politique ou le journalisme. Les masses ne vous lisaient pas, parce qu'elles ne savaient pas lire, et la mince couche intellectuelle, l'aristocratie, ne donnait pas beaucoup d'importance à un livre brésilien : ses seules lectures, vers ou romans, venaient exclusivement de Paris. Ce n'est que dans les dernières décades, grâce à l'afflux d'éléments formés à la culture et ne pouvant s'en passer, grâce à l'énorme diffusion de l'instruction dans la classe moyenne montante qu'un changement s'est produit : avec toute l'impatience qui s'empare des nations longtemps bridées, la littérature brésilienne se fraie un chemin dans la littérature universelle. L'intérêt pour les productions de l'esprit est stupéfiant. Les librairies naissent les unes à côté des autres, l'impression et la présentation font des progrès constants, les ouvrages littéraires et scientifiques peuvent déjà atteindre des tirages qui auraient paru absolument inimaginables il y a dix ans, et la production brésilienne commence à dépasser la portugaise. Alors que chez nous le sport et la politique détournent avec une fatale égalité l'attention de la jeunesse, ici, l'intérêt de toute la nation est concentré sur la production littéraire et artistique.

Car le Brésilien est, par nature, intéressé par les choses de l'esprit. D'intelligence mobile, saisissant rapidement et communicatifs de leur naturel, les Brésiliens doivent à leur origine portugaise l'amour spontané des belles formes verbales qu'ils introduisent, par des formules de politesse toutes particulières, dans leurs lettres et leur conversation, et qui les incline aisément, dans le discours, à la surabondance. Le Brésilien aime lire : on voit rarement l'ouvrier, l'employé de tramway dans un moment de loisir, sans un journal, l'étudiant, sans un livre à la main. Pour toute cette génération nouvelle, la littérature, l'écriture, n'est pas comme pour les Européens une chose toute naturelle, vieille de plusieurs siècles, un héritage transmis, mais quelque chose qu'elle a conquis elle-même et ce leur est aussi une fierté et une joie de s'y découvrir en même temps que de découvrir la littérature du monde. On n'exagère pas en disant que dans ces pays sud-américains, plus que dans d'autres, un certain respect subsiste pour les œuvres de l'esprit et que ce qui est contemporain — en raison aussi du bas prix des éditions — se répand plus rapidement dans le peuple que dans les pays attachés à une tradition. L'inclination naturelle du Brésilien pour les formes délicates a, depuis longtemps, mis la poésie au premier plan dans la littérature nationale : les deux poèmes épiques « Uruguay » et « Marilia » qui ont marqué le début de l'art brésilien du vers révèlent de remarquables personnalités. Ici, un poète lyrique peut encore devenir vraiment populaire. Dans tous les jardins publics, comme au Parc Monceau ou au Luxembourg, à Paris, on trouve les statues des poètes nationaux : la population — ou mieux, le vrai peuple, en ramassant de petites pièces blanches — a même offert sous cette forme à un poète contemporain le touchant tribut de son admiration. Ce pays, un des derniers à le faire, honore encore la poésie, et l'Académie brésilienne réunit aujourd'hui un nombre imposant de poètes qui ont su donner à la langue des nuances originales et nouvelles.

La prose du roman et de la nouvelle est plus

lente à s'émanciper des modèles européens. La découverte du « bon Indio » dans le « Guaranys » de José de Alencar n'était, en réalité, qu'une importation attardée des modèles étrangers, comme « l'Atala » de Chateaubriand ou le « Bas-de-Cuir » de Fenimore Cooper; seul, le cadre extérieur dans ses romans, la couleur historique, est brésilienne; le plan moral, l'atmosphère artistique ne le sont pas.

Ce n'est que dans la deuxième moitié du dix-neuvième siècle que le Brésil entre dans la littérature universelle avec les figures représentatives de Machado de Assis et de Euclydes da Cunha. Machado est pour le Brésil ce que Dickens est pour l'Angleterre et Alphonse Daudet pour la France. Il a le don de saisir sur le vif les types vivants qui caractérisent son pays et son peuple : c'est un conteur né et le mélange en lui d'humour léger et de scepticisme délibéré donne à chacun de ses romans un charme tout spécial. Avec « Dom Casmurro, » le plus populaire de ses chefs-d'œuvre, il a créé pour son pays un type aussi immortel que l'est David Copperfield pour l'Angleterre ou Tartarin de Tarascon pour la France; grâce à la transparente pureté de sa prose, à son regard humain et clair, il est l'égal des meilleurs prosateurs européens. Euclydes da Cunha, lui, n'est pas un écrivain de profession; sa grande épopée nationale, les « Sertoes », est née d'un hasard. Euclydes da Cunha, ingénieur de profession, avait accompagné, comme envoyé du journal « Estado de S. Pauló », dans la région sauvage et désolée du Nord une expédition militaire contre les Canudos, une tribu rebelle. Son rapport sur cette expédition, conçu avec une merveilleuse puissance dramatique, devint, publié en volume, une vaste description psychologique de la terre brésilienne, du peuple, du pays, comme personne après lui ne l'a essayé ni réussi avec une telle profondeur et des vues aussi lointaines. L'ouvrage avec lequel on peut le mieux comparer, dans la littérature mondiale, cette admirable épopée, c'est « The Seven Pillars of Wisdom », dans lequel Lawrence décrit la lutte dans le désert ; il est certain que l'œuvre de da Cunha est supérieure à d'innombrables livres célèbres, par la grandeur dramatique de la description, la richesse des expériences morales et l'admirable humanité qui la remplit. Quelque étonnants que puissent être les progrès que la littérature brésilienne a fait en subtilité, en nuances du langage, chez ses romanciers et ses poètes, elle n'a pu encore atteindre, par aucune œuvre, un pareil sommet.

L'art dramatique, par contre, n'est que faiblement développé. Personne n'a pu me donner le nom d'une œuvre théâtrale vraiment remarquable ; l'art dramatique n'a, d'ailleurs, dans la vie d'ici, qu'un rôle insignifiant. Il n'y a pas lieu de s'en étonner : le théâtre, considéré comme l'expression lyrique d'une société organisée et unifiée, est une forme d'art qui ne peut se développer exclusivement qu'au sein d'une couche sociale bien déterminée. Or, ce genre de société n'a pas eu le temps de se former au Brésil. Le Brésil n'a pas eu d'époque élisabéthaine, pas de Cour de Louis XIV, pas de large bourgeoisie fanatique de théâtre, comme l'Espagne et l'Autriche. Toute la production théâtrale de l'Empire était fondée sur l'importation — et, en raison de l'immense distance, sur l'importation de troupes de seconde catégorie, jouant des pièces de qualité inférieure. Il n'y eut pas, même sous Dom Pedro, de véritable tentative pour créer un théâtre national ; les premières troupes venues d'Europe ne jouaient même pas en portugais, mais en espagnol. Aujourd'hui que, dans les villes de millions d'habitants, on aurait un public considérable, il est peut-être trop tard, en raison de l'influence envahissante du cinéma, pour commencer.

La situation est identique en musique. Ici aussi, le manque d'une tradition séculaire, ayant pénétré toutes les couches de la population, se fait sentir. Il n'y a pas de grands chœurs spécialisés, de sorte que les œuvres monumentales de la musique comme la Passion selon saint Matthieu, les grands Requiem, la Neuvième Symphonie, les oratorios de Haendel sont, pour ainsi dire, inconnues du grand public. On vient seulement de commencer à monter des orchestres symphoniques, mais ce n'est encore que la musique facile, légère qui a la faveur du public.

C'est pourquoi il est d'autant plus étonnant que ce pays ait produit, à une époque où il fallait pour cela un véritable héroïsme et une volonté désespérée d'acquérir les connaissances nécessaires, un musicien tel que Carlos Gomez, auquel un succès mondial était réservé. Né en 1836, dans une petite ville de l'État de Sao Paulo, il entre, à dix ans, dans un chœur d'église et commence à se former, sans bon professeur, dans un pays où partitions et représentations d'opéras lui sont à peine accessibles, avec une telle force de volonté, qu'à vingt-quatre ans, il est déjà capable de composer un opéra, « A Noite do Castello ». Monté en 1861 à Rio-de-Janeiro, il devient un grand succès national. L'empereur Dom Pedro s'intéresse à lui et l'envoie continuer ses études en Europe. En Italie, la traduction italienne du roman de son compatriote Alencar, les « Guaranis », lui tombe entre les mains, et il se précipite chez le librettiste, en lui disant que c'est là l'œuvre, au moyen de laquelle il veut, en qualité de Brésilien, donner au monde une image du Brésil. En 1870, l'œuvre est représentée à la Scala avec un succès considérable. Le vieux maître Verdi déclare qu'il a trouvé son disciple. Aujourd'hui encore, les « Guaranis », le meilleur opéra de Meyerbeer, comme l'a défini un contemporain, est représenté de temps à autre sur une scène italienne. Cette œuvre, typiquement représentative de ce grand opéra qui donne tout à l'œil et à l'oreille avec générosité — et même trop de générosité — mais donne trop peu à l'âme, mélodieuse dans ses parties lyriques, peut faire encore comprendre aujourd'hui son succès et les grandes espérances qu'elle a fait naître pour l'avenir de Carlo Gomez. Mais précisément parce qu'elle correspondait si bien aux temps pompeux et romantiques de Meyerbeer, elle est aujourd'hui plutôt un document musical historique que de la musique vivante. L'apport typiquement brésilien à la musique mondiale, c'est infiniment plus Villa Lobos qui l'a fait que l'italianisant Carlo Gomez. Il a un rythme fort, très personnel, qui donne à chacune de ses œuvres une couleur qu'on ne trouve chez aucun autre compositeur : par sa vivacité comme par sa secrète tristesse, il reflète le paysage et l'âme brésiliens.

C'est aussi une expression typique brésilienne et populaire qu'on trouve dans le peintre Portinari, qui a réussi en peu d'années à se faire une place internationale. Mais que de couleurs, que de variétés, quelles tâches extraordinairement heureuses attendent encore, dans ce paysage grandiose, l'homme qui, comme Gauguin pour les mers du Sud et Segantini pour la Suisse, saura transmettre au monde la nature éblouissante de ce pays. Toutes les possibilités sont ouvertes ici à l'architecture, dans ces villes qui croissent à une vitesse fébrile et manifestent de plus en plus fortement la volonté de se donner un aspect qui ne soit inspiré ni des plans européens, ni des plans de l'Amérique du Nord, mais soit absolument original. On fait ici beaucoup d'essais dans cet ordre d'idées et on a déjà, en partie, réussi.

Dans les sciences — une matière à propos de laquelle il m'est interdit d'exprimer des appréciations personnelles, en raison de mon manque de compétence — les dernières années ont amené un progrès étonnant dans les sciences historiques et économiques. Presque toutes les descriptions du Brésil et les documents de toute nature étaient dus d'abord à des plumes étrangères. Au seizième siècle, c'est le Français Thevet, l'Allemand Hans Staden, au dix-septième, le Hollandais Berleus, au dix-huitième, l'Italien Antonil et au dix-neuvième l'Anglais Southey, l'Allemand Humboldt, le Français Debret et Varnhagen, d'origine allemande, qui écrivent les descriptions devenues classiques. Mais dans les dernières décades, ce sont les Brésiliens qui se sont donnés à tâche de faire comprendre leur pays et leur Histoire, au moyen d'études approfondies et documentées, et, jointe aux publications très sérieuses du Gouvernement et des différents États, cette littérature remplit déjà toute une bibliothèque. Un phénomène remarquable, en philosophie, c'est que le positivisme d'Auguste Comte a ici une école et même une église ; la Constitution du Brésil a été, pour une bonne part, élaborée selon les conceptions et les formules du philosophe français, qui a pris ici, sur la vie concrète, une influence beaucoup plus grande que dans sa patrie. Dans le domaine de la technique, l'aéronaute Santos Dumont s'est taillé une gloire immortelle par son premier vol autour de la Tour Eiffel et ses constructions d'aéroplanes qui, par leur hardiesse et leur énergie, ont été l'impulsion décisive qui devait amener le succès. Quoi qu'il en soit de la querelle de priorité qui continue encore aujourd'hui, à savoir si c'est Santos ou si ce sont les frères Wright qui ont les premiers réalisé le vol de l'homme dans le-plus-lourd-que-l'air, dans la pire des hypothèses, c'est-à-dire si Santos n'arrivait qu'à la deuxième place pour l'action la plus héroïque et la plus extraordinaire de notre nouveau monde, c'est tout à fait suffisant pour que son nom demeure gravé éternellement au tableau d'honneur de l'Histoire. Sa vie est en elle-même un merveilleux poème épique de l'audace et de l'oubli de soi, et aussi inoubliables que son œuvre technique sont les actes par lesquels s'exprime son humanité, ces deux lettres que, désespéré, il adressa à la Société des Nations, afin que celle-ci interdît une fois pour toutes l'emploi de l'aviation pour le lancement de bombes ou d'autres cruautés de guerre. Rien que par ces deux lettres qui ont proclamé et soutenu à la face du monde la mentalité humanitaire de sa patrie, sa grande figure est défendue à jamais contre toute ingratitude oublieuse.

Ainsi, si on porte au bilan les vrais chiffres, l'apport du Brésil à la civilisation est dès aujourd'hui extraordinaire. Mais on ne compte juste que si l'on ne fixe pas l'âge culturel de ce pays à quatre cent cinquante ans, ni sa population à cinquante millions. Car le Brésil n'est indépendant que depuis cent dix-huit ans, et quant à sa population, il n'y a guère plus de sept à huit millions de ses habitants qui participent activement à la vie moderne. De même, toute comparaison avec l'Europe ne mène à rien. L'Europe a incommensurablement plus de traditions et moins d'avenir, le Brésil, moins de passé et plus d'avenir; tout ce qui a été fait ici n'est qu'une partie de ce qu'il y a à faire, beaucoup de ce qui constitue le fonds séculaire de l'Europe reste à construire ici, les musées, les bibliothèques, un cadre solide et étendu de culture; il est encore cent fois plus difficile au jeune écrivain, au jeune savant, de s'assimiler les connaissances du monde, que dans les institutions nord-américaines mieux dotées et mieux organisées. Quelquefois, on sent ici une certaine étroitesse et, d'autre part, un certain éloignement des préoccupations de notre temps : le pays n'est pas encore développé proportionnellement à son importance spatiale, tout Brésilien sentira encore longtemps la nécessité de passer un an en Europe ou en Amérique du Nord pour parfaire ses études. Le Brésil, en dépit de toutes nos sottises, a encore à recevoir de notre vieux monde élan et inspiration.

Mais, d'autre part, l'Européen qui, pour une visite plus ou moins longue, débarque ici, a beaucoup à apprendre. Il trouve ici un sens nouveau de l'espace, un sens nouveau du temps. L'atmosphère est moins tendue, les hommes plus cordiaux, les oppositions moins violentes, la nature plus proche, le temps moins rempli, les énergies moins bandées au dernier point. On vit ici plus paisiblement, c'est-à-dire plus humainement, moins mécaniquement, d'une façon moins standardisée qu'en Amérique du Nord, moins surexcitée politiquement et moins empoisonnée qu'en Europe. Comme il y a de l'espace autour des gens, on ne se pousse pas les uns les autres avec autant d'impatience ; comme il y a de l'avenir dans le pays, l'atmosphère est moins chargée de soucis et l'individu moins préoccupé et moins agité. C'est un pays agréable pour ceux qui ont déjà beaucoup vécu, beaucoup vu de ce monde et qui voudraient bien maintenant trouver la paix et le recueillement dans un beau paysage, pour réfléchir sur leurs expériences et les apprécier. Et c'est aussi un merveilleux pays pour les êtres jeunes qui veulent apporter leur énergie non encore utilisée à un monde non encore épuisé. Pour tous ceux qui sont venus d'Europe, dans les dernières décades, ce pays est devenu une commune patrie de la paix. Et si la civilisation européenne devait vraiment être anéantie dans cette guerre, qui est un suicide, nous savons qu'une civilisation nouvelle est ici à l'œuvre, prête à traduire en réalité tout ce que les nobles générations intellectuelles ont vainement souhaité et rêvé : une culture humaine et pacifique.

RIO-DE-JANEIRO

La Ville

Il y a environ quatre siècles, en 1552, Tomé de Souza s'écria, en débarquant à Rio : « Tudo e graça que se dele pode decir ». Et personne ne peut le dire mieux que ce fruste guerrier. La beauté de cette ville et de ses entourages est inexprimable. Ni la parole, ni la photographie ne peuvent la rendre, parce qu'elle est trop multiple, trop variée, trop inépuisable ; un peintre qui voudrait rendre toutes les couleurs et les aspects et les mille scènes de Rio, dans leur totalité, n'aurait pas assez d'une vie. Car ici, la nature, dans un élan de prodigalité unique, a réuni dans un petit espace tous les éléments de beauté qu'ailleurs elle distribue parcimonieusement sur des pays entiers. Voici d'abord la mer : la mer sous toutes ses formes et toutes ses couleurs, descendant, avec ses vertes écumes, des immenses lointains de l'Atlantique, vers la plage de Copacabana, se déchirant farouchement contre les rochers de Gavea, ou bien se câlinant, bleue et langoureuse, dans les sables de Nicterói et caressant les îles. Voici les montagnes : chaque pic, chaque versant diffèrent, l'un gris et menaçant, l'autre avec de douces courbes verdâtres, le Pao de Azucar dressant sa pointe aiguë en face du Gavea, qui semble aplati par un marteau gigantesque, tandis que le Dedo de Deus, le Doigt de Dieu, élève ses crêtes déchirées vers le ciel. Tandis que chaque montagne garde sa forme individuelle, elles forment toutes ensemble un cercle fraternel. Voici les lacs : le Lagoa de Freitas et le Tijuca, qui reflètent en même temps les montagnes et les visions électriques de la ville ; voici les chutes d'eau, versant la fraîcheur écumante des rochers, voici les fleuves, les ruisseaux, dans leurs formes les plus inimaginables. Toute la gamme des verts, la forêt vierge s'approchant de la ville avec ses lianes inextricables et ses fourrés impénétrables, tout près des vergers et des jardins, où chaque arbre, chaque fruit, chaque buisson des tropiques semblent former un chaos et se soumettent cependant à un ordre très sage. Et au milieu de cette nature exubérante et pourtant harmonieuse, la ville forme, elle aussi, une forêt de pierre, avec ses gratte-ciel et ses petits palais, avec ses avenues, ses places et ses ruelles d'un coloris oriental, avec ses huttes de nègres et ses ministères grandioses, ses plages et casinos — un Tout parfait, ville de luxe, port, centre commercial, touristique, industriel et administratif. Et par-dessus tout cela le ciel serein, d'un bleu profond, pendant le jour, comme une tente gigantesque, et la nuit tout parsemé des étoiles du Sud. Partout où se pose le regard, à Rio, il est émerveillé.

Il n'y a pas de ville plus belle au monde — ceux qui l'ont vue ne me contrediront pas — et aucune n'est aussi inépuisable et aussi inextricable. On ne finit jamais de la découvrir. La mer a formé les zigzags étranges de ses côtes et la montagne a dressé des écrans prodigieux. On bute toujours contre de nouveaux coins, les rues se coupent en angles irréguliers, on perd tout le temps sa direction. Quand on croit être arrivé à un terminus, on se trouve à un nouveau commencement; quand on croit avoir quitté une baie, pour se rendre dans l'intérieur de la ville, on se trouve soudain dans une autre baie. A chaque pas l'on découvre un nouveau panorama sur les collines, une petite place oubliée, de l'époque coloniale, un marché, un canal bordé de palmiers, un jardin, une favella. Où l'on croit être passé cent fois, on se trouve subitement, si l'on se trompe de ruelle, dans un autre monde : comme si l'on vivait sur une plaque tournante, offrant continuellement de nouveaux horizons. A cela vient s'ajouter le fait que la ville se transforme avec une rapidité déconcertante, d'année en année, de mois en mois. Après une absence de quelques années, le visiteur a du mal à se réadapter. Il s'apprête à escalader une colline et à visiter une fois de plus un des vieux quartiers romantiques de la vieille ville : mais le tout a simplement disparu et a fait place à un grand boulevard, flanqué à droite et à gauche d'immeubles de douze étages. Là, où un rocher barrait la route, se trouve un tunnel, là, où jadis la mer caressait doucement la plage, un vaste terrain d'atterrissage a été construit. Là, où trois mois auparavant on enfonçait dans le sable vierge, s'élève une colonie de villas. Les transformations ont lieu avec une rapidité de rêve. On est actif partout; partout des couleurs, des lumières, du mouvement, rien ne se répète, rien ne va ensemble, et pourtant tout s'adapte. La promenade n'est plus possible, et en tout cas fastidieuse dans les autres métropoles — mais ici elle réserve les joies de découvertes continuelles. A chaque pas, le regard est éveillé et comblé. On monte chez un ami, on se penche de sa fenêtre au sixième étage : voilà une nouvelle baie, immense, majestueuse, jamais aperçue, pleine d'îles miroitantes et de bateaux en partance.

On traverse l'appartement, pour se rendre dans une chambre opposée : la mer a disparu, l'on se trouve devant la croix étincelante du Corcovado et l'immensité du ciel étoilé. Les lumières de la rue s'étendent à des kilomètres, mais quand on se penche du balcon, on plonge dans un village nègre primitif. Pour rentrer en ville, la route traverse une montagne sauvage ; à tout instant, on prie l'ami au volant de s'arrêter, pour contempler un nouveau panorama surprenant. On se rend dans un faubourg, où se trouvent de petits magasins si pittoresques, et soudain l'on se trouve devant des *palacetes* imposants, entourés de parcs centenaires. Le tram de Santa Teresa devrait vous conduire sur une colline, en pleine nature, mais vous dépose près d'un aqueduc du dix-huitième siècle, puis, quelques pas plus loin, parmi un groupe d'immeubles à bon marché. En un quart d'heure, on passe des bords brûlants de la mer au sommet d'une montagne, en cinq minutes de la misère des huttes de chaux dans l'agitation cosmopolite des cafés étincelants, parmi un maelström d'automobiles, dans un pêle-mêle fantastique de richesse et de pauvreté, de splendeur et de misère, de vieux et de neuf, de culture et de primitivisme, de masures et de gratte-ciel, de nègres et de blancs, de brouettes antiques et de limousines aérodynamiques, de roches et de ciment armé, de palmiers et d'asphalte. Tout cela vibre et miroite dans les couleurs les plus aveuglantes, et tout est beau, le vieux comme le neuf, tout est fascinant. On ne se lasse jamais, on n'en a jamais assez. On ne finit jamais de fixer le vrai profil de la ville, car elle en a des douzaines, des centaines. Il change à chaque pas, de chaque nouvelle perspective, qu'on soit dehors ou dedans, près de la mer ou sur la montagne, dans la rue ou dans l'avion, il change de maison en maison, et dans la même maison, d'étage en étage, de chambre à chambre. Après Rio, toutes les autres villes vous semblent ternes, monotones, trop ordonnées, trop simples ; tout semble vide, fade, dégrisé, en comparaison avec la multiplicité divine de Rio.

Chacun peut vivre à Rio comme il veut. Certes, il doit être encore plus séduisant qu'ailleurs d'être riche et de vivre dans un de ces châteaux de rêve, entourés de vieux parcs, sur les collines de Tijuca, mais il est aussi beaucoup plus facile ici qu'ailleurs d'être pauvre. La mer s'offre à tous, la beauté s'étale partout, la vie est bon marché, les gens sont aimables, et les surprises quotidiennes, qui rendent l'existence si joyeuse, sans qu'on sache pourquoi, sont inépuisables. L'atmosphère a quelque chose de doux et d'enivrant, qui vous rend peut-être aussi un peu moins énergique et moins batailleur. On est comblé à tout instant, on se sent satisfait et rassasié, le paysage vous apporte insensiblement cette consolation secrète qui émane de tout ce qui est beau et unique sur terre. La nuit, avec ses millions d'étoiles et de lumières, le jour, avec ses couleurs claires, aveuglantes et explosives, au crépuscule, avec ses brouillards légers et ses jeux de nuages, sous la chaleur parfumée, comme sous les orages tropiques : cette ville est un enchantement continuel. Plus on la connaît, plus on l'aime, et pourtant, plus on la connaît, moins on peut la décrire.

ENTRÉE EN RADE

Dès le matin, tous les passagers sont à bord, pour admirer la célèbre rade de Rio-de-Janeiro. La mer est encore bleue et métallique, comme depuis des jours et des jours, et pourtant l'on sent qu'on approche de la terre, on la respire déjà dans l'air

198

plus suave et plus doux, il y flotte un sombre parfum, monté des profondeurs des forêts, portant l'haleine humide des plantes et des fleurs, cet arôme des tropiques indescriptible, lourd et fermenté, qui vous apporte à la fois l'ivresse et la fatigue.

Enfin se dessine à l'horizon une chaîne de montagnes, comme une nuée de nuages, embrassant toute la baie de Guanabara, qui est une des plus vastes du monde, et où les flottes de toutes les nations pourraient ancrer en même temps : elle ressemble à un coquillage géant, qu'on a brisé et dont les perles ont été jetées pêle-mêle sur la mer, chaque île différente de forme et de couleur. Les unes nagent dans un gris monotone sur la mer d'améthyste : d'autres ressemblent à de grosses baleines, au dos lisse et nu. D'autres sont longues, avec des côtes de pierre comme des crocodiles, d'autres équipées comme des forteresses, d'autres des jardins nageants. Tandis qu'on scrute l'une après l'autre avec la lunette d'approche, les montagnes de la côte se détachent du fond, de formes différentes et capricieuses, elles aussi : l'une toute nue, l'autre toute habillée de palmiers, l'autre portant toute une ceinture de villas et de jardins sur ses flancs.

Sculptrice audacieuse, la nature a réuni ici toutes sortes de formes si terrestres et si humaines que l'imagination populaire leur a donné les noms les plus familiers : la Veuve, le Bossu, le Chien, le Doigt de Dieu, le Géant endormi, les Deux Frères, et finalement le Pao de Azucar, le Pain de Sucre, qui, juste devant la ville, se dresse soudainement et ressemble en cela à la statue de la Liberté, symbole ancien et immuable de New York. Mais au-dessus de tous ces pics et monolithes s'élève le chef de cette tribu de géants, le Corcovado, tenant une croix immense (allumée la nuit) au-dessus de Rio et la bénissant comme un prêtre qui tient l'ostensoir au-dessus de ses fidèles agenouillés.

Puis enfin, après avoir glissé entre le labyrinthe des îles, on aperçoit enfin la ville. Pas tout à coup, comme à Naples, Alger ou Marseille, où le panorama s'ouvre subitement comme une arène avec ses gradins de maisons; Rio effeuille comme un éventail une image après l'autre, une vue après l'autre, et c'est ce qui rend son abord si dramatique et si surprenant. Car chacune des baies habitées est séparée par des arêtes de montagnes, formant ainsi les côtes de l'éventail. Puis voici la plage arquée, avec sa large promenade, toujours battue par les vagues, avec ses maisons, ses villas, ses jardins et là-bas, la ville? Erreur! Ce n'est que Copacabana, et il faut encore contourner le Pao de Azucar, avant d'atteindre l'immense blancheur de Rio, surplombée des vertes montagnes. Voici les nouveaux jardins publics, voici l'aérodrome, on va accoster — erreur encore! Ce n'est que Botafogo et Flamenco, il faut tourner d'autres feuilles de cet album divin, brillant de mille couleurs, le long de l'île de la Marine et du palais gothique de l'empereur Pedro. Enfin voici les gratte-ciel, en une masse verticale, puis les docks : c'est l'Amérique du Sud, c'est le Brésil, c'est la plus belle ville du monde.

L'accueil de Manhattan est plus mâle, plus héroïque, toutes les volontés humaines de l'Amérique du Nord s'unissant là en un faisceau d'une intensité unique. Mais Rio vous ouvre de grands bras, pleins de douceur et de caresses, elle vous attire, elle s'offre à vous avec une sorte de langueur voluptueuse. A Rio tout s'unit en une harmonie générale, inépuisable et généreuse, où la mer, les montagnes et la ville ne cessent d'intriguer les yeux et les sens.

Pour celui qui arrive en avion, le spectacle est plus court, mais non moins impressionnant : on voit mieux comment la ville et la nature s'épousent et se mélangent en un tout. Après avoir volé au-dessus d'une mer de montagnes, voici la baie aussi verte, ouvrant l'écrin qui contient la perle. On voit les diagonales des avenidas, coupées comme au couteau, la plage étincelante, blanche, mais pas plus large que le blanc d'une peau d'orange, puis les mille cailloux des villas et des maisons, le tout encadré par l'azur bleu d'acier et le bleu de la mer. Soudain les montagnes disparaissent dans une courbe, et l'on se trouve en face d'un mur de pierre formé par la masse des maisons, l'on distingue déjà la file des autos le long des plages, les nageurs dans la mer, la vie qui vous attend, les couleurs qui vous charment. L'avion tourne une fois, deux, trois fois, frôlant presque le toit de Sao Bento. Puis les roues crissent, on est à terre, sur la plus belle terre du monde.

LE VIEUX RIO

Pour bien comprendre une ville, une œuvre d'art, un homme, il faut connaître son passé, l'histoire de sa vie et son évolution. Aussi, dans chaque ville inconnue que je visite, je vais d'abord aux fondations sur lesquelles elle est érigée, afin de déduire l'aujourd'hui d'hier. Ainsi, à Rio, mes premiers pas me conduisent au Morro de Castello, cette colline historique où, il y a quatre cents ans, les Français s'étaient retranchés et où les Portugais assaillants et victorieux posèrent la première pierre de la ville. Mais inutile de chercher : la colline historique n'existe plus. Le terrain est nivelé depuis longtemps ; de larges avenues le traversent. Phénomène curieux : le vieux Rio a disparu et le nouveau se trouve sur un tout autre emplacement que la ville des XVIe et XVIIe siècles. Au lieu des rues asphaltées, il y avait alors des marais et de petits cours d'eau malsains et inhabitables, que les premiers habitants abandonnèrent pour les hauteurs. Ce n'est que petit à petit que les terrains marécageux purent être assainis, en desséchant les terres, en canalisant les cours d'eau et en avançant ainsi la côte toujours plus avant dans la mer. Ensuite on nivela les collines qui s'opposaient au trafic. C'est ainsi qu'au cours de trois cents ans, la ville s'est complètement retournée, et que tout ce qui était historique fut démoli en même temps.

Ce n'est pas une grande perte, car du XVIe au XVIIIe siècle, Bahia, l'ancienne capitale du Brésil, et Rio étaient trop pauvres et trop insignifiantes pour songer à ériger des palais ou des monuments d'art. Même lorsqu'au début du XIXe siècle, la cour du Portugal y établit sa résidence, elle n'y trouva pas une demeure digne. Ainsi, tout ce qu'on peut appeler historique date tout au plus de l'époque dite coloniale, et une construction de 150 ans mérite une considération particulière. On retrouve le véritable style de cette époque dans quelques-unes des ruelles encore intactes de l'Alfandega. Typiquement portugaises et très modestes, ces maisons d'un ou deux étages, jadis sans doute badigeonnées en couleur, ne possèdent aucun autre ornement que leurs balcons de fer, joliment ajourés ; mais de leur ancienne noblesse, elles sont déchues au rang de petites boutiques. Celles-ci étalent librement leurs marchandises, qui s'amoncèlent jusque dans la cour et exhalent une lourde odeur de poissons, de légumes et de fruits. Leur aspect confirme les excellentes descriptions de Luis Edmundis, dans son livre sur Rio à l'époque des vice-rois, nous montrant ces ruelles étroites, grouillantes et empestées, offrant un passage difficile au bétail comme aux hommes, qui ignoraient encore les lois les plus primitives de l'hygiène. Et même les édifices officiels de l'époque coloniale, palais et casernes, furent construits en hâte et à bon marché, sans plan ni ambition, offrant tout au plus de mauvaises copies de l'architecture portugaise. Mais toutes ces lamentations sentimentales sur la disparition du « vieux Rio » ne sont que des prétextes pour de vieilles gens, qui regrettent leur jeunesse. En réalité, Rio n'a rien perdu dans ce qui a été démoli. Seules mériteraient de durer quelques églises, comme Gloria et Sao Francisco, si admirablement situées, et l'aqueduc, aux lignes nobles, ainsi que l'une ou l'autre des petites ruelles pittoresques. Enfin un grand monument du passé : l'église de Sao Bento, avec son couvent. Elle a échappé à l'emprise des siècles, en se fortifiant dès le premier jour sur une colline, seule et courageuse ; commencée en 1589, elle est un des rares vestiges du XVIe siècle, ce qui, pour le Nouveau Monde, est aussi vieux que pour nous le Parthénon et les Pyramides. Juchée sur sa colline, avec la vue libre de tous les côtés, cette église conserve ses trésors de beauté et de calme, au milieu d'une ville truculente et tonnante. C'est le seul endroit où le temps s'est arrêté, où l'impatient esprit de rénovation est resté sans effet. La petite route bossue qui y monte est restée la même qu'il y a trois cents ans, et de la terrasse, d'où l'on regardait partir les galères et les voiliers portugais, on contemple maintenant les mouvements majestueux des transatlantiques internationaux.

Du dehors, Sao Bento et son couvent n'ont l'air ni imposant ni très original. L'église a l'aspect lourd et solide, avec ses tours rondes et massives, et la forme carrée du couvent donne l'impression d'une forteresse, ce qu'il a d'ailleurs été en temps de guerre. On entre sans beaucoup d'espoir par les hautes portes ciselées. Mais dès qu'on se trouve à l'intérieur, on est émerveillé. On vient de quitter le soleil aveuglant, et tout d'un coup, une lueur de miel vous enveloppe, une douce clarté atténuée, comme un coucher de soleil dans le brouillard. Tout d'abord on ne distingue ni formes ni contours, le tout étant baigné dans une nuée flottante ; puis peu à peu l'on se rend compte que ces lueurs émanent de l'or qui recouvre les murs tout autour. Ce n'est pas la couleur violente et insistante d'un métal, mais plutôt un lustre imperceptible, qui joue sur les piliers et les lambris. Les lignes et les surfaces s'entremêlent dans la douce et molle lumière qui pénètre par les fenêtres de la toiture et flotte dans la nef comme une fine fumée.

L'œil enfin habitué discerne plus clairement les détails : la pierre, le marbre ou le métal, de nos églises européennes est remplacé par le bois indigène ; une couche d'or fine et légère donne du relief à chaque courbe, à chaque ligne. Sans vouloir rivaliser avec l'originalité et la magnificence des cathédrales d'Europe, les constructeurs de Sao Bento ont cependant réussi quelque chose d'unique : une spiritualisation de la matière, une harmonie parfaite dans ce demi-jour doré, qui reste inoubliable. Cette même mesure bienfaisante se retrouve dans le couvent aux larges corridors dallés, aux lourdes portes noires, dans sa bibliothèque bien proportionnée, sa cour silencieuse, où l'on croit traverser une époque reculée. On oublie qu'on se trouve dans une autre hémisphère, au-delà de l'équateur, sous d'autres constellations. On se croirait dans un cloître bénédictin de Suisse ou d'Allemagne, ces anciens refuges de bibliophiles rêveurs. Mais on n'a qu'à se pencher par une fenêtre pour retrouver la métropole moderne, avec ses gratte-ciel, ses palais, ses boulevards haletants, sous la garde de collines vertes. Puis, plus loin, la baie avec ses bateaux et ses îles, et la mer tropique : comme partout à Rio, ce mélange frappant de la ville et de la campagne, du temporel et de l'éternel.

C'est dans ce couvent de Sao Bento, ainsi que dans Sao Antonio, sur la colline d'en face, que le passé de Rio est conservé. Ces églises sont ses lettres de noblesse, attestant son âge et sa distinction. Et si toutes les pauvres ruelles de l'époque coloniale disparaissent, si la ville continue à se transformer impatiemment, d'année en année, il restera leur lueur dorée.

LES PETITES RUELLES

Les grands boulevards de Rio sont grandioses ; peu de sites au monde peuvent leur être comparés. Mais ce sont des rues de parade, des rues modernes et internationales, et je préfère cependant à leur splendeur aveuglante les petites ruelles cachées, inconnues, sans nom, qui vous conduisent on ne sait où, qui vous surprennent à chaque pas par leur charme indéfinissable, naturel, méridional, et paraissent d'autant plus romantiques, qu'elles sont pauvres et sans prétentions. Les plus pauvres, et même celles-ci avant tout, sont pleines de couleur, de vie et de variété. Le regard ne peut pas se rassasier. Rien en elles n'est apprêté pour l'étranger, rien n'est à photographier, et leur attrait n'est pas dans leur architecture ou leur structure, au contraire, mais dans leur irrégularité et leur pêle-mêle. Mon vieux penchant de flâneur est devenu un vice à Rio. Combien de fois ai-je quitté la maison, pour faire un tour d'un quart d'heure, et ne suis rentré qu'après quatre heures de marche de ruelle en ruelle, sans pouvoir me rappeler mon chemin ni un seul nom, dans cette ville aux éternelles surprises et découvertes. Et pourtant, je n'ai jamais eu l'impression d'avoir perdu mon temps.

Une flânerie dans les petites ruelles de Rio signifie un retour vers le temps passé. C'est l'époque coloniale, où tout était encore proche, ouvert, à portée de main, où il n'y avait pas encore d'autos trépidantes ni de signaux électriques, où l'on cheminait encore paisiblement, ne cherchant rien d'autre que l'ombre, qui rendait la marche plus agréable. Même les rues aristocratiques étaient étroites, comme le prouve encore la Rua Ouvidor. Elles sont interdites aux voitures, qui d'ailleurs seraient incapables de se frayer un chemin, tant la foule est dense pendant la journée ; un « carioca » qui se respecte y passe plusieurs fois par jour, car le Tout-Rio se donne ici rendez-vous. Les gens sont tellement serrés les uns contre les autres qu'on ne peut voir un pouce du sol ; ils marchent lentement, s'entretiennent, et cet éternel flux et reflux humain donne à ce corso, vu l'absence de voitures, un aspect de fête continuelle. A droite, à gauche se faufilent d'autres rues et ruelles, dont il est inutile de demander les noms : on ne les retiendra pas. Elles sont longues et étroites, se croisent continuellement, coupées çà et là par une plus large avenue, aux tramways brinquebalants et toujours surchargés. Aucune n'a une particularité architectonique. Elles sont bordées de maisons à un étage, sans aucune décoration, avec un magasin au rez-de-chaussée, ouvert à tout venant et présentant des natures mortes d'un pittoresque séduisant.

Voici un cordonnier, entouré de ses trois apprentis, tapant dur sur les semelles ; voici le fruitier, qui a tressé au-dessus de sa porte une couronne de bananes, de longues guirlandes d'oignons, des melons aux chairs roses, des tomates formant de petites montagnes rouges; voici la pharmacie-droguerie, avec ses centaines de bouteilles bien rangées, voici une guinguette, où les verres s'emplissent d'une gamme variée de vins rouges; voici le coiffeur nègre, d'autant plus noir que la mousse au bout de son pinceau est blanche; voici le vannier, accroupi devant un fauteuil, dans lequel il ne s'assoira jamais. Ici le menuisier, là le boucher, dans la cour, les femmes font la lessive, une devanture est toute recouverte de billets de loterie, un notaire écrit à son comptoir, installé en pleine rue. On peut voir chacun à son travail, et quand on voit le peuple travailler, on voit sa vraie existence. On voit comment il habite, le simple lit de fer derrière l'atelier, séparé par un rideau seulement, on voit comment il mange et comment il passe chaque heure de la journée. Rien n'est caché ni voilé, rien n'est mécanisé ni standardisé. Tous ces petits métiers, condamnés à mort en Europe et aux États-Unis, on peut les apprendre, ici, rien qu'en passant et en regardant — tout est sans mystère et cependant admirable. Le nègre, le blanc, le métis, les uns près des autres, dans leurs vêtements de toile blanche, les femmes, aux couleurs chatoyantes, et le tout baignant dans un soleil éclatant. Et puis les cafés! Combien de cafés? Ils sont innombrables, il y en a à chaque coin de rue, ils restent ouverts jusqu'à une heure avancée de la nuit. Devant la masse sombre des grands immeubles, ils miroitent et scintillent comme des grottes mystérieuses. Car dans cette ville haletante, la vie ne s'arrête jamais, les tramways courent sans interruption, et à cinq heures du matin, les premiers baigneurs vont déjà à la plage. Que de vie dans ces milliers de ruelles, une vie grouillante et grandissante, des enfants partout, des enfants de toutes couleurs et de tous mélanges. Et pourtant, ce qui est typiquement brésilien dans tout cela, c'est que ce tumulte coloré et mouvementé n'enlève rien à la douce harmonie qui règne dans les contacts humains. Partout, jusqu'au fond des quartiers les plus misérables, on rencontre la même courtoisie. Même là où les habitations deviennent des masures, où les ruelles se perdent dans les rochers et dans la brousse, on sent que ces êtres acceptent avec reconnaissance le minimum de bien-être.

Plus on va, plus les surprises continuent. Voici de nouveau une place de l'époque coloniale, avec un palais distingué et un grand parc clôturé, et là un marché, dont l'abondance rappelle un maître hollandais, dont la crudité des couleurs évoque Van Gogh ou Cézanne, puis surgit un coin de port, avec ses barques de pêcheurs et ses odeurs acides de mer et d'algues, et puis, de nouveau un parc inconnu, de nouveau quelques huttes délabrées au pied d'un gratte-ciel, et encore une vieille église. On flâne par des ruelles qui s'arrêtent subitement devant un rocher, qu'il faut escalader pour continuer sa route. En se rendant à une foire de banlieue, on tombe tout à coup dans un quartier de luxe. On court à la gare, et l'on se trouve dans un parc impérial. Rien ne s'accorde et cependant tout s'enchâsse admirablement. On va de surprise en surprise, et l'on n'en a jamais assez. Flâner, vadrouiller, aller à la découverte, ce plaisir que Paris fut la dernière ville d'Europe à nous offrir se renouvelle ici à une haute puissance.

PROMENADES EN VILLE

Chaque route commence dans l'Avenida Rio Branco. C'est, ou du moins c'était l'orgueil de Rio qui, il y a une quarantaine d'années, eut soudain l'ambition de ressembler à une grande ville européenne, et pour cela, devait avoir un boulevard au centre de la cité. Rêvant, comme toutes les villes du Sud, de devenir une réplique de Paris, elle imita l'exemple de Haussmann, ce préfet génial qui traça audacieusement une grande artère en droite ligne à travers le fouillis des vieilles ruelles, encastrées l'une dans l'autre. Ceux qui dessinèrent le plan de cette avenida somptueuse se crurent extrêmement audacieux, en empruntant aussi la mesure des boulevards européens, c'est-à-dire une largeur de 130 mètres. Et les vieux Brésiliens, les « cariocas », habitués à leurs impasses étroites et ombragées, de s'opposer tenacement. Pourtant le plan fut adopté. On plaça à l'entrée de l'Avenida un Opéra très parisien, la Bibliothèque Nationale, le Musée et le Grand Hôtel de luxe, pour bien accentuer qu'ici serait le centre spirituel et culturel du Brésil. Puis l'avenue fut flanquée de maisons de six étages, dépassant orgueilleusement les toits des palacios et palacetes plus anciens. Les larges trottoirs furent ornés d'une belle mosaïque noire et blanche, le boulevard fut asphalté, et les grandes maisons de commerce et les clubs se hâtèrent d'y ériger les immeubles les plus modernes pour l'époque. En effet, ce boulevard pouvait dignement rivaliser avec les plus célèbres d'Europe.

Pourtant quand les Américains se mettent à imiter l'Europe, dans ses mesures et dans ses vues, ils se rendent coupables d'une modestie fatale. Car quand ce continent impétueux et plein de ressources se met à bouger, il le fait d'une façon plus dynamique et plus rapide qu'ailleurs. La croissance tropicale de Rio et son expansion ont pris un rythme si fantastique et si rapide, qu'aujourd'hui l'Avenida Rio Branco est beaucoup trop étroite pour l'éternelle procession des autos; c'est un embouteillage continuel et incurable, aggravé encore par les palissades des nouvelles constructions qui s'effectuent tout le long du boulevard. Car déjà, les édifices luxueux de 1910 ont perdu tout éclat, le Grand Hôtel est condamné et va être remplacé par un gratte-ciel de 32 étages, les immeubles de six étages sont surélevés ou bien font place à de nouveaux ; tout ce qui, il y a trente ans seulement, paraissait énorme, sinon monstrueux, est aujourd'hui démodé et étriqué. L'Opéra, poussé dans l'ombre, ne peut plus maintenir ses proportions, le Musée et la Bibliothèque ont perdu leur supériorité, et, de même que sur les boulevards de Paris, dans la Friedrichstrasse de Berlin et la Regent Street de Londres, les grands magasins de luxe se retirent de cette artère tumultueuse vers des quartiers plus calmes. L'Avenida jadis somptueuse n'est aujourd'hui plus qu'un passage pour les foules, sans cachet ni personnalité ; puisque ce qui devait être son principal caractère, la distinction, a disparu.

Aussi, pour satisfaire le rythme toujours plus amble de son activité, Rio a besoin de boulevards plus neufs et plus espacés. A droite et à gauche — selon de nouveaux plans grandioses — la ville étend de nouvelles avenues, rasant des blocs d'immeubles entiers comme une locomotive en plein élan emporte une feuille de papier. On rase des collines, on démolit des carrés de maisons, des tunnels transpercent les rochers, des routes en serpentins enroulent les hauteurs. L'administration urbaine a reconnu à temps qu'il ne valait rien d'économiser l'espace, en construisant des maisons en hauteur, quand la ville s'étalait en même temps tout alentour, comme une marmite bouillante. Les vieilles routes, les ruas Carioca, Cattete et Laranjeiras, conduisant vers Tijuca, S. Isidro et Meyer, retardent le trafic, plutôt qu'elles ne le facilitent, et des nouveaux quartiers au cœur de la ville, il faut une demi-heure ou même plus en auto. Il fallait donc gagner du terrain à tout prix, et c'est du côté de la mer qu'il se trouva le plus aisément. Arracher deux ou même cinq cents mètres de terrain à la mer, par remblayage, c'était peu demander à la mer et gagner beaucoup pour la ville. Ainsi furent tracés les nouveaux boulevards au bord de la mer, offrant une merveilleuse vue sur l'océan ainsi que sur des jardins magnifiques, et remplaçant l'ancien romantisme par une beauté nouvelle. Ils sont comme le bord blanc d'une page de livre imprimée : chaque page de ce livre divin offrant une nouvelle merveille. Grâce à la bizarre formation des baies, qui dentellent la ville, l'horizon se transforme à chaque tournant. On peut comparer Rio à un éventail peint, dont chaque lame porte un dessin différent, mais dont l'ensemble seulement offre l'image complète.

En parcourant ces boulevards du bord de la mer, on traverse environ six ou sept ou huit villes tout à fait différentes. A gauche de l'Avenida Rio Branco se détachent toutes les rues, qui conduisent au port et au quartier des affaires. C'est ici qu'accostent les grands transatlantiques, et les *ferries* venant des petites îles alentour, c'est ici que s'emplit tous les jours le marché d'une profusion multicolore de fruits et de fleurs, que le terrain d'aviation attend ses hirondelles argentées, que sont groupés les docks, les arsenaux et les casernes de la marine brésilienne ; et puis voici les ministères, dans des immeubles de douze à seize étages, d'un aspect extra-moderne, groupant en un bloc imposant toute l'administration de l'immense pays. Et pourtant, malgré ses couleurs assez vivaces, ce quartier moderne n'a pu éviter d'avoir une physionomie internationale, alors que le véritable charme de Rio repose dans l'art de réunir harmonieusement les contrastes.

Mais le collier étincelant de perles et de diamants de ce boulevard atteint son plus bel éclat dans son fermoir, formé par la Praça Paris. Ce nom n'a pas été choisi sans intention : les architectes, qui étaient Français, ont songé à la Place de la Concorde, qui est un réel bijou au cou de Paris. Mais ici vient se joindre à l'éclat des lumières toute la splendeur de la nature. Entre la mer bleue et les maisons blanches est passé un ruban de verdure ; sous les hautes frondaisons du parc se pourchassent les autos et les autobus bleus, verts, jaunes, rouges, comme des bêtes poursuivies, mais sans que leur chasse dérange le regard.

Après avoir goûté le panorama unique sur la ligne tremblante des palaces et des hôtels, sur la baie de Nicteroy, ourlée de blanc, sur les bateaux et ferries, jusqu'à la vieille église Gloria, se détachant comme une coulisse des montagnes lointaines, on croit avoir tout vu, et ce n'était rien. Car après la Praça Paris, le boulevard continue, s'approchant encore plus de la mer, sous le nom d'Avenida Beiramar, jusqu'à la Praia do Flamengo. Ici se trouvaient autrefois les vieux palais d'un ou deux étages, au fond de jardins touffus : ils ont dû céder le terrain si précieux à des constructions de onze et douze étages, entre lesquelles les palmiers d'autrefois frissonnent de nostalgie. En face se trouve le Pao d'Azucar, le Pain de Sucre, couronné de lumières, rocher puissant, qui veille à l'entrée de la baie et devant lequel chaque bateau qui entre doit s'incliner. Puis voici la baie de Botafogo : cette fois plus de vue libre ; on croit se trouver sur un lac encastré entre de hautes montagnes. Ce sont pourtant les mêmes hauteurs, qui, vues de Flamengo semblaient de douces collines, et, vues de Botafogo ont l'air de rochers abruptes, tantôt nus, tantôt boisés, tantôt couverts de maisons jusqu'au sommet. Dans cette ville à surprises la mer et la montagne changent d'aspect à chaque tournant, et à chaque coin de rue, c'est une nouvelle découverte.

Deux rues plus loin, voici la Praia Vermelha, qui se cache si bien entre les rochers, dans une fente, qu'il m'a fallu des semaines pour la découvrir. Soudain tout le décor est changé. La ville a disparu, la baie a disparu; plus de maisons de luxe, plus de trafic, plus de commerce, rien que des vagues, des rochers, du sable et de la solitude : on se croit au bout de la route, au bout du monde.

Mais on n'est qu'à son commencement, un des mille commencements dont cette ville se compose. Une rue plus loin, après un tunnel sous un rocher qu'on croyait invincible, et voici la plage mondaine de Copacabana, ce Super-Nice, ce Super-Miami, la plus belle plage du monde, sans doute. Après ces cinq minutes de trajet de Rio à Rio, on se trouve sur une autre mer, dans un air différent, une température différente, comme après un voyage de plusieurs heures. Et ce qu'on avait aperçu sur la plage de Flamengo et dans l'Avenida Beiramar, c'était vraiment une mer différente, une mer enfermée, une mer domptée et sans force, sans vagues, sans flux ni reflux. Puis soudain ici, à Copacabana, l'océan Atlantique vous attaque de front, le vent vous emporte et l'on sent qu'entre ici et les côtes d'Europe et d'Afrique il n'y a rien que cette eau immense. Le carrosse vert de Poséidon, tiré par les chevaux aux crinières d'écume blanche, avance à toute vitesse contre la plage illuminée. Le tonnerre le précède, et le souffle de ce géant atlantique est si fort qu'il emplit tout l'air d'une vapeur d'iode et de sel. L'air saturé d'ozone est si fort que bien des habitants, affaiblis par l'atmosphère molle et un peu lourde de Rio, ne peuvent pas supporter de vivre sur cette côte toujours agitée, toujours en action. Mais comme c'est rafraîchissant! Après cinq minutes de voyage en autobus, l'air a quatre à cinq degrés de moins, et c'est là un des cent mystères de cette ville où seuls des habitants de longue date peuvent supporter les changements de température, d'une rue à l'autre, l'une étant chaude et l'autre fraîche, l'une pleine de vent et l'autre parfaitement calme, selon l'angle qu'elles forment avec la mer ou selon qu'elles sont cachées par un saillant rocailleux ou non. C'est ainsi que par exemple, le premier kilomètre de la plage de Copacabana, qui s'appelle Leme, est moins fréquenté et moins fashionable, quoique ayant la même situation vis-à-vis de l'océan. La plage de luxe se trouve sur l'Avenida Atlantica, avec son hôtel fameux, ses cafés, ses orchestres de tziganes, son casino, sa large promenade et ses mœurs, peu brésiliennes. Car ici l'on rencontre, comme sur les plages d'Europe et d'Amérique du Nord, les jeunes filles en pantalon, les hommes en chemise de sport, grande ouverte, ce qui, à l'ordinaire, est très mal vu et n'est pas même permis dans les autobus. Cette plage, avec ses belles terrasses devant les restaurants et les cafés, ne sert qu'au luxe, au sport, au plaisir, à la joie de tous les sens. Parfois des centaines de mille de personnes viennent prendre leur bain dans cette cabine de luxe, et elle ne semble pas surchargée. On a l'impression que cette plage ne fait pas partie de Rio, qu'elle a été formée artificiellement, comme à Nice, mais en plus grandiose, pour les étrangers et les passagers de luxe, et qu'elle ne s'est intégrée que lentement à l'organisme de la ville. Il y a vingt ans, il n'y avait que quelques maisons modestes, osant s'avancer dans ces dunes de sable. Mais depuis la découverte du plein air, du soleil et de l'eau, et surtout depuis la démocratisation de l'automobile, des quartiers entiers changèrent leur forme de vie. Aujourd'hui, l'habitant de Rio se rend à Copacabana aussi aisément que le Viennois au Prater ou le Parisien au Bois, pour qui jadis c'était une excursion, sinon un voyage. Copacabana est le poumon de Rio, pour ne pas dire le cœur. Pourtant, malgré sa beauté, n'est-il pas symbolique qu'en s'asseyant dans son sable, on ait le Brésil dans le dos ? Car son Avenida fait face à l'Europe ; toute son atmosphère est européenne, comme l'était, il y a trente ans, celle de l'Avenida Rio Branco, et d'ailleurs, les étrangers s'y sentent plus à l'aise que les cariocas.

Mais à un nouveau tournant, voici la Suisse ; un lac profondément encastré par des hautes montagnes, le Lagoa de Freitas, à quelques douzaines de mètres seulement de la plage. Une nouvelle colonie de villas vient de pousser sur ses bords plats, avec une rapidité inquiétante, tandis qu'au-dessus d'elle, les géants de la montagne mirent leurs contours de métal noir dans les eaux frissonnantes. Nous ne pouvons jeter qu'un coup d'œil sur ce lac de montagne, car voici déjà une nouvelle plage, celle d'Ipanema, puis une autre, de Gavea, au bord desquelles les maisons comme les palmiers sont encore si jeunes. Et ce n'est que maintenant que la route, sous le nom d'Avenida Niemeyer, s'approche de la vraie nature, percée dans la roche, tout comme la Corniche, sur la Côte d'Azur, et surplombant d'en haut une mer de plus en plus déchaînée. Voyage plein de surprises, jusqu'à ce qu'à Joa, une douce colline vous offre un nouveau répit : de nouveau la baie s'ouvre, avec ses îles et ses échappées, le panorama des montagnes lointaines — on se trouve en pleine nature, on est au bout. Mais pour combien de temps ? Un an ? Dix ans ? Déjà, dans la proche Praia de Trijuca, on lotit les terrains. Le sable y est encore blanc et vierge, et bientôt il cédera la place à de nouvelles façades de ciment armé — qui peut prévoir où Rio finira, où elle s'arrêtera ?

Encore une nouvelle courbe, un nouveau monde. La voiture escalade une montagne très raide, pendant un quart d'heure, la forêt vierge nous entoure; à peine une maison, çà et là, des huttes de nègres, abritées par un palmier. On oublie presque qu'on est à moins d'une heure de la grande ville, on croit en être éloigné par des centaines de milles. Puis, à une nouvelle courbe, la revoici, la ville! Elle semble différente, parce qu'entrevue d'un tout autre côté. Et où qu'on se dirige, vers Vista Chinesa, vers la Mesa del Imperador ou de nouveau vers Tijuca, le régal des yeux continue.

En ville, encore de nouveaux boulevards, que ce soit celui de la Mangue, près du Jardin Botanico, ou la Praça de Republica. Ce n'est pas une ville, c'est un monde qui s'est ouvert, et lorsqu'on retourne dans le tumulte coloré des quartiers populeux, on se demande tantôt si l'on n'est pas sur la Canebière, à Marseille, à Naples, à Barcelone, à Rome ou parmi les gratte-ciel de New York. On est partout : mais on est surtout à Rio.

QUELQUES RÉALITÉS QUI DEMAIN SERONT DES LÉGENDES

Certains aspects, qui donnent à Rio tant de couleur et de pittoresque, sont déjà menacés. Il est probable que, dans quelques années, les favellas, les villages nègres en pleine ville auront disparu. Les Brésiliens n'aiment pas qu'on en parle, car ils leur apparaissent comme des verrues, au point de vue social et hygiénique, au milieu d'une ville qui brille de propreté et qui a réussi à extirper complètement la fièvre jaune, dans l'espace de deux décades. Pourtant, on devrait conserver au moins un vestige de ces favellas, dans la mosaïque de cette ville kaléidoscopique, comme des documents de la vie naturelle, au milieu de la civilisation.

Ces favellas ont une histoire singulière. Les nègres, qui gagnent infiniment peu, sont trop pauvres pour pouvoir se loger en ville ; d'autre part, s'ils habitaient au-dehors, les prix de transport seraient prohibitifs. C'est pourquoi ils se sont construit des huttes dans les rochers et sur les collines, en plein Rio, sans s'occuper de la question de propriété du terrain. Pas besoin d'architecte, pour construire une mocambo. Quelques douzaines de bambous, fixés en terre ; les intervalles remplis avec de la chaux, et des roseaux formant le toit : la favella est construite. Les fenêtres sont remplacées par quelques plaques de tôle, ramassées dans le port. Un rideau fait de toile de sacs sert de porte ; parfois ce sont des planches de caisse ! la même hutte que les ancêtres habitaient depuis des siècles dans le kraal africain. L'ameublement n'est pas plus luxueux : une table et un lit, faits de planches, des chaises ramassées Dieu sait où, quelques pages de magazines collées au mur. Nul confort moderne, bien entendu. Il faut chercher l'eau aux fontaines en bas, et c'est pourquoi on voit continuellement une procession de femmes et d'enfants, dans les sentiers abrupts et sinueux, portant le précieux liquide sur la tête, comme aux temps anciens, non dans des cruches, qui seraient trop chères, mais dans de vieux bidons de benzine. Les lampes de pétrole vacillent le soir entre les buissons.

Continuellement, les nègres montent et descendent les marches des escaliers dans les rochers escarpés, qui parfois descendent à pic, et sont sales en plus. Toutes sortes d'animaux, chèvres et chats squelettiques, chiens pouilleux et poules faméliques rôdent alentour. L'eau de vaisselle suinte le long des rochers — à cinq minutes d'une plage de luxe ou d'un nouveau boulevard, on se croirait dans un village sauvage de Polynésie ou dans la brousse de l'Afrique. Cette existence primitive peut sembler inimaginable aux hommes d'Europe ou d'Amérique du Nord; et pourtant, son aspect n'a rien de troublant ni de répugnant ni de honteux. Ces nègres se sentent mille fois plus heureux que les prolétaires de nos faubourgs. Ils ont leur hutte à eux, ils sont libres de faire ce qu'ils veulent — et le soir, on les entend chanter et rire. Ils sont leurs propres maîtres. Et quand un propriétaire ou une commission les chasse, parce qu'on va construire un nouveau bloc de maisons ou une route, ils s'en vont paisiblement sur une autre montagne.

Rien ne les empêche d'emporter, pour ainsi dire, leur faible maison sur leur dos. En plus, collées aux arêtes les plus hautes et les plus inaccessibles, ces masures jouissent de la même vue que les plus luxueuses des villas; elles sont nichées à l'ombre de palmiers et de bananiers, qui les nourrissent sans travail. La nature brésilienne empêche l'homme d'être triste et morose, elle le console sans arrêt de sa main caressante. Combien de fois suis-je monté par ces sentiers glissants jusqu'aux villages nègres, sans jamais entendre un mot désagréable ou inamical. La disparition des « favellas » enlèvera à Rio une partie de son cachet étrange. J'imagine à peine la colline de Gavea ou le vieux Morro sans ces villages audacieusement collés au rocher, dont l'existence primitive et pourtant heureuse nous rappelle combien nous sommes exigeants, et combien toute la densité de la vie peut être contenue dans une goutte de rosée.

La civilisation ambitieuse et moralisante va aussi bientôt — comme dans certaines villes d'Europe, à Marseille et à Hambourg — abolir la rue de l'amour, la Mangue, le Yoshiwara de Rio.

On voudrait qu'en dernière heure, un peintre vînt et retînt l'image colorée de ces ruelles, dont les lumières vertes, rouges, jaunes, blanches, tissées d'ombres fuyantes, offrent un spectacle oriental, fantastique, comme je n'en ai vu nulle part ailleurs, rehaussé par le mystère des destinées humaines qui s'y cachent. Le passant peut voir à chaque fenêtre, à chaque porte, attendant et regardant comme des animaux exotiques, des milliers de femmes de toutes couleurs et de toutes races, de tout âge et de toute origine, des négresses sénégalaises, des Françaises qui ne peuvent plus cacher leurs rides, de douces Indiennes et de grosses Croates.

Le cortège ininterrompu des clients passe et examine la marchandise. Au fond de la chambre, une petite lampe jette des effets multicolores et magiques sur la couche blanche, qui se trouve dans l'ombre, créant ainsi un clair-obscur rembrandtien, qui couvre de mystère ce trafic d'amour, dont les prix sont effroyablement bas. Le côté surprenant et typiquement brésilien de ce marché, c'est son calme, la placidité, la discipline des prostituées, alors que les rues semblables de Marseille ou de Toulon résonnent de cris, de rires, de gramophones nasillants et que les clients ivres en rendent l'accès dangereux. Ici, tout se passe en sourdine. Sans la moindre fausse honte, avec une ingénuité toute méridionale, les hommes brésiliens, habillés de blanc, passent devant les portes; parfois l'un d'eux se détache et disparaît comme un éclair dans une maison. Le ciel brille de toutes ses étoiles au-dessus de ce trafic calme et secret. Ainsi, même ce quartier dépravé, qui, dans d'autres villes, est empreint de sordidité et de bassesse, conserve à Rio, grâce aux couleurs et à la lumière triomphante, quelque chose de serein.

Est-il vrai que les vieux « bondes », ces tramways ouverts et légers, vont disparaître et faire place à des plus modernes, mais fermés? Quel dommage! Car c'est un plaisir de voir ces voitures agiles descendre les rues, toujours surchargées d'hommes suspendus comme des grappes de raisins. Comme il fait bon de s'y asseoir. Aux jours les plus chauds et les plus lourds, on peut acheter pour un cent la plus douce, la plus rafraîchissante des brises, alors qu'on étouffe dans les cercueils des automobiles fermées. Ce n'est pas dans les tournées de Cook ni même dans une auto privée qu'on apprendra à bien connaître le vrai Rio, mais dans ces « bondes » populaires, et je n'ai pas à avoir honte de cette préférence, car l'Empereur Pedro lui-même adorait tellement ces trams alertes et bondissants qu'il en réserva un pour ses promenades démocratiques. Ce serait vraiment une erreur de remplacer par des véhicules balourds ces voitures légères, brinquebalantes et romantiques, qui sont une expression de la vivacité et de l'allégresse de Rio!

JARDINS, MONTAGNES ET ÎLES

Si on va à la fenêtre, la nuit, quand la mer est calme et nulle brise ne souffle, l'air mou et saturé d'huiles et d'arômes mystérieux indique qu'on vit au milieu d'arbres et de jardins. A Rio, le regard trouve toujours un endroit vert où se poser. Des palmiers bordent les rues, chaque maison a son jardin rempli d'arbrisseaux, de fleurs et de fruits étranges, et plus on s'éloigne de la mer, plus les parcs sont touffus et cachent les villas qu'ils entourent. Et puis il y a les jardins publics sur la Praça Paris et la Praça Republica, ceux-ci évidemment domptés et domestiqués. Mais déjà vers Tijuca, la forêt vierge envoie ses avant-postes dans une effusion de verdure et de lianes, comme un océan, dont les vagues rivalisent pour arriver les premières à la côte. Tout de suite, la forêt devient compacte et impraticable, et après quelques pas, on se sent isolé comme sous une cloche de scaphandrier. L'air est lourd et chaud comme l'haleine d'une bête féroce et dangereuse. A une heure de la ville, on est dans la zone de la forêt vierge.

Et c'est pourquoi le Jardin Botanique de Rio est, selon l'avis d'hommes compétents (je ne le suis pas), le plus riche et le plus étonnant du monde. Car il offre tout ce que la forêt vierge contient, sans ses dangers, sans ses frayeurs, sans son infinité. Ici, l'on peut admirer sans peine les plus beaux exemplaires d'arbres, de plantes et de phénomènes tropiques. L'Allée du Triomphe, à l'entrée, plantée par le Roi Joao VI, il y a un siècle et demi, est formée par des rangées de palmiers gigantesques, dans une symétrie parfaite, qui les fait ressembler aux colonnes d'un temple grec millénaire. J'ai vu un nombre infini de palmiers, au Brésil et ailleurs, et pourtant je ne savais pas encore combien un palmier peut être royal et majestueux, avec son écorce qui ressemble à une cotte de mailles aux dessins arabes, et sa couronne très, très haute, si haute qu'on ne l'aperçoit qu'à peine. Et tout autour se pressent ses vassaux, venus de tous pays, de toutes les zones, de Sumatra, de Malacca, d'Afrique et de l'Équateur, une race de géants. Chacun porte une autre variété de fruits, aux formes et couleurs étranges, cachés dans les feuilles, et l'on sent que cette race date des temps archaïques et de lointains exotiques.

Et puis voici, dans un étang marécageux, la puissante Victoria Regia, et sur de petites collines, les arbustes de pays qu'on connaît et qu'on salue en passant — ce jardin est tout un musée vivant, et pourtant un véritable morceau de nature. Sa situation a été génialement choisie sur le versant d'une colline, pour donner l'illusion qu'il ne finit jamais et s'étend loin, très loin dans le pays, n'étant que le commencement des forêts incommensurables.

L'autre parc de Rio, le Parco de Cidade, n'est pas moins grandiose. Il n'est fait que pour le plaisir, alors que le Jardin Botanique a un but scientifique. Il fut créé par un riche patricien (qui le légua plus tard à la Ville) sur une hauteur, autour de sa villa, d'où l'on a une vue sur tout le panorama de Rio, la mer, les montagnes, les vallées et les forêts. Ce n'est pas une vue, c'est une somme infinie de vues, où la beauté des fleurs rivalise avec la richesse picturale des araras, les plus colorés des perroquets. Des étangs, des terrasses font partie de cette architecture savante, et au-dessus de tout cela le ciel d'un bleu-acier très pur et d'une clarté qui intensifie les dessins et les contours les plus fins. Avec tout cela le grand silence, sans lequel rien ne serait parfait. Car ces parcs sont si immenses qu'on n'y rencontre presque jamais personne. Ici le bruit de la métropole est banni, et la terre respire de ses millions de bouches chaudes et invisibles.

Un autre jour, montons plus haut. Est-il possible de vivre dans une ville, continuellement entouré et attiré par les montagnes riantes, sans avoir le désir d'y monter? Le Corcovado s'élève, pour ainsi dire au milieu de la ville, de 700 mètres et la nuit, avec sa croix scintillante d'ampoules électriques, il fait le signe de bénédiction au-dessus de toute la baie de Guanabara. Une auto l'escalade en vingt minutes, et le sommet nous révèle un panorama inoubliable sur la ville toute entière, sa baie, ses îles, ses bateaux, ses maisons et ses plages. Adossé à la statue du Rédempteur, je contemple la vue des vues : la mer et l'infini, les montagnes de Teresopolis, les plaines, les baies, l'inexprimable.

Mais le Corcovado n'est qu'un sommet sur cent : d'autres pics nous appellent à Boa Vista, Alto de Tijuca, Mesa del Imperador, Vista Chineza, Santa Tereza, où le panorama général de tout à l'heure est découpé en différentes images.

Mais à force de regarder d'en haut tant de baies et d'îles enchantées, semées dans la mer par des géants prodigues et distraits, les profondeurs nous attirent à leur tour. Un *ferry* me conduit au large, en passant d'abord devant l'Académie de la marine et les dépôts de pétrole. Après une traversée d'une heure environ, après avoir longé des récifs blancs, survolés d'oiseaux et aérés par des panaches de palmiers, voici Paqueta, qui me rappelle les anciennes histoires de voyage de mon enfance : Colomb à Guanahani, le Capitaine Cook à Tahiti ou Robinson sur son île. Paqueta est une de ces îles enchantées, plongée dans un brasier de fleurs, un rêve des Mers du Sud. Pas d'autos, pas de plages mondaines comme à Honolulu ou à Hawaii, qui ont vendu leur virginité. On longe la rive dans une vieille calèche, et partout la nature semble immaculée, comme aux temps les plus reculés. On a l'impression que cette île n'appartient à personne ou à tout le monde. Mais, contraste typique dans ce pays, juste en face, séparée par un étroit bras de mer, se trouve une autre île, qui n'appartient qu'à un seul : Brokoio. Après un travail de plusieurs années, ce solitaire a su se créer un petit paradis, avec tout le confort de l'époque, les livres les plus modernes, un orgue et des chambres d'amis ravissantes. Paqueta est la pure nature ; Brokoio est la pure culture. Dans son jardin bien ordonné, aux chemins bien ratissés, se promènent des chiens, des paons, des animaux étranges. Les jardins conduisent vers de légères collines. On fait le tour du petit royaume en une demi-heure. C'est la solitude parfaite : une solitude d'où un canot à moteur vous ramène rapidement au sein de la métropole la plus trépidante, et dont on garde le souvenir comme d'un songe, non comme d'une réalité.

L'ÉTÉ À RIO

Voici novembre : la « saison » de Rio est finie. Les amis qu'on rencontre n'ont qu'une question à la bouche : où irez-vous cet été ? Il est d'usage que pendant les mois de décembre à mars, on aille se réfugier dans les montagnes ; la coutume, devenue impérieuse pour la bonne société, a été établie par l'empereur Pedro, qui se transportait avec toute la cour à Petropolis ; les ambassades et les ministères l'y suivaient. Aujourd'hui cette résidence proche et fraîche fait partie de la banlieue de Rio, grâce à l'automobile. Pendant l'été, les hommes d'affaires y installent leurs familles, et rentrent tous les jours à leurs bureaux à Rio. Ce n'est plus un voyage, c'est une promenade de vingt à trente minutes, à travers une plaine qui fut autrefois un marais pestilentiel. Ensuite la route monte en serpentins jusqu'à la petite ville d'eaux qui a l'air bien démodé avec ses ponts de briques rouges et ses villas vieux jeu, et qui rappelle beaucoup une petite ville de province allemande. Et je ne me suis pas trompé : il y a plusieurs décades, l'empereur avait fait venir des colons allemands, qui y construisirent des maisons de leur goût et les baptisèrent de noms allemands. Le palais impérial lui-même, d'une joliesse étriquée, ressemble à celui d'un petit potentat allemand, transporté comme par enchantement sur cette montagne du Brésil. A présent, les autos lui donnent un air plus trépidant, mais ce n'est que du bruit extérieur; en réalité, la poésie vieillotte de Petropolis n'est pas en danger, car la nature elle-même est douce et harmonieuse et n'a rien d'abrupt comme ailleurs. Les jardins sont surchargés de fleurs. A midi, la température est assez élevée, mais les nuits sont fraîches et sans humidité, contrairement à celles de Rio.

Mais celui qui cherche le vrai climat de montagne doit aller un peu plus loin, à Terezopolis, à quelque cent mètres plus haut : c'est comme si l'on se rendait d'un paysage autrichien en Suisse. La nature devient plus rude et plus sévère, la forêt plus sombre, la montagne plus abrupte — d'un endroit qui vous donne le vertige, on peut voir jusqu'à Rio. Les maisons sont dispersées dans le vert comme des fermes. De même à Friburgo, qui est d'origine suisse, le paysage a un côté alpestre, et la plupart des « estivants » (si l'on peut s'exprimer ainsi) sont des Européens, tandis que les Brésiliens se retrouvent traditionnellement à Petropolis.

Mais lorsque mes amis me demandèrent dans quelle ville d'eaux je me rendrais, je répondis : Rio. Je voulus y passer l'été, car on n'apprend à connaître un pays ou une ville que par ses extrêmes : on ne connaît bien la Russie que sous la neige, et Londres dans le brouillard. Je ne l'ai pas regretté. Certes, il fait chaud à Rio, et ce n'est peut-être pas une légende qu'on peut y cuire des œufs sur l'asphalte, mais j'ai trouvé New York plus insupportable, quand elle est envahie d'une chaleur humide et que ses gratte-ciel ressemblent à des fours. Ce qui rend l'été de Rio pénible, c'est sa longueur; il dure de trois à quatre mois. La chaleur du jour, pour ainsi dire, pure et pleine, quand le soleil resplendit dans un ciel sans tache et quand les couleurs atteignent leur fortissimo, est assez supportable : le blanc des maisons, le vert malachite des palmes, le bleu unique de la mer ne peuvent pas être imaginés plus purs et plus ardents. Mais la chaleur massive a ses pauses naturelles ; à intervalles d'une régularité peu brésilienne, une brise rafraîchissante monte de la mer et évente les plages, mais ne pénètre que difficilement dans le fouillis des ruelles intérieures. Les nuits sont moins supportables, quand aucune brise ne souffle, quand l'humidité épaisse colle à la peau et ouvre tous les pores. Mais en général, ces journées lourdes ne durent pas longtemps et sont soudainement soulagées par un de ces orages tels que les a décrits Joseph Conrad. Ce n'est plus de la pluie, c'est le ciel entier qui s'effondre, comme un tonneau dont le fond a été percé. Ce ne sont pas des éclairs, striant le ciel comme des veines bleues — ce sont des explosions qui ébranlent les maisons. En un quart d'heure, toutes les rues sont inondées, le trafic est interrompu, personne ne met un pied dehors. Puis, un quart d'heure plus tard, le soleil brille de nouveau innocemment dans le plus pur des ciels, comme s'il ne savait plus rien de sa colère — et pendant des jours et des jours l'air est suave et cristallin et l'horizon sans nuages — voilà l'été de Rio.

En somme, il est supportable. Deux millions d'habitants le supportent, sans se plaindre. Ils s'adaptent. Toute la ville est habillée de blanc, comme pour une revue navale. A partir de novembre, Rio n'est plus qu'une station de bains de mer. Les gens se rendent à la plage en costume de bain, pour vite faire un plongeon dans les vagues. Dès cinq heures du matin, avant le travail et le déjeuner, les premiers arrivent, et les derniers ne quittent la plage que tard dans la nuit. Certains jours, la plage de Copacabana compte cent mille baigneurs. C'est une erreur de croire que les gens de Rio, les cariocas, sont accablés par la chaleur :

au contraire, ils amassent en eux une tension de tous les nerfs, qui se décharge ensuite dans les fêtes délirantes du carnaval.

La carnaval de Rio est une manifestation unique de gaîté et de splendeur. Pendant des mois, la population s'y prépare, économisant son argent et préparant de nouvelles chansons et danses. C'est une fête démocratique, une explosion de joie collective, à laquelle chacun prend part. Partout, dans les casinos, les restaurants, dans les huttes des nègres et par la radio, on apprend la chanson qui deviendra la rengaine de l'année. Les magasins sont fermés pendant trois jours, et toute la ville est prise d'une frénésie furieuse. On danse dans la rue, nuit et jour, aux sons des instruments les plus inattendus. Les barrières sociales sont abolies, on va bras dessus bras dessous avec n'importe qui, les gens qui ne se connaissent pas s'accostent et s'engagent dans la farandole. L'extase devient telle, qu'on trouve souvent des gens allongés par terre, sans qu'ils aient absorbé une goutte d'alcool : la danse et le bruit les a épuisés. Et ce qu'il y a de typiquement brésilien dans tout cela, c'est que malgré tant d'excès, et malgré le droit de porter des masques, ce peuple ne perd jamais la mesure, ne devient jamais brutal ni commun. Cette foule tonitruante n'a qu'une idée : une fois, pendant trois jours, se délivrer de tout ce qui l'oppressait, de tout ce qu'elle taisait, par des cris, des danses, par une orgie sans contrainte — qui ressemble aux orages d'été qui assainissent l'atmosphère devenue trop lourde. Puis le lendemain, la ville rentre dans l'ordre. L'été est passé, la chaleur accumulée dans les hommes est évaporée, Rio redevient Rio, une ville qui jouit paisiblement et fièrement de sa beauté, dont elle est consciente.

SAO PAULO

Pour dépeindre Rio-de-Janeiro, il faudrait être un peintre, mais pour décrire Sao Paulo, il faut être un statisticien ou un économiste. Il faudrait ériger des colonnes de chiffres, tracer des courbes, pour montrer sa croissance : car ce qui fascine dans Sao Paulo, ce n'est ni son passé, ni son présent, mais la lente évolution de son devenir et de sa transformation, qu'on peut suivre comme au ralenti. Sao Paulo n'a pas un visage déterminé, étant trop soumise aux continuels et rapides changements. Il faudrait la montrer dans un film, qui se déroule et se transforme d'heure en heure. Aucune autre ville du Brésil, ni, sans doute, sur toute la terre, n'offre un tel élan ambitieux et dynamique à la fois.

Voici donc quelques chiffres, qui indiquent, comme un thermomètre, la courbe de cette évolution fiévreuse. Au milieu du XVIe siècle, les Jésuites construisent quelques maisons et masures autour de leur collège, au cours des XVIIe et XVIIIe siècles, une petite ville insignifiante végète là, au bord de la rivière Tictê, servant notamment de refuge aux bandes des « Paulistas », qui partent de là pour leurs expéditions dans les fameuses « entradas », terrorisant tout le pays, sans pour cela enrichir leurs familles ni leur ville. En 1872, Sao Paulo ne compte encore que 26 000 habitants; avec ses rues étroites et pauvres, elle n'occupe que le dixième rang parmi les villes du Brésil, alors que Rio a déjà 275 000 habitants, Bahia 129 000, Niteroi 42 000 et Cuïaba 36 000.

Mais le café, le grand souverain, y envoie subitement ses colonnes de travailleurs, et aussitôt l'ascension prend des proportions fantastiques. Le nombre d'habitants de 1872 a triplé en 1890 avec 69 000, dix ans après Sao Paulo compte 239 000 habitants, en 1920 579 000, pour dépasser le million en 1934 et arriver aujourd'hui au-delà du million et demi, sans que le rythme de l'augmentation semble vouloir s'arrêter. En 1910, la ville avait 3 200 maisons, en 1938 plus de 8 000, mais ces chiffres indiquent mal la proportion, car les constructions comprennent des gratte-ciel, qu'il faut mettre en ligne de compte avec les anciennes maisons à un étage. Le coefficient de l'augmentation ressortira plutôt du nombre des loyers, qui, de 43 137 en 1910, est monté à 800 000 environ. Cela veut dire un accroissement de quatre maisons par heure; et tout cela est dû au café, qui règne ici en maître et domine, avec ses 4 500 fabriques, toute la vie économique.

Quelles sont les causes d'une évolution aussi fantastique? D'une part la situation géographique et climatique, qui attira déjà le fondateur de la ville, Nobrega, il y a quatre cents ans. Santos, un des ports les plus importants de l'Amérique du Sud, se trouve tout près, au pied du plateau surélevé sur lequel Sao Paulo s'est nichée, et qui facilite le commerce dans toutes les directions. Les grands fleuves Parana et La Plata sont faciles à atteindre, la célèbre « terra roxa » est très fertile et se prête à toute espèce de plantation. Enfin, la force hydro-électrique est en abondance et ne coûte presque rien; et tout cela explique le rapide développement d'une ville au milieu d'un pays qui, lui aussi, augmente journellement ses forces potentielles. Mais le facteur le plus important fut dès le début le climat de ce plateau, à une hauteur de 800 mètres, où le soleil, tout en étant puissant, n'a pas le même effet engourdissant que dans les zones tropiques et sur les côtes. Au xviie siècle déjà, les « paulistas » étaient connus pour être plus énergiques, plus actifs, plus résistants que les autres Brésiliens. Ils sont les vrais porteurs de l'énergie nationale, « semper novarum rerum cupidus », ce sont eux qui conquièrent et découvrent l'intérieur du pays, et leur volonté d'expansion, leur courage et leur élan, s'est transmis, au cours des siècles suivants, au commerce et à l'industrie. Enfin, vers la fin du xixe siècle, les immigrants d'Europe apportent encore de nouvelles énergies. Car ceux-ci cherchent instinctivement des conditions de vie et des climats auxquels ils sont habitués. Les Italiens, qui forment le noyau principal de l'immigration, retrouvent à Sao Paulo le climat de l'Italie du Nord et du Centre, en même temps que le soleil du Sud. Ils n'ont pas besoin de se réadapter, ils emploient immédiatement toute leur énergie, qui se décuple dans le nouveau pays. Car les immigrants sont toujours plus impatients que les natifs d'un pays ; n'ayant aucun héritage qui leur permette d'attendre, ils doivent gagner leur vie au plus tôt. Mais l'élan de leur énergie et de leur courage entraîne les autres, et ce sont précisément les plus actifs et les plus ambitieux des Brésiliens qui viennent s'établir à Rio, où ils trouvent une main-d'œuvre déjà préparée et capable de produire. Le capital suit les entreprenants, une roue s'enchaîne dans l'autre, l'évolution se fait toujours plus rapide, et finalement Sao Paulo devient le centre nerveux du pays tout entier, où quatre cinquièmes du progrès industriel et commercial du Brésil prennent leur source.

Le muscle est peut-être un des éléments les plus nécessaires d'un organisme, mais il n'est généralement pas beau. Qu'on ne s'attende pas à trouver à Sao Paulo des impressions esthétiques, pittoresques ou sentimentales. Cette ville, toute tendue vers l'avenir, inquiète et impatiente, se soucie peu de son aspect présent, et encore moins de son passé. On y trouve aussi peu de vestiges historiques qu'à Houston ou toute autre ville pétrolière de l'Amérique du Nord. Même le Collège des anciens fondateurs de la ville, qu'on aurait dû préserver comme un panthéon, est tombé depuis longtemps sous les coups de la pioche. Il n'existe pas une seule trace des XVIIᵉ et XVIIIᵉ siècles, et ce qui reste du XIXᵉ ne tardera pas à succomber aux fureurs d'une époque qui, dans son avance rapide, détruit tout sur son passage. Parfois, on a l'impression de ne pas habiter une ville, mais un chantier immense. Tout autour de la ville, les maisons avancent vers la campagne, et dans la cité intérieure, les rues se transforment convulsivement. Après cinq ans d'absence, le visiteur a du mal à se retrouver, comme dans une ville toute nouvelle. Tout paraît trop étroit, trop bas, trop petit. Les rues ont besoin d'expansion et forcent, en s'élargissant, les maisons à pousser en hauteur. Des souterrains conduisent les voitures vers le grand air, et toutes ces transformations hâtives et égoïstes donnent à toute la ville l'atmosphère des époques provisoires et coloniales. Sa croissance ne s'opère pas, comme chez nous en Europe, autour d'un centre, d'un noyau, mais hâtivement, au hasard des improvisations. N'importe quel immigrant, après avoir gagné un peu d'argent, a voulu le placer ; ne trouvant aucune maison de rapport, il en a construit une (le terrain et la main-d'œuvre ne coûtaient presque rien) : et c'est ainsi que sont sorties de terre ces maisons laides, mal faites, sans goût, qu'on rencontre partout, tout le long de la côte : rien qu'un magasin ouvert, et, au-dessus, deux ou trois chambres d'habitation. Si le propriétaire était italien, il se donnait la peine de la peindre en ocre, en rouge-brique ou en bleu. Toutes les maisons se ressemblent, elles forment des rues à l'infini et finalement des villes. Au début, personne ne songeait à s'établir d'une façon durable. Qui sait si on ne partirait pas bientôt vers une autre ville, si l'on ne rentrerait pas avec ses économies au pays natif, ou si l'on ne deviendrait pas vite riche, et alors on construirait une de ces villas pompeuses de style oriental ou pseudo-baroque, qui, il y a trente ans, passaient pour aristocratiques. Tous ces nomades immigrants n'avaient aucun sens de durée ou de continuité, et c'est pourquoi leurs villes prirent cet aspect provisoire et chaotique, où les habitations se bousculaient, sans plan, sans alignement ; vite quelques briques et un peu de chaux, qu'on pouvait démolir sans regret. Ici, une maison de vingt ans passe pour vétuste et démodée, comme en Europe une maison de deux cents ans, et on la démolit aussi vite qu'elle a été bâtie.

Ce n'est que depuis que l'industrie, le commerce et la richesse se sont développés si hâtivement, que Sao Paulo semble avoir compris, qu'elle était une grande ville et qu'elle en avait les devoirs, au point de vue d'urbanisme. Tout étant devenu trop étroit, les rues, les places, les églises, les immeubles administratifs, les banques et les hôpitaux, elle s'est subitement résolue à prendre forme et à construire un centre. Et il se passe en ce moment ceci de curieux : on transforme un pêle-mêle en un tout ordonné, de provisoire on fait quelque chose de définitif. On creuse des tunnels, on trace des parcs et des promenades, des grandes avenues traversent les quartiers étroits, où s'alignent instantanément des immeubles imposants, du style le plus moderne. Mais l'expansion de cette ville est si rapide que déjà les plans conçus semblent ne plus convenir aux besoins, et il faut les élargir en pleine construction. Des maisons d'hier se surélèvent déjà, des gratte-ciel émergent, et tout alentour, de colline en colline, des villas rongent la banlieue et se répandent toujours plus loin.

Du point de vue ethnographique, Sao Paulo se regroupe également; autrefois, les immigrants des différentes nations s'étaient groupés ensemble : il y avait un quartier italien (Sao Paulo est une des plus grandes villes italiennes du monde), un quartier syrien, arménien, japonais, allemand, etc. Aujourd'hui tout se mélange, et la ville se divise maintenant en deux parties : à l'intérieur la City, avec une architecture fortement teintée d'américanisme nordique, et alentour des quartiers de villas entourées de jardins; tout cela promet de devenir très beau dans quelques années. Du haut de quelque building, on peut déjà apercevoir l'aspect futur. Mais ce qui est prodigieux en ce moment, c'est d'assister à cette transformation de fond en comble d'une ville qui fait peau neuve, comme il arrive souvent en Amérique du Nord, et dans le Sud, aussi à Montevideo. La beauté de Sao Paulo n'est pas une chose actuelle, mais future, elle n'est pas optique, mais réside dans son énergie et son dynamisme.

Pour le moment, le principal accent de cette ville est le travail. Sao Paulo n'est pas une ville de plaisir, elle ne fait rien pour l'œil, elle n'a ni promenades ni corsos, et peu de places où l'on s'amuse. Dans la rue, on ne voit que des hommes, des hommes pressés, actifs, affairés. Celui qui ne travaille pas ne sait déjà plus quoi faire, après le premier jour. La journée ici a deux fois plus d'heures qu'à Rio, et l'heure a deux fois plus de minutes, car tout est rempli d'activité. On peut trouver les objets de luxe et d'art les plus modernes, mais on se demande qui ici a le temps de jouir de ces choses. On pense à Liverpool, à Manchester, ces villes uniquement faites pour le travail, et en réalité, Sao Paulo est, pour Rio, ce que Milan est pour Rome, et Barcelone pour Madrid, c'est-à-dire ni la capitale, ni le siège du gouvernement, ni la gardienne des trésors, mais plus énergique et plus active. La seule province de Sao Paulo produit à elle seule plus que tout le reste du vaste pays, au point de vue industriel et commercial ; elle est plus avancée et plus moderne et ressemble aux villes d'Europe et des États-Unis par son organisation intensive.

L'aimable douceur et langueur de Rio, la musicalité de Guanabara, cette ville si claire avec sa baie admirable, sont remplacées à Sao Paulo par le rythme fort et puissant, comme le pouls d'un coureur, qui s'enivre de sa propre rapidité. La beauté est remplacée par l'énergie, qui est plus rare et a plus de prix dans les zones tropiques qu'ailleurs. Et, chose essentielle, cette ville sait qu'elle doit enfin prendre un visage. Rivale de Rio, elle ne veut paraître ni inférieure ni moins artistique, et c'est pourquoi, on peut s'attendre à de grands accomplissements dans les années à venir.

Comme curiosités — mot désagréable et prétentieux — Sao Paulo n'a pas grand-chose à offrir. Il y a le musée Ypiranga, qui réunit les particularités ethnographiques de la faune, de la flore et de la culture brésiliennes, dans un arrangement bien conçu ; et pourtant, nous donnant plus de nostalgie que de plaisir, car ces mille variétés de colibris et de perroquets empaillés nous rappellent ceux qui vivent en liberté, non loin de là, aux portes presque de la ville, où commence immédiatement la forêt vierge. L'exotique cesse d'être exotique, dès

234

qu'il est numéroté et catalogué; il devient sec comme une formule scientifique, et c'est pourquoi on éprouve (même contre sa propre raison, qui veut admirer un musée et en admet tous les avantages) cette nature figée comme un contresens au milieu de cette vraie nature luxuriante et sauvage. Ce petit singe si charmant, qui s'élançait de branche en branche dans les palmiers, nous ravissait, invention spirituelle de la nature, mais en tant que momie, numéroté et collé au mur, comme une variante, il peut tout au plus provoquer une curiosité technique. Déjà les ménageries ont quelque chose d'antinaturel, à plus forte raison les musées, même organisés avec le plus grand soin et réunissant une collection parfaite. Tout ce qui est enfermé m'oppresse — et c'est pourquoi je ne me suis pas non plus senti à l'aise, en visitant le « penitenciero » de Sao Paulo, cette prison exemplaire, qui fait grand honneur à la ville, au pays et à ses dirigeants. Ici le problème de la maison pénitentiaire — si difficile à résoudre moralement — est traité avec un grand souci d'humanité. Ce pays, qui ne connaît pas la peine capitale, tâche de traiter ses criminels selon les principes les mieux étudiés et les plus récents. Contrairement à d'autres pays, qui ont rejeté l'idée de traiter les prisonniers humainement, comme étant surannée, le Brésil s'efforce de leur donner le travail qui leur convient et de considérer la prison comme une communauté autarchique, où tout est fait par les occupants. Tous les rouages de ce bâtiment immense, d'une propreté et d'une hygiène grandioses, sont uniquement tenus par les prisonniers : le pain, les médicaments, la clinique, l'hôpital, le jardin potager et le blanchissage. Les directeurs facilitent toute occupation artistique, on organise des expositions de dessins, un orchestre a été formé, et dans un pays, qui compte encore tant d'analphabètes, on donne aux prisonniers l'occasion de retourner à l'école.

On ne peut imaginer institution plus parfaite qui, à elle seule, devrait un peu corriger l'orgueil des Européens, qui croient que leurs institutions sont les plus parfaites du monde — et pourtant, on respire, en sortant de ces lourdes portes de fer et en revenant parmi les hommes libres.

Et c'est avec le même sentiment qu'on quitte aussi l'élevage de serpents de Butantan, bien qu'on y voie des choses grandioses et qu'on y apprenne beaucoup. Les hommes adorent d'avoir peur, sans courir de danger : pour mon compte, le spectacle de ces serpents venimeux, qu'on fait sortir de leurs grottes, qu'on immobilise avec des pinces et qu'on vide de leur venin, me laissa froid. J'avais vu la même chose aux Indes, quelques années auparavant, et je suis toujours irrité de voir les hommes présenter comme un spectacle ou comme un amusement leur victoire sur un animal dompté. Mais l'Institut de Butantan a dépassé depuis longtemps ses attributions premières, qui consistaient dans l'observation des serpents et dans la production de sérum contre les piqûres. Aujourd'hui, un grand nombre de savants éminents, munis des appareils les plus modernes, font des recherches de transplantation et d'analyses chimiques, dont l'observation m'apprit davantage que de longues études dans les livres. Pour nous profanes, l'observation optique de l'objet même est la meilleure introduction aux problèmes abstraits. Et comme c'est toujours la vision sensuelle et optique qui éveille le mieux notre imagination, rien ne m'a fait plus d'impression que cette bouteille emplie de petits cristaux blanchâtres, contenant sous forme concentrée le venin de quatre-vingt mille serpents. Chacun de ces cristaux minuscules, invisible sur l'ongle, est capable de tuer un homme en une seconde. Cette bouteille unique, terrible, irremplaçable, contient une capacité de destruction mille fois plus grande que la plus grosse bombe. C'est un miracle plus saisissant que ceux des contes des mille et une nuits — jamais je n'avais vu la mort d'une façon aussi concentrée qu'en cette minute où je tins en main cette bouteille froide et fragile. La pensée qu'un seul de ces cristaux, plus petit qu'un grain de sel, pouvait arrêter en une seconde tous les rouages compliqués d'un organisme humain — annihilant toutes ses pensées, arrêtant les battements de son cœur — et le fait de voir réunis plus de cent mille de ces grains, avaient quelque chose de bouleversant et de grandiose. Tous les appareils de ce laboratoire m'apparurent comme des puissances qui enlevaient à la nature ce qu'elle avait de plus dangereux, pour l'employer à leur tour, dans un sens créatif et nouveau — et c'est avec respect que je contemplai cette petite maison, isolée dans la verdure d'une colline, tout entourée de la beauté de la nature, et si chargée d'esprit humain et explosif.

VISITE AU CAFÉ

C'est une vieille coutume dans ce pays toujours hospitalier, d'offrir, à quiconque entre, une tasse de café délicieux. On le boit autrement que chez nous : ou plutôt on ne le boit pas, on l'avale d'un trait rapide comme une liqueur, tout brûlant, si brûlant qu'on dit qu'un chien se sauverait en hurlant, si l'on en jetait quelques gouttes sur lui. Aucune statistique ne nous dit combien de ces tasses brûlantes et odorantes un Brésilien avale par jour, je suppose dix à vingt, et il est également difficile de dire où il est le meilleur. C'est avec un zèle touchant que les villes se disputent la gloire d'avoir la meilleure et la plus sûre recette d'un bon café. Quant à moi je l'ai bu impartialement et avec le même délice dans les petits cafés de Rio, où la tasse coûte deux cents reis (somme si infime, qu'on ne peut la calculer dans notre monnaie), dans les haciendas et à Santos, qui est la ville-type du café, et même à l'Instituto de Café à Sao Paulo, où la préparation du café est considérée comme une science et où l'on vous donne, après le cours, tout un sac de café et une machine appropriée pour l'exercice chez soi — partout, il avait un goût merveilleux, ravigotant, comme un feu noir qui ranime les sens et clarifie la pensée.

Le roi Café, comme il faudrait appeler ce souverain noir, gouverne économiquement cet immense pays, et, de sa capitale Santos, règne plus ou moins sur tous les marchés et toutes les bourses du monde. Seize millions de sacs, sur les vingt-quatre que les habitants de la terre consomment, proviennent d'ici : ces petits grains gris perle ou brun pâle sont la véritable monnaie du Brésil. C'est avec le café qu'il paie les matières premières qui lui manquent, l'huile et le blé, les machines et les appareils techniques. Le prix mondial du café a toujours été le thermomètre de l'économie brésilienne : quand il montait, c'était la prospérité, quand il baissait, le gouvernement était forcé de brûler ou de jeter à la mer les grains si précieux. Le café a été pendant un siècle l'équivalent de l'or et de la fortune, ou de la déchéance : de son prix dépendait toute la balance commerciale du pays. Pendant certaines années, ce n'est pas le milreis qui réglait le prix du café, mais le prix mondial du café la valeur du milreis.

Ce grand souverain du Brésil est un immigrant, comme la plupart des gens riches ici. Son pays d'origine est l'Arabie; une légende de ce pays raconte comment des bergers observèrent des chèvres, qui retournaient toujours vers les mêmes arbustes et sautillaient ensuite comme des folles. Après y avoir goûté eux-mêmes, ils en découvrirent l'effet, qui augmentait la vitalité et supprimait la fatigue. Aussi ils nommèrent la boisson qu'ils en tirèrent « kahwa » (de « kaheja », ce qui veut dire supprimant le sommeil). Les Arabes apportèrent cet élixir rafraîchissant aux Turcs, qui en laissèrent des sacs entiers entre les mains des Autrichiens, après le siège de Vienne. C'est dans cette ville que le premier « Café » fut fondé, et bientôt le breuvage brun fut à la mode dans toute l'Europe. Madame de Sévigné s'est trompée en prédisant que cette mode serait passagère, lorsqu'elle fit la remarque

239

suivante, à propos de Racine : « Cela passera comme le café. » Le café resta, et Racine d'ailleurs aussi. Il émigra même aux colonies françaises comme la Guyane, où on en cacha soigneusement les grains et les plants, comme un secret commercial. De même que mille ans auparavant, les Chinois cachaient devant les étrangers le cocon de soie, et menaçaient de la peine de mort quiconque exporterait un seul cocon — mais deux moines réussirent à en passer un en contrebande dans un bâton de pèlerin creux — le gouverneur de Cayenne avait l'ordre sévère de ne laisser aucun étranger approcher des plantations. Mais heureusement pour le Brésil, ce gouverneur avait une femme qui, pendant ou après une heure d'abandon, offrit quelques plants et racines de café au sergent-major portugais Francesco de Mello Palheto. Transporté au Brésil, l'arbuste y prit vite pied, comme font tous les immigrants. D'abord il s'installa dans le Nord, sur l'Amazone et le Maranhao, dans le voisinage de ses cousins, le sucre et le tabac, sans lequel, d'ailleurs, sa dégustation n'offre qu'un plaisir imparfait ; vers 1770, il descendit vers le Sud, dans la région de Rio-de-Janeiro. Il envahit les collines de Tijuca, donnant du travail à des centaines de milliers d'esclaves, puis, lentement, s'empara de toute la province de Sao Paulo, d'où il entreprit sa conquête du monde entier. Conformément à son caractère oriental, il devint vite un tyran et assujettit toute l'économie brésilienne à sa loi. On construisit pour lui des docks majestueux, des bateaux vinrent de partout lui présenter leurs hommages, il dicta la valeur de la monnaie, excita les hommes à des spéculations périlleuses, provoqua des crises mortelles et jeta des milliers de ses enfants à la mer, quand les hommes refusaient de payer le tribut exigé.

Il était de mon devoir de rendre respectueusement une visite à ce potentat puissant, qui si souvent m'avait aidé dans mon travail et tenu compagnie pendant des heures innombrables. Aujourd'hui, pour le trouver dans sa résidence, il faut voyager très loin à l'intérieur du pays, alors qu'au début il s'était établi tout le long des côtes. Henri Édouard Jacob a écrit dans un livre séduisant la saga du pèlerinage du café autour du monde. Pendant des siècles, les vallées alentour de Santos et les magnifiques parcs de Tijuca, tout près de Rio, n'étaient que des plantations de café, d'où les nègres portaient les sacs directement sur leur dos jusqu'aux bateaux. Après des dizaines et des centaines d'années de production intensive, la terre se fatigua et les grains devinrent plus petits et plus faibles en arôme. Un arbuste de café atteint quatre-vingts ans, environ l'âge d'un homme. Mais petit à petit les plantations s'étendirent toujours plus loin dans le pays, de Santos à Sao Paulo, puis de là à Campinas, ancienne colonie de Jésuites.

Facenda — Hacienda — que nous rappelle donc ce nom si étrange et si romantique à la fois ? Ne réveille-t-il pas de douces réminiscences de notre jeunesse, alors que nous lisions les romans si attachants de Gerstaecker ou de Sealsfield, dont l'action avec ses mille dangers et aventures se passait dans ces pampas tropicales, dans ces lointains exotiques. Enfant, combien de fois ai-je rêvé de voir ces paysages. Et voici que m'y porte — certes non un de ces mustangs fougueux des vieilles histoires, mais une automobile bien suspendue, qui entre doucement dans la cour toute couverte de fleurs. La hacienda ressemble tout à fait à ces anciennes gravures qui accompagnaient le texte de nos romans d'enfance : c'est une maison à un étage, basse et plate, entourée tout alentour d'une véranda large et ombragée. Un peu plus loin se trouvent autour d'une petite place carrée les habitations des ouvriers — hier encore des esclaves — qui chantent le soir leurs chansons nostalgiques. La hacienda du maître contient encore ses vieilles boiseries et la belle vaisselle en bois de Jacaranda, qui est dur comme pierre, les coupes d'argent et les autels domestiques de l'époque portugaise, mais à tout cela vient s'ajouter le confort d'une villa moderne, le gramophone, la radio, la piscine et le terrain de tennis, sans oublier les livres les plus récemment parus (parmi lesquels se trouvent — rêve jamais conçu par l'enfant! — les miens en bon nombre.) Ici, dans la brousse des tropiques et dans une solitude absolue, le siècle de la technique a apporté toutes les joies de la civilisation.

Tout autour de la hacienda les plantations couvrent des collines mollement ondulées qui s'étendent à l'infini. Chaque hacienda est comme une île au milieu d'une vaste mer de verdure. Mais toute cette verdure monotone n'a rien de romantique; il en est ici comme des plantations de thé à Ceylon. Les arbustes de café, tous de la même hauteur et de la même couleur, plantés en rangées régulières, font l'effet d'une colonne militaire en marche, verte au lieu de feldgrau. L'œil se fatigue vite à regarder ces collines bien peignées, et se réjouit quand un verger de bananiers, avec ses têtes hagardes qui se balancent, vient interrompre la monotonie. Or la signification du caféier ne réside pas dans sa beauté, mais dans sa fécondité. Chaque arbuste, de la hauteur d'un homme moyen, rapporte au moins deux mille grains par an (la cueillette n'a lieu qu'une fois dans les plantations de choix). Quel est le secret de cette terre sombre, qui emplit chaque petit grain de café de tant de saveur et de force?

La cueillette est simple au possible. La technique n'a encore rien inventé pour remplacer la main humaine. Comme aux temps les plus reculés, les ouvriers cueillent les grains avec la main, et chantent les mêmes chansons monotones que jadis les esclaves. Puis on verse les grains comme du sable dans des camions, qui les emportent à la hacienda, où l'on procède au lavage et ensuite au séchage en plein soleil. Des machines spéciales séparent les pelures des grains, après quoi ces derniers passent par des tuyaux de conduite et des passoires dans les sacs.

Le travail semble terminé : opération banale, comme celle d'écosser et de sécher des petits pois, et à mon grand étonnement, pas la moindre odeur ! Je m'étais imaginé qu'au-dessus des plantations de café planait un parfum aromatique et embaumait l'air, comme chaque champ de blé et chaque clairière des bois a son parfum. Mais le café reste singulièrement atone et cache opiniâtrement son arôme dans les profondeurs de ses grains. Les ingrédients, huiles et sels, restent cachés jusqu'au moment de la torréfaction. A la hacienda, les ouvriers enfoncent jusqu'aux genoux dans les grains verts, comme dans du sable ou du gravier, et si l'on avait les yeux bandés, on ne distinguerait pas si les sacs, entre les rangées desquels on vous conduit, contiennent du coton, du ciment ou du café. Cette absence d'odeur me désillusionna fortement.

Une seconde surprise m'attendit à Santos, le grand port du café. J'avais cru qu'avec l'emplissage des sacs le travail était terminé. Mais pas du tout : ici, dans d'immenses dépôts, la même opération recommence. Il s'agit de séparer les gros et les petits grains, selon le goût des différents pays où on les enverra. La récolte tout entière est amoncelée en tas énormes; différents canaux et cribles en feront le triage. Des mains de femmes agiles piquent au passage les mauvais grains. C'est ainsi que les différentes qualités sont assorties et réunies dans des sacs de cinquante kilos, vite numérotés, dénommés, cousus et ficelés par d'autres machines. Après ce triage entièrement technique et machinal, le café est prêt pour le voyage vers tous les coins du monde.

La dernière étape jusqu'au bateau n'est pas sans intérêt. Autrefois les sacs étaient portés à bord à dos d'esclaves. Je m'attendais à ce que des grues les transbordassent du quai dans la cale, comme c'est l'usage dans tous les grands ports. Mais ici on procède différemment : un tapis roulant porte les sacs des grands dépôts dans le ventre du bateau. Son roulement silencieux et mécanique rappelle le passage ordonné d'un troupeau de moutons dans un étroit sentier, sauf qu'ici la procession est interminable, pendant des jours, des mois et des années : un sac blanc après l'autre vient se ranger sagement dans le fond des bateaux qui, eux aussi, viennent se ranger interminablement près du dock, et c'est ici seulement qu'on peut se rendre compte de la quantité de café que l'humanité absorbe.

Enfin, dès que le bateau vorace est rassasié, un coup de sifflet retentit, le tapis roulant s'arrête, la sirène du navire donne le signal, les turbines commencent à tourner. Le rivage du café se détache, les hautes maisons brillent au soleil, toute la verdeur de ce paysage tropique, avec ses palmes qui se balancent, se décolore lentement, et l'empire du café s'enfonce dans les brumes. Bientôt tout cela n'est plus que souvenir. Mais quand on boira chez soi, assis dans un fauteuil confortable, une tasse de ce breuvage, qui est le plus délicieux et le plus inspirant au monde, on aura la certitude de déguster le feu mystérieux du soleil tropique, contenant tous les éléments de la vie, en même temps que l'essence divine de tous ces paysages, dont chaque arbre, chaque colline, chaque baie ressuscitent comme dans un rêve et vous apportent l'appel de la nature libre et inépuisable.

VISITE AUX VILLES
DE L'OR

Villa Rica et Villa Real, qui furent au XVIIIᵉ siècle les villes les plus opulentes et les plus célèbres du Brésil, ne se trouvent plus sur les cartes d'aujourd'hui. Les cent mille personnes qui les habitaient, à une époque où New York, Rio-de-Janeiro et Buenos Aires n'étaient que des agglomérations de maisons sans importance, se sont dispersées et leurs noms nobles sont oubliés. Villa Rica, qui, par la suite, fut ironiquement appelée Villa Pobre, s'appelle aujourd'hui Ouro Preto, et n'est plus qu'une petite ville de province romantique, avec une douzaine de ruelles bosselées. Et à la place de Villa Real se trouve maintenant un pauvre village, qui se cache à l'ombre de Bello Horizonte, la nouvelle capitale de la province Minas Geraes. Sa splendeur et sa grandeur ont à peine duré un siècle.

Cet éclat passager de la richesse et de l'or, qui rayonna à l'époque sur toute la terre, émanait de la petite rivière Rio das Velhas et des collines qui longent ses rives : ce fut une aventure unique, commencée par des aventuriers. Vers la fin du XVIIᵉ siècle, un groupe de « bandeirantes » pénètre pour la première fois dans cette zone sauvage et inhabitable. Ces sortes de brigands, qui ont leurs repaires à Sao Paulo, parcourent tout le pays, sans parfois rencontrer de trace humaine pendant des semaines, à la recherche d'esclaves et de métaux. Infatigablement, ils fouillent ravins et rochers, où çà et là scintillent des veines ou des éclats de métal rouge, la terre semble chargée de forces mystérieuses. Enfin la fortune leur sourit : la petite rivière Rio das Velhas, qui d'Ouro Preto jusqu'à Mariana lave les versants des collines, charrie dans ses sables des pépites d'or, de l'or pur, en quantités appréciables : on n'a qu'à ramasser le sable dans des écuelles, qu'on secoue jusqu'à ce qu'il ne reste plus que l'or, plus lourd que le sable. A cette époque, au XVIIIe siècle, le Brésil est le seul pays où l'on trouve l'or si facilement, à portée de main. Un des « bandeirantes » rapporte son butin dans un sac de cuir à Rio-de-Janeiro — qui se trouvait alors à deux mois de marche — aujourd'hui le chemin de fer fait le trajet en seize heures — un autre arrive à Bahia, et aussitôt, c'est la ruée vers ces contrées sauvages, qui n'est comparable qu'à la ruée vers les gisements d'or en Californie, le siècle suivant. Les planteurs quittent leurs champs de sucre, les soldats leurs casemates, les prêtres leurs églises, les matelots leurs bateaux. Une colonne interminable de chercheurs d'or se rend au Rio das Velhas, à cheval, à mulet, en barque ou à pied, poussant à coups de fouet ses esclaves devant soi. Bientôt arrive aussi un premier, un second, un troisième groupe du Portugal, de sorte que bientôt la famine se répand dans ce désert, où l'on ne connaît ni agriculture ni élevage. Une révolte éclate, là, où il n'y a personne pour faire la loi. Malheureusement, aucun témoin oculaire n'a décrit ces scènes du Brésil, comme l'a fait Bret Harte à une autre occasion. Les « Paulistas », les premiers explorateurs, veulent chasser les « emboabos », les intrus étrangers. A leur avis, l'or leur appartient comme prix des expéditions innombrables que leurs pères et leurs frères ont entreprises pendant des générations auparavant. Ils sont vaincus; mais cela ne rétablit pas la paix. L'or engendre la convoitise et la force. Les vols, les assauts, les meurtres augmentent d'heure en heure, de sorte que le prêtre Antonil s'écrie avec désespoir, dans son premier rapport de 1708 : « Aucun homme raisonnable ne peut douter que Dieu a fait découvrir tout cet or dans les mines pour punir le Brésil. »

Pendant dix ans et plus, c'est le chaos qui règne dans cette vallée perdue et sauvage. Enfin le gouvernement portugais s'en mêle, afin notamment de s'assurer sa part de l'or, que les aventuriers dissipent crapuleusement ou exportent clandestinement. Le comte d'Assumar est nommé gouverneur de cette nouvelle « capitania », et arrive avec des fantassins et des dragons, pour faire respecter l'autorité de la couronne. Une de ses premières mesures est d'assurer un contrôle exact de l'or, afin que plus une pépite ne puisse être exportée de la province. Il érige en 1719 une fonderie, où tout or doit obligatoirement être délivré, et le gouvernement s'octroie d'office un cinquième de tout l'or trouvé sur le territoire. Mais les chercheurs d'or détestent toute espèce de contrôle. Ici dans la brousse que leur importe le roi du Portugal ? Deux cents hommes, toute la population blanche et demi-blanche de Villa Rica, se groupent sous la conduite de Felipe de Santos et menacent le gouverneur qui, surpris par la révolte inattendue, leur accorde tout ce qu'ils réclament, dans un contrat qui lui est imposé. Mais secrètement il réunit toutes les troupes et, à son tour, il surprend les révoltés la nuit, dans leurs lits. Leur chef est mis à mort, les maisons sont mises en flammes, et l'ordre est rétabli cette fois par les méthodes les plus sévères et les plus cruelles. Et lentement, cette fourmilière d'aventuriers, d'esclaves et de chercheurs d'or commence à prendre la forme d'une ville, remplaçant les masures de fortune et les tentes provisoires. Autour du palais du gouverneur, de la fonderie et de la prison, si importante dans l'administration de ce pays, se groupent bientôt des maisons de pierre, des rues étroites entourent la place principale, et des églises pointent çà et là. Et soudain, toute cette foule d'aventuriers et d'esclaves, qui nage dans l'or, commence à s'abandonner à un luxe frénétique, un luxe grotesque et enfantin, tellement déplacé dans cette vallée aride et délaissée. En ce début du XVIIIe siècle, Villa Rica, Ville Real et Villa Albuquerque amassent plus d'or que tout le reste de l'Amérique ensemble, y compris le Mexique et le Pérou. Mais dans ce désert, que peut-on acheter pour de l'or? Avidement, les fous de l'or s'arrachent n'importe quel bibelot futile, que des marchands avisés apportent sur des chars vers ces défilés désertiques. Des mendiants d'hier paradent dans des costumes de velours aux couleurs criardes et en bas de soie. Ils paient pour un pistolet vingt fois plus de ducats qu'il ne faut de pièces d'argent à Bahia. Une jolie mulâtresse coûte plus cher que la plus célèbre courtisane à la cour du Roi de France. Le métal si facilement acquis n'a plus de valeur. Des vauriens perdent aux cartes et au dé, en une nuit, des sommes pour lesquelles, en Europe, on pourrait acquérir des Raphaël et des Rubens, armer des navires entiers ou ériger les plus beaux palais. Mais avant tout, devenus trop paresseux et trop prétentieux, ils acquièrent pour leur or des esclaves, de plus en plus d'esclaves, qui devront leur trouver de plus en plus d'or. Le marché d'esclaves de Bahia ne peut plus suffire à la demande, les bateaux n'apportent jamais assez de matériel humain. La ville grandit d'année en

année, toutes les collines environnantes sont par-
semées comme des termitières de huttes pour les
travailleurs noirs, tandis qu'en ville, les maisons
des propriétaires et des entrepreneurs prennent de
l'importance. Elles s'élèvent jusqu'à deux étages —
ce qui est un signe de richesse prodigieuse — et
accumulent des meubles et des décors hétéro-
clites. Attirés par des offres fantastiques, des
artistes accourent des villes côtières, pour ériger
des églises et des palais et orner les fontaines de
sculptures. Après quelques dizaines d'années d'un
pareil essor vertigineux, Villa Rica est devenue la
ville la plus somptueuse et la plus peuplée d'Amérique.

Mais toute cette splendeur factice disparaît
aussi vite qu'elle a été créée. L'or du Rio das Velhas n'était qu'une couche alluviale, à la surface,
qui fut épuisée après cinquante ans de recherches.
Pour aller chercher le métal précieux dans les profondeurs des rochers, d'où les pépites avaient été
emportées par les courants et le travail invisible de
milliers d'années, les chercheurs d'or manquent
d'outils, de force et surtout de patience. Ils
essaient pendant quelque temps de creuser des
forages, mais c'est peine perdue, et bientôt, tout le
monde prend la fuite, la ville se désagrège. On renvoie les nègres dans les plantations de sucre, quelques-uns des aventuriers s'établissent dans la
« matta », la vallée plus riche, qui se trouve plus à
l'intérieur ; après une ou deux décades, les villes de
l'or sont complètement abandonnées. Les huttes
de chaux, qui abritaient des milliers d'esclaves,
tombent en poussière, le vent emporte les toits de
paille, les maisons de la ville elle-même sont
délaissées, tombent en ruines et ne sont plus répa-
rées : comme avant la ruée vers l'or, les chemins
vers ces endroits oubliés deviennent difficiles,
inaccessibles.

L'actuelle capitale de Minas Geraes, fondée il y a à peine un siècle, est facile à atteindre par les moyens de transport modernes. De Rio, l'avion met à peine une heure et demie, alors que les bandeirantes mettaient deux mois pour y parvenir, et qu'il faut seize heures en chemin de fer. Cette nouvelle capitale, Bello Horizonte, ne s'est pas élevée organiquement — on trouve au Brésil toutes les variantes, dans la construction des villes — elle a suivi dès le début un plan bien étudié, où tout fut prévu pour des décades à venir. Si l'on avait voulu moderniser l'ancienne, traditionnelle capitale de Minas Geraes, Villa Rica, qui s'appelle aujourd'hui Ouro Preto, il aurait fallu démolir un document unique de l'histoire du Brésil. Aussi le gouvernement fut assez sage de décider la fondation d'une ville toute nouvelle à côté de l'ancienne, dans un endroit approprié du point de vue climatique et esthétique à la fois. D'abord elle devait s'appeler Cidade de Minas, mais ensuite on a préféré lui donner le joli nom italien Bello Horizonte, à cause de sa situation unique, où l'on voit les plus beaux couchers de soleil du Brésil. Ni sa forme ni son expansion future n'ont été laissées au hasard, chaque quartier a ses attributions, chaque rue sa largeur prévue, chaque édifice officiel son emplacement de choix. De même que Washington, Bello Horizonte est le résultat d'une entreprise bien calculée et exemplaire, sans intrusion du passé et avec le seul souci de l'avenir. D'immenses diagonales traversent le cercle que forme la ville, dans une ordonnance savamment calculée et prévue. Les bâtiments officiels se trouvent au centre, de larges bandes de gazon conduisent les avenues symétriques vers la banlieue. Les rues portent les noms de villes, de provinces et d'hommes célèbres du Brésil, de sorte que chaque promenade est en même temps un cours d'histoire et de géographie.

Conçue comme une ville exemplaire, Bello Horizonte est aussi remarquable par son organisation et sa propreté. La variété des contrastes et le pittoresque croisement d'époques révolues, dans les autres villes du Brésil, sont remplacés ici par une unité parfaite et harmonieuse. La beauté de Bello Horizonte réside dans la clarté de ses lignes et dans le fait qu'elle réalise bien l'idée qu'elle représente : d'être la capitale d'une province, aussi grande qu'un royaume d'Europe. Là où en 1897 il n'y avait qu'un paysage sauvage, s'élève maintenant une ville de 150 000 habitants, très recherchée pour son climat exceptionnel. Lorsque l'exploitation métallurgique de cette province extrêmement riche atteindra son maximum de rendement et que Minas Geraes aura développé toute sa capacité industrielle, Bello Horizonte deviendra une ville aussi importante que Rio et Sao Paulo.

Le voyage de Bello Horizonte à Ouro Preto est comme un retour de l'avenir dans le passé. La route à elle seule rappelle éloquemment le passé : le terrain glaiseux, rouge foncé se transforme au soleil en poussière étouffante, et sous la pluie en une boue marécageuse. Comme hier, il n'est pas encore aisé de se rendre au pays de l'or. On s'attendait, après Bello Horizonte, à de larges plateaux tropiques : mais la route s'engage dans d'interminables défilés et ravins, qui montent et descendent sans cesse. A certains endroits, elle escalade des pics de 1400 mètres, d'où l'on a des panoramas aussi grandioses qu'en Suisse. Le regard plane sur une mer de verdure, qui étale ses vagues immenses de forêt et de pierre jusqu'à l'infini. Un vent plein d'arômes caresse ces hauteurs et il est l'unique son dans cette solitude. On ne rencontre pas une voiture, pas une masure, pas un champ, on n'entend pas une cloche, pas un oiseau — rien que la voix profonde d'un monde vide et inhabité, qui semble ne pas encore connaître l'homme. Et pourtant, quelque chose d'étrange émane de ce paysage solitaire et sauvage et excite l'imagination : on sent qu'un mystère se cache sous cette terre, ces pierres, ces cours d'eau. Dans les crevasses de montagnes, on découvre un scintillement métallique bizarre : ces masses rocheuses doivent contenir des richesses insoupçonnées et incalculables. La route à elle seule révèle cette richesse, avec sa poussière rougeâtre, saturée de fer, qui, en peu de temps, enveloppe la voiture d'une couche de pourpre et la fait ressembler au char de feu d'Élie. Le fleuve aussi, le Rio das Velhas, révèle de temps en temps les trésors de quartz et de métal qui dorment dans ses profondeurs, et que l'homme n'atteindra peut-être que dans des dizaines ou des centaines d'années. Pour le moment, pas une pioche, pas un moteur ne dérangent cette solitude. La route monte et descend, monte et descend en lacets le long de ces rochers sans âme, où, semble-t-il, nul pied humain n'est jamais venu se poser.

Mais subitement, après une courbe, on aperçoit comme un double éclair : ce sont les deux tours blanches et élancées d'une église. On est comme effrayé par l'intrusion subite de l'homme dans cette solitude sévère et dure. Mais voici, sur une colline voisine, une seconde, une troisième église, également blanches, sveltes, légères. Ce sont les onze églises de la ville jadis si puissante de Villa Rica. Au premier abord, ces jolies églises élancées, qui élèvent librement et fièrement leur beauté vers le ciel, donnent une impression d'irréalité, tandis que, sous elles, pourrissent les restes oubliés et abandonnés d'une ville qui cessa subitement d'exister et de respirer, et qui n'a plus jamais pu se relever de son épuisement. Rien n'a changé depuis un siècle — alors que Rio et Sao Paulo se transforment avec une rapidité surprenante. Quelques ombres passent sur la place principale, devant le palais du gouverneur, qui jadis imposait la loi à des centaines de mille personnes, et vont se perdre dans les étroites ruelles, des mulets passent en longues files, comme à l'époque coloniale, l'un derrière l'autre, avec leurs charges de bois, et dans son échoppe sombre, le savetier travaille avec la poix et le fil, tout comme son aïeul, l'esclave et fils d'esclaves. Les maisons semblent si fatiguées, qu'elles se penchent l'une sur l'autre, pour se soutenir et ne pas tomber, leur badigeon est aussi gris et ridé que le visage d'un vieillard. Et le soir, les passants ont tellement l'aspect de revenants, qu'on croit voir passer tous leurs pères et grand-pères des époques révolues. On s'étonne que les cloches des églises comptent encore les heures, car à quoi bon compter le temps, qui ici s'est figé à tout jamais ? Cent ans, deux cents ans semblent avoir passé ici comme un jour. Voici par exemple une rangée de maisons brûlées, sans toit, les murs noircis levant au ciel des moignons nus. On croirait que cet incendie a eu lieu la semaine dernière ou le mois dernier, et que personne n'a encore eu le temps d'enlever les décombres. Puis l'on vous apprend que ce sont les maisons que le Gouverneur, comte d'Assumar, a fait brûler en juillet 1720. Depuis 220 ans, il ne s'est pas trouvé une main pour démolir les pans de murs, et moins encore pour en rebâtir de nouveaux. Ouro Preto, Mariana et Sabara sont restés exactement comme ils étaient au temps des esclaves et de l'or. Le temps a passé sur ces villes de l'or délaissées, sans les toucher de son aile invisible.

Mais c'est justement l'arrêt si étrange du temps qui donne un cachet spécial à toutes ces villes-sœurs : Ouro Preto, Mariana, Sabara, Congonhas del Campo et Sao Joao de El-Rei.

Comme derrière les vitrines d'un musée, les vestiges de la culture coloniale se sont conservés ici, plus impressionnants que partout ailleurs en Amérique : elles sont le Tolède, le Venise, le Salzburg, les Aigues-Mortes du Brésil, de l'histoire pétrifiée. Et ce qui semble surtout invraisemblable, c'est que dans ces villes totalement isolées du monde, que nulle route ne reliait avec la côte, où des aventuriers avides et sauvages ne s'étaient réunis que pour trouver de l'or et s'enrichir rapidement, un art singulier et original ait pu fleurir, pendant un court laps de temps : les églises et les chapelles de ces cinq villes, créées par le même groupe d'artistes régionaux, sont des monuments singuliers du passé colonial ; elles appartiennent au patrimoine du Nouveau Monde, et justifient le voyage difficile, qui y mène.

Certes, ces jolies églises claires et bien proportionnées ne présentent pas de lignes nouvelles ni rien qui soit typiquement brésilien. Construites dans ce baroque des jésuites, importé du Portugal, elles ne se distinguent même pas par la richesse des ornements, comme les églises Sao Bento et Sao Francisco de Rio. Mais ce qui les rend inoubliables, c'est la façon harmonieuse par laquelle elles s'intègrent au paysage, c'est la surprise que, dans une zone complètement coupée de toute civilisation, au milieu d'une racaille d'aventuriers et de brutes, des artistes et des artisans aient pu ériger paisiblement ces monuments d'art plastique et pictural. On ne saura peut-être jamais comment ils se trouvèrent et se groupèrent, parcourant ensemble ces terres de désolation, allant d'une ville d'or à l'autre, pour planter au milieu des orgies de l'or et du vice ces monuments lumineux de la piété. Une seule figure émerge du groupe, le sculpteur Antonio Francesco Lisboa, appelé « El Aleijadinho », le bancal.

Il est le premier artiste typiquement brésilien, par sa naissance déjà, fils d'un menuisier portugais et d'une esclave noire. Né en 1730 à Ouro Preto, à une époque où cette ville n'était qu'un amas de gens avides et méfiants, où il n'y avait encore ni maisons, ni palais, il grandit sans aller à l'école et sans l'apprentissage le plus rudimentaire. Ce petit mulâtre sauvage se distingue surtout par sa laideur démoniaque, ce qui le rapproche dans une certaine mesure de Michel-Ange, dont il n'a sans doute jamais entendu le nom ni vu une œuvre. Avec ses grosses lèvres pendantes, ses oreilles écartées, ses yeux enflammés et toujours coléreux, sa bouche tordue et édentée et son corps estropié, il effrayait les gens dans la rue. A cela vient s'ajouter, dès sa 46ᵉ année, cette maladie affreuse, qui lui ronge les doigts des pieds, puis aussi des mains. Mais aucune mutilation n'arrête ce déshérité dans son travail. Chaque matin, ce Lazare noir se fait porter par ses deux esclaves noirs dans son atelier ou dans une église ; ceux-ci sont obligés de fixer ses pieds estropiés et d'attacher le pinceau ou le ciseau à ses mains, pour qu'il puisse travailler, et ils ne le ramènent à la maison que lorsque la nuit est tombée. Aleijadinho sait l'horreur qu'il inspire : il ne veut voir personne ni être vu par personne. Il ne vit que pour et par son travail, qui lui fait oublier son sort horrible et insupportable, jusqu'à sa 84ᵉ année.

Émouvante tragédie d'un artiste qui serait peut-être devenu un grand génie, s'il avait pu déployer tous ses dons. Peut-être les œuvres de ce mulâtre auraient pu conquérir l'admiration du monde entier, s'il n'avait pas dû grandir dans un village isolé de la brousse des tropiques, sans maître, sans instituteur, sans camarades, sans apprentissage, sans même connaître les œuvres d'art qui furent faites avant lui. Plus isolé que Robinson sur son île, ce pauvre bâtard n'a jamais vu la reproduction d'une statue grecque ou d'un Donatello. Il n'a jamais caressé la douce surface d'un marbre, il n'a jamais connu l'aide du fondeur, il n'a jamais eu de frère spirituel, pour lui enseigner les lois de l'art et les secrets de la technique, transmis de génération en génération. N'ayant eu ni encouragements par des disciples, ni concours ambitieux de la part de confrères, Lisboa a dû, dans une solitude atroce, chercher et inventer tous ses éléments de travail, que d'autres trouvent tout préparés par les siècles précédents. Mais la haine des hommes et le dégoût de soi-même le poussent de plus en plus au travail et à la connaissance de son art. Après l'élaboration difficile de plastiques purement ornementales, figées dans un baroque sans âme, il atteint le plein épanouissement de sa personnalité à l'âge de 70 et 80 ans. Les douze grandes statues de « piedra sabon », cette pierre savonneuse du pays, qui malgré sa mollesse est très résistante au temps, couronnant l'escalier de l'église de Congonhas, ont énormément de puissance et de force, malgré leurs maladresses et leurs défauts techniques. Adaptées génialement au paysage, ces figures respirent puissamment au plein air (tandis que dans leur reproduction au musée de Rio, elles semblent figées). Héroïques et extatiques à la fois, elles expriment bien l'âme fougueuse de l'artiste. Les peines et les souffrances d'une vie lugubre et damnée se libèrent dans ces espèces de chefs-d'œuvre.

Les autres bâtisseurs de ces églises, dont la plupart des noms sont inconnus, ont également eu à surmonter des difficultés immenses. Ils avaient de l'or à profusion, mais ils n'avaient pas les blocs de pierre qu'il aurait fallu pour donner aux églises leur puissance fondamentale, ni le marbre ni les outils nécessaires. Ils pouvaient tout au plus incruster le métal sublime dans les boiseries et donner ainsi à leurs autels un éclat tout particulier. On imagine combien les habitants de masures misérables, qui avaient à peine un lit et ne possédaient rien en dehors de leur vêtement, d'un poignard et d'une pioche, étaient fiers de leurs églises blanches, dont les statues et les images leur apportaient le message d'une vie supérieure.

Bientôt, les esclaves nègres voulurent aussi avoir leurs églises, avec des saints qui leur ressemblaient, et ils réunirent leurs faibles économies, pour faire construire de semblables sanctuaires. C'est ainsi que fut érigée sur un autre versant d'Ouro Preto l'église Santa Ifigenia, don de Chico Rey, un esclave nègre, qui fut un prince en Afrique, et qui, grâce à d'importantes sommes d'or, a pu se racheter ainsi que tous les esclaves de sa tribu. C'est ainsi qu'une couronne d'églises, surplombant les collines désertes et les villes abandonnées, s'est conservée, comme une consolation des temps. Le vil métal, que le fleuve a charrié, que les montagnes ont vomi, s'est transformé en beauté, la seule valeur durable et noble au monde. Les villes ont disparu, les habitants ont déserté les vallées désolées, mais les églises témoignent d'une grandeur passagère. Ouro Preto, le Tolède, et Congonhas, l'Orvieto du Brésil, ont résisté au temps, en gardant leur fidélité au passé. Aussi, le gouvernement a eu raison d'assurer leur conservation en les déclarant « monuments nationaux », d'autant plus que Ouro Preto prend aussi une place importante dans l'histoire du Brésil, par sa « inconfidênzia mineira ».

La visite de ces villes donne plus qu'une joie des yeux : elle rappelle mystérieusement l'étrange magie du métal jaune, qui a eu la puissance de faire sortir des villes du désert, de donner à des aventuriers sauvages la nostalgie de l'art, et de faire surgir, en éveillant les meilleurs instincts en même temps que les pires, dans le sang et dans les sens de l'homme, les rêves les plus sublimes et les plus sacrés — cette folie mystérieuse et indestructible, qui ne cessera jamais d'accabler le monde.

Je jette un dernier regard sur ces sombres collines romantiques, que les églises survolent comme avec des ailes d'anges, avant de quitter cet étrange pays, que le mirage de l'or a fait surgir des ténèbres comme une fantasmagorie. Mais je ne voudrais pas avoir été au pays de l'or sans du moins avoir vu de mes yeux un rayon ou une pépite de cet élément mystérieux, sans l'avoir touché de mes doigts. Cela semble facile : car on voit encore çà et là un homme, debout, les pieds nus, dans le courant du Rio das Velhas, plongeant, comme jadis, sa passoire dans le sable; rien n'a changé depuis deux cents ans. Il se trouve encore toujours de pauvres diables qui s'adonnent à ce travail fastidieux. J'aurais voulu m'arrêter et suivre leurs recherches, mais on me prévint que ce serait du temps perdu. Pendant des heures et des jours, ces derniers des misérables agitent leur passoire, pour ne trouver que du sable. Parfois une chance providentielle leur fait trouver de temps en temps une pépite minuscule, qui leur permettra de durer pendant quelques jours et de persévérer dans leurs recherches, d'une semaine à l'autre. Tandis que les « garimpeiros », les chercheurs de diamants, peuvent parfois faire une trouvaille qui les dédommage pour des années de travail, ces francs-tireurs de l'or n'ont plus rien à espérer.

Il y a longtemps que l'industrie de l'or est devenue une entreprise organisée et collective, comme dans les mines modernes de Morro Velho et Espirito Santo, où des ingénieurs anglais et des machines américaines sont à l'œuvre. Entreprise compliquée et passionnante, qui vous conduit dans les profondeurs de la terre; car l'or, après avoir connu la rapacité de l'homme, s'est réfugié devant lui dans les couches les plus basses des rochers. Il ne se laisse plus prendre si facilement, mais après des milliers d'années de chasse, l'homme, lui aussi, est devenu plus habile et plus raffiné que ses ancêtres. La technique est une arme efficace, pour forer les montagnes et pour descendre dans les profondeurs. Les griffes de métal s'enfoncent jusqu'à deux mille mètres, où les ascenseurs, pour descendre, mettent des heures. C'est là qu'a lieu le travail principal. Des foreurs électriques font sauter les rochers, dont les débris, dans des wagonnets sur rails, sont tirés jusqu'aux ascenseurs par des ânes — de pauvres petits ânes, condamnés à perpétuité à vivre, à travailler et à dormir dans ces mines, devenus comme les hommes des esclaves et des victimes de l'or. Trois fois seulement par an, à Pâques, à la Pentecôte et à la Noël, quand les hommes ne travaillent pas, on les remonte à la surface, pour un jour, et à la vue du soleil, ces touchantes bêtes se mettent à crier, à sauter et à se vautrer dans l'herbe, dans leur joie de revoir la clarté du ciel.

Mais ce qui se trouve dans les wagonnets est loin d'être de l'or pur. Ce n'est qu'un conglomérat de pierres grises et de boue, où l'œil le plus exercé ne pourrait découvrir la moindre parcelle d'or. Mais bientôt les machines happent le minerai et le broient avec des marteaux gigantesques, tandis que des pompes d'eau les arrosent constamment, jusqu'à ce que soit obtenue une masse liquide, qu'on passe ensuite par des passoires, sur des tables vibrantes. Ainsi on isole petit à petit le précieux métal. Le sable est soumis à de nombreuses manipulations électriques et chimiques, jusqu'à ce qu'il ait rendu le dernier vestige de métal. Ensuite on fond l'or pur dans des creusets bouillants.

J'ai assisté pendant une ou deux heures, avec une attention soutenue, aux innombrables phases d'un procédé dû au génie collectif de l'humanité. J'ai vu des centaines, des milliers d'ouvriers dans cette usine immense, ceux qui travaillent dans les galeries de la mine, dans l'ascenseur, aux machines, les porteurs, les fondeurs, les chauffeurs, les ingénieurs, les directeurs; mes oreilles résonnent encore du tonnerre des marteaux et des pilons, mes yeux brûlent et me font mal, à la suite du changement continuel d'ombre et de lumière, tantôt artificielle, tantôt naturelle. Mais quand je voulus voir l'or pur, le résultat du travail quotidien de 8 000 ouvriers, on me montra un petit tas, de la grosseur d'une brique — alors que je m'attendais à des blocs d'or, comme il y en a dans les palais de Montézuma. Une petite brique d'or paie le travail de 8 000 hommes et des machines les plus compliquées, l'amortissement du capital et les dividendes des actionnaires. Une fois de plus je compris l'attrait diabolique que ce métal jaune exerce depuis des millénaires sur les hommes.

La première fois que j'avais réalisé, d'une façon tangible, l'absurdité de cette soumission à l'or, c'était dans les caves de la Banque de France : là, dans des souterrains d'une profondeur considérable, se trouvait cachée la soi-disant fortune de la France, des millions et des milliards imaginaires, sous forme de barres d'or froides et inanimées ! Que de force, que d'art, que d'énergie avaient été déployés et gaspillés, pour créer en plein Paris une mine artificielle, où l'or, qui avait été déterré dans les mines d'Afrique, d'Amérique et d'Australie, était enterré à nouveau. Et voici qu'à l'autre bout du monde, je voyais 8 000 hommes, essayant d'arracher le métal jaune à la mine, avec le même art, la même énergie, la même peine. Voyant cela, je refusai de me moquer des anciens chercheurs d'or de Villa Rica, se promenant en habits d'apparat au milieu de la brousse sauvage. L'ancienne folie existe encore aujourd'hui, seulement sous d'autres formes. Aujourd'hui encore, ce métal glacé est plus puissant que toutes les dynamos et que toutes les forces spirituelles de l'humanité, et détermine invisiblement les événements de ce monde. Et le paradoxe devint d'autant plus incompréhensible, lorsque je vis devant moi cette brique d'or, totalement froide et dénuée de tout halo divin.

Étrange aventure dans ces vallées de l'or : j'étais venu pour mieux comprendre sa puissance, à l'endroit de son origine, où je le verrais sous sa forme la plus palpable. Et jamais je ne me rendis mieux compte de l'absurdité de sa puissance. Rien n'émanait de ce bloc de métal mort, nul fluide ne perçait dans mes mains qui le tenaient, rien n'effleurait mon âme. Et dire que ceux qui cultivent la folie outrageuse de l'or sont les mêmes hommes qui érigent des églises lumineuses sur les montagnes et y déposent l'héritage éternel de l'art et de la foi !

VOL VERS LE NORD
« Bahia, Recife, Belem »

Bahia, fidèle à la tradition

Bahia a été la première ville fondée au Brésil —
et l'on peut bien dire de toute l'Amérique du Sud.
C'est ici que fut érigé le premier pilier du pont
culturel jeté d'un continent à l'autre, c'est ici que
des races européennes, africaines et américaines
se condensèrent en un nouveau mélange. Bahia
détient le droit d'ancienneté sur tout le continent.
Âgée de quatre cents ans, elle est pour le Nouveau
Monde, avec ses églises, ses cathédrales et ses cas-
tels, ce que sont pour nous Européens les métropoles millénaires, Athènes, Alexandrie et Jérusa-
lem : un sanctuaire de la culture. Comme dans un
visage, on peut lire dans les traits de cette ville son
destin et l'histoire de son passé.

Bahia a la prestance d'une imposante reine-
douairière de Shakespeare. Après avoir été
l'épouse du passé, elle a transmis les rênes du pouvoir à une génération plus jeune et plus impatiente. Mais elle n'a pas renoncé, elle garde son
rang et une majesté inégalable. Fière et droite, elle
regarde, assise sur son trône de collines, vers la
mer, d'où depuis des siècles les bateaux venaient à
elle, et elle porte encore les joyaux de ses cathé-

drales et de ses monuments. Les villes plus jeunes comme Rio-de-Janeiro, Montevideo, Santiago, Buenos Aires sont maintenant plus modernes, plus riches, plus puissantes : mais Bahia conserve sa culture, son histoire, sa beauté. De toutes les villes brésiliennes, c'est elle qui a conservé la plus pure tradition. C'est dans ses rues et dans ses pierres qu'on peut le mieux lire et comprendre l'histoire, et comment le Brésil est sorti du Portugal.

Ville fidèle, Bahia n'a pas seulement défendu ses monuments contre l'invasion rapide du nouveau, elle a aussi conservé sa physionomie traditionnelle. En arrivant de la mer, elle a le même aspect qu'au temps des empereurs et des vice-rois : en bas le port somnolent, avec son trafic quelque peu modernisé, en haut le bastion de pierre, qui attend résolument et avec une calme fierté l'approche de l'étranger. Là, il y a quatre cents ans, les habitants s'abritaient derrière des palissades contre les incursions des pirates et des indigènes. Puis la palissade devint un mur, derrière lequel la ville se retrancha, osant déjà bâtir des palais à même le roc et prenant lentement ce profil magnifique, cette prestance royale. Dans toute l'Amérique du Sud, rien n'est comparable à cette tenue majestueuse, que Bahia a héritée de l'époque de Cabral et Magellan.

En montant l'étroit sentier, entre les maisons décrépites, on se rend compte combien cette ville a dû être riche. Elle est loin d'être tombée dans la misère aujourd'hui ou d'être déchue. Elle est seulement restée stationnaire, et c'est ce qui lui donne cet aspect rêveur, comme à Venise, Bruges ou Aix-les-Bains. Trop fière pour rivaliser avec Rio ou Sao Paulo, pour s'opposer à l'assaut des temps modernes, en élevant des gratte-ciel, mais trop orgueilleuse aussi pour se décomposer comme les villes de l'or Minas Geraes et Villa Rica, elle est restée ce qu'elle était : une cité du vieux Brésil portugais.

Sa tradition s'est conservée dans ses costumes, dans sa couleur, dans sa cuisine. Dans les rues à l'aspect africain et colonial, on croit constamment assister à des scènes du « Brésil pittoresque » de Debret. Bien que dans les grandes rues, des autos se pourchassent, d'anciens mulets aux selles rabougries et balançantes transportent encore les fruits et le bois, et dans le port, comme aux temps romains ou phéniciens, ce sont des porteurs qui transbordent les marchandises, non des grues. Les marchands avec leurs chapeaux aux larges bords portent sur les épaules, comme une immense balance, les deux paniers remplis de marchandises, qui pendent d'une longue perche. Au marché qui commence la nuit, les paysans sont accroupis par terre, à la lueur de petites lampes d'acétylène, près des petites montagnes d'oranges, de potirons, de bananes ou de noix de coco.

Auprès des transatlantiques, qui reposent majestueusement le long des quais, se balancent encore d'anciens voiliers légers, fragiles, une mouvante forêt de mâts. Et voici les « jangadas », ces canoës brésiliens, d'aspect curieux, qui ne sont en réalité que des radeaux composés de trois ou quatre troncs d'arbres, reliés entre eux grossièrement, sans art, au-dessus desquels est attaché un siège quelconque. Sur ces radeaux primitifs, les hommes se hasardent fort loin dans la mer, et l'on raconte l'amusante histoire qu'un jour, un bateau américain stoppa et voulut se porter au secours d'une jangada, croyant que c'était une épave sur laquelle se trouvaient des naufragés.

Hier et aujourd'hui se confondent à Bahia de la façon la plus pittoresque. Voici la célèbre université, la plus vieille du pays, la bibliothèque, le palais, les hôtels et le club sportif. Puis, deux rues plus loin, c'est l'ancienne vie portugaise, ce sont les petites maisons basses surpeuplées, où grouillent les familles nombreuses des petits artisans, non loin d'ailleurs des « mocambos », les huttes de nègres, plantées parmi les bananiers et les jaquiers. Bahia possède des « curiosités » authentiques, qui ne cherchent pas à se faire remarquer par le visiteur, mais qui font partie de l'aspect d'ensemble : vieux et neuf, aujourd'hui et hier, noble et primitif, 1600 et 1940, tout se mélange en un seul tableau, encadré du paysage le plus paisible et le plus aimable du monde.

Mais il faut voir dans ce décor les Bahianaises, ces négresses majestueuses aux costumes bariolés. Le mot « costume » n'est d'ailleurs pas correct : il implique une fête ou une occasion particulière. Mais la plus pauvre, la plus déchue des Bahianaises s'habille journellement d'une façon pompeuse qui n'est ni orientale, ni africaine, ni portugaise, ou bien tout à la fois. Un turban vert ou rouge ou jaune ou bleu entoure gracieusement la tête, une blouse bigarrée comme celles des tziganes des Balkans, puis une immense jupe plissée et empesée, en forme de cloche — tout cela indique que les aïeules-esclaves de ces négresses ont copié cette mode sur celle de leurs maîtresses portugaises et l'ont conservée jusqu'aujourd'hui. Un fichu autour des épaules, d'allure dramatique, mais servant en même temps de support pour les cruches ou les paniers à porter, puis toutes sortes de bijoux bon marché au cou et aux bras, ainsi passent les Bahianaises dans les rues. Puis soudain, l'on se rend compte que leur séduction ne provient pas du tout de leur costume, mais de leur tenue et de leur démarche majestueuses. Qu'elles soient assises au marché ou sur le pas de leur porte, la cape royale dans laquelle elles se

drapent les fait ressembler à des fleurs gigantesques. Avec une allure de princesses, elles vous
vendent ce qu'il y a de meilleur marché au monde,
de petits gâteaux huileux et épicés, qu'elles préparent devant vous sur un petit réchaud à charbon
de bois, ou bien un ragoût de poisson, pour un
prix si bas, qu'elles ne peuvent y ajouter un morceau de papier pour les envelopper. La main noire,
avec ses bracelets qui tintent, vous tend le mets
dans une feuille de palmier. Quand elles marchent
dans les rues, portant sur la tête le panier avec le
linge, les fruits ou le poisson, elles ont le regard
franc et droit et les mains sur les hanches : le metteur en scène d'un drame de rois pourrait beaucoup apprendre de ces altesses du marché. Le soir,
dans leurs cuisines obscures, éclairées par les
flammes multicolores, préparant des nourritures
étranges, elles ressemblent à des magiciennes
d'autrefois.

Les Églises et les Fêtes de Bahia

Bahia n'est pas seulement la ville des couleurs :
c'est aussi la ville des églises, la Rome du Brésil. Si
l'on dit qu'elle a autant d'églises que de jours dans
l'année, c'est la même exagération que de dire que
la baie de Guanabara, près de Rio, compte
365 îles. En vérité, il y a environ 80 églises : mais
elles dominent la ville. Dans les autres métropoles
d'Amérique, les vieilles églises sont depuis longtemps dépassées par les gratte-ciel — comme cette
église de Wall Street, qui jadis y régnait et qui
aujourd'hui se cache timidement à l'ombre des
banques gigantesques. Mais les églises de Bahia se
dressent fièrement sur des places libres, entourées
de leurs jardins et de leurs couvents, dédiées à
saint François, saint Benoît ou saint Ignace. Elles

existent depuis l'origine de la ville, bien avant le palais du gouverneur et les maisons des riches. Quand les marins, après des semaines et des semaines de navigation entre ciel et eau, s'approchaient de la terre, ce sont leurs tours saintes qui les accueillaient les premières. Et le premier geste des étrangers était d'aller s'agenouiller à leur ombre, pour remercier Dieu de les avoir guidés jusqu'ici.

La cathédrale est imposante : adossée au vieux collège des Jésuites, elle abrite de grands souvenirs. C'est de sa chaire que Vieira prêcha. Le premier gouverneur Mem de Sà repose sous sa nef. Elle fut la première à être revêtue de ce marbre que les bateaux apportaient d'Italie, en venant chercher du sucre. Rien ne parut trop cher à ces hommes de foi, quand il s'agissait de leurs églises. Leurs rues étaient étroites et tortueuses, sombres et malpropres, neuf dixièmes de la population vivaient dans des masures et des mocambos. Mais l'église devait réunir tous les luxes : les murs étaient couverts d'azulejos, ces plaques de terre cuite bleue, l'or de Minas Geraes rehaussait les boiseries sombres. Puis vint la rivalité des différents Ordres. Quand les Jésuites avaient construit une église spacieuse et pompeuse, les Franciscains lui en opposaient une plus belle encore. A Sao Francisco les azulejos illuminent les portiques, les murs sont couverts de jacaranda sculpté, les plafonds sont ornés de boiseries, et le tout est d'un goût raffiné. Mais les Carmélites voulurent avoir une église non moins belle, et les Bénédictins aussi, et les Nègres voulurent avoir leur propre madone noire et des saints noirs, et c'est pourquoi l'on rencontre une église à chaque coin de rue. Chaque croyant pouvait entrer pour prier, à toute heure de la journée.

Aujourd'hui ces églises sont vides. Un prêtre

auquel je demandais si les gens de Bahia sont pieux, me répondit en souriant : « Oui, mais à leur façon ! » Je ne compris d'abord pas le sens de son sourire ; était-il indulgent ou critique ? Je ne le compris que plus tard. La piété des Bahianais est différente de la nôtre. Bahia est la ville la plus « noire » du Brésil : les nègres y sont en majorité, et ils sont depuis des siècles les adhérents les plus fidèles, les plus passionnés de l'Église. Mais pour ces êtres primitifs et naïfs, le sens principal de l'église n'est pas dans le recueillement et dans la douce rêverie, mais dans la splendeur, dans la couleur et dans les orgues qui vous emportent et vous remuent le cœur. Anchieta, il y a quatre cents ans déjà, écrivait, que la musique est la meilleure forme de conversion.

Aujourd'hui encore, religion signifie pour les nègres si doux et si émotifs un spectacle, une fête ; ils adorent les processions et les messes. Et c'est pourquoi les fêtes de Bahia sont si colorées et si spectaculaires. Toute la population y prend part, avec une joie enfantine, et personne n'a pu me dire le nombre de fêtes qu'on y célèbre par an : toute occasion est bonne pour se mettre en extase.

C'est pourquoi il ne faut pas beaucoup de chance pour tomber sur une fête à Bahia : le jour où j'y passais, on célébrait saint Bomfim. Ce saint dont le nom ne figure pas au calendrier a cependant son église à Bahia ; elle se trouve à une heure et demie de la ville, sur une colline, avec une vue magnifique, et devient pendant toute une semaine le centre de festivités les plus diverses. Les petites hôtelleries qui se trouvent alentour sont louées d'avance par les familles, qui organisent des réunions et des réjouissances intimes, tandis que des milliers s'installent sur la place, sous le doux ciel étoilé, entre la messe du soir et la messe du matin, et passent le temps joyeusement. La façade de l'église resplendit de lumières électriques, et à l'ombre des palmiers des milliers de tentes sont dressées, où l'on vend à manger et à boire ; des femmes ravissantes préparent sur de petits feux les innombrables variétés de friandises, tandis qu'à leurs pieds, par terre, dorment leurs enfants, empaquetés dans des couvertures. La foule chemine entre les boutiques et les manèges de chevaux de bois, du soir au matin, du matin au soir, de messe en messe.

La cérémonie principale et inoubliable de cette semaine sainte consiste dans le « lavage de Bomfim ». A l'origine, un bon prêtre ordonna sans doute à ses ouailles de bien nettoyer l'église pour la fête de leur saint. Les bons nègres acceptèrent cette tâche avec empressement, puisqu'il s'agissait de prouver leur attachement à leur saint. Ils considérèrent comme un acte particulièrement religieux de bien laver et brosser la maison de Dieu. Ils rivalisèrent dans leurs efforts. Petit à petit, le sens de cette coutume se transforma et s'élargit : en frottant et en nettoyant l'église, les nègres eurent l'impression de nettoyer et de frotter leur âme et d'en épousseter les fautes et les péchés. La fête de saint Bomfim devint alors si bruyante et si extatique que les chefs de l'église décidèrent de l'abolir, mais en vain. Le peuple réclama que le « lavage de Bomfim » soit maintenu avec tout son cérémonial, et voilà comment je pus assister à une des fêtes populaires les plus impressionnantes de ma vie.

Cela commence par une procession, qui traverse pendant environ deux heures toute la ville : c'est le cortège de tout un peuple, non comme à Nice une entreprise touristique et commerciale. Dès les premières heures du matin, la population commence à se réunir sur la place du marché. Chacun y amène le véhicule dont il dispose : les petites charrettes tirées par des ânes, dont les sabots sont argentés, les voitures tirées par des chevaux qui portent comme couverture les draps brodés, les camions dont les roues sont ornées de papier de soie de toutes couleurs : tous ces véhicules transportent comme symboles des tonneaux richement dorés et colorés : toute la dépense de ce cortège ne doit pas excéder dix dollars, mais c'est très touchant ! La note la plus attractive est de nouveau donnée par les femmes de Bahia, qui, dans leurs robes de reines, portent des cruches et des petits tonneaux sur l'épaule, fières d'offrir leur beauté à la fois à la foule et au dieu. Puis viennent, sur des chars à bancs préhistoriques, les jeunes gens, portant des balais symboliques, en guise de fusils, précédés d'une musique de cuivre abracadabrante : tout cela marche, avance et se pousse dans le soleil éclatant, de la place principale jusqu'à la mer et retour.

De toutes les portes, de toutes les fenêtres, la population crie au passage « Viva Bomfim ! », les vieilles gens ont installé leurs chaises de paille trouées devant la maison. Le cortège avance lentement, car les jolies porteuses des cruches doivent prendre garde de ne pas verser une goutte. L'église est pleine à craquer, de longues heures avant l'arrivée de la procession : hommes, femmes et enfants se pressent jusqu'à la sacristie et sur les marches d'escaliers. Leur attente grandit continuellement, et lorsque enfin on annonce l'arrivée de la tête du cortège, bien au loin, la foule frémit d'extase, et c'est une explosion de joie. Les négrillons trépignent de joie, la foule pousse des cris d'extase, des coups de canon crépitent, accompagnés de « Viva Bomfim ! » exultants. L'impatience générale est telle, qu'elle me gagne, moi aussi.

Enfin les premiers pénètrent dans la nef et viennent déposer leurs gerbes de fleurs devant l'autel. La foule en extase crie « Viva Bomfim ! », cette explosion d'espoir qui ressemble au rut d'un immense animal noir, prêt à se jeter sur sa proie. Puis voici le moment suprême : les policiers évacuent la moitié de l'église, où l'on va procéder au lavage. Les femmes vident leurs cruches, les hommes leurs tonnelets, et bientôt arrivent les premiers avec leurs balais, pour nettoyer les saintes dalles de la maison de Dieu. Au début, cela se passe cérémonieusement : avant de procéder à leur travail, les croyants s'inclinent devant l'autel et font le signe de la croix. Mais d'autres, derrière, veulent aussi prendre part à la sainte action. Leur patience s'émousse, leurs cris tumultueux se font pressants, et bientôt la nef semble envahie de centaines de diables noirs qui s'arrachent les balais ; deux, quatre, dix mains se cramponnent au même manche de balai ; d'autres, sans balai, se jettent à terre et grattent les dalles, des enfants avec leurs petites voix criardes, des hommes, des vieilles femmes crient « Viva Bomfim ! » C'est une scène d'ivresse hystérique, comme je n'en ai jamais vue auparavant. Une jeune fille, jusqu'ici calme à côté de sa mère, se détache du groupe, jette les bras en l'air et danse comme une bacchante, le visage voluptueusement contracté, et criant « Viva Bomfim ! Viva Bomfim ! » jusqu'à ce que sa voix se brise. Une autre perd connaissance, après avoir trop crié et gesticulé, et doit être portée au-dehors. Cependant les diables noirs continuent à frotter et à racler et à balayer le parvis, jusqu'à ce qu'ils aient les doigts en sang — et leur frénésie religieuse et érotique est si communicative qu'il me semble que, si je me trouvais en bas parmi eux, je m'emparerais aussi d'un balai et je ferais comme eux ! L'étrangeté de cette folie collective est accrue par le fait qu'elle a lieu dans une église, sans alcool, sans musique, sans le moindre stimulant, en plein jour, sous un ciel bleu et serein.

C'est là précisément le secret de Bahia, dont les nègres et les métis ont conservé dans leurs rites et dans leur sang le double héritage des ancêtres africains et du fanatisme catholique. Bahia est la ville des « candomblés » et des « macumbas », que chaque visiteur se glorifie d'avoir vu authentiquement, quoique les nègres n'y procèdent que secrètement et en cachette. Or, il faut bien avouer que la plupart du temps, la représentation des « macumbas » est une pièce montée pour les étrangers, de même que les représentations des yogis sont arrangées aux Indes par l'agence Cook. Je suis certain que la « macumba », à laquelle j'ai assisté, était arrangée.

Vers minuit, je fus conduit, pendant au moins une demi-heure, par des sentiers difficiles, à travers une brousse accidentée — sans doute pour augmenter l'illusion du danger et du mystère — jusqu'à une hutte, où une douzaine de nègres et de négresses étaient assis en rond, dans la pénombre : ils chantaient au rythme d'une timbale, une mélodie, toujours la même mélodie, dont la monotonie était faite pour vous irriter et vous rendre impatient. Puis vint un sorcier, traînant derrière lui une victime, avec laquelle il dansa, tout en buvant de temps en temps de l'alcool de sucre et en mâchant du tabac. Enfin toute l'assistance dansa en se contorsionnant, de plus en plus vite, comme dans une crise d'épilepsie, jusqu'à ce que le premier tombât à terre, les membres rigides et les yeux fixes. Tout cela était peut-être mis en scène pour le visiteur, et pourtant : la danse, l'alcool et surtout la monotonie de la mélodie créèrent une sorte d'ivresse réelle comme dans l'église de Saint-Bomfim, où les hommes les plus paisibles étaient pris d'une extase inexplicable. Ici comme partout au Brésil, on retrouvait soudain, sous la mince couche de civilisation européenne et moderne, les antiques appels du sang, les traces mystérieuses d'un besoin d'extase et d'extériorisation, dont personne ne peut se dire complètement affranchi.

Visite au sucre, au tabac et au cacao

A Sao Paulo, j'avais rendu visite au café, l'ancien maître du pays; je voulus aussi voir ses cousins, qui ont rendu le Brésil riche et célèbre. Mais ces grands personnages ne viennent pas à votre rencontre; il faut voyager des heures pour atteindre leur résidence. Mais la peine est récompensée. Le chemin de Cachoueiras, qui nous mène à travers les vallées fertiles de Bahia, offre une suite ininterrompue de sites magnifiques, à travers des forêts de palmiers denses et sombres, d'une immense étendue; jusque-là, je n'avais vu que des palmiers solitaires, gardiens d'une hutte ou d'un parc, ou en rangée ordonnée, le long d'un boulevard. Mais ici ils formaient une masse compacte, comme une légion romaine, un tronc près de l'autre, un bouclier près de l'autre, et cette multitude donnait une idée frappante de la fertilité du pays. Ensuite venaient de longues plaines, plantées de manioca, cette farine nutritive et savoureuse, qui forme la base de la nourriture des indigènes, avec la banane et l'arbre à pain.

Petit à petit, les champs changent d'aspect. Les cannes à sucre ressemblent au bambou, toutes de la même couleur et de la même hauteur : c'est la même monotonie que dans les champs de café et de thé, toujours le même vert, sans la moindre variation. Soudain, au coin d'un champ, j'aperçois un char, et je me demande si je ne me trouve pas dans un musée, devant une vieille gravure : c'est un char de l'an 1600, dont les roues ne sont pas ajourées, mais des disques en un morceau, comme jadis à Pompéi. Les six bœufs qui le tirent ont encore le même anneau que ceux des bas-reliefs égyptiens, et le nègre qui les conduit porte le même tablier de cotonnade qu'à l'époque de l'esclavage, où l'on transportait les cannes au moulin de la même façon : qui sait, peut-être que celui que j'aperçois à l'horizon date de l'époque coloniale, quoique, près de lui, se dressent les cheminées d'une raffinerie moderne. Mais c'est avec étonnement (et une espèce de satisfaction) que je me rends compte de nouveau quelle étroite bande du pays brésilien a été conquise par la machine et les temps modernes, combien les anciennes coutumes, les anciennes formes, les anciennes méthodes se sont encore maintenues ici — peut-être au détriment de l'économie. Je salue l'ancien potentat, le sucre, qui défend le fruit de la terre contre la séduction des arts chimiques et distille pour nous les vraies forces du soleil et du sol.

Son frère, le tabac, se montre, lui aussi, plus conservatif que je croyais. C'est à Cachoueiras, cette ville historique, où il y a des maisons qui portent encore des créneaux contre les Indios, que se trouvent les importantes et célèbres fabriques de cigares. Vieil adepte de saint Nicotin, je voulais ici lui rendre hommage et faire le compte des milliers de feuilles de tabac que dans ma carrière de fumeur intrépide j'ai transformées en fumée, tout le long de ma vie. Je visitai toutes les trois fabriques; le mot « fabrique » est d'ailleurs déplacé. J'avais cru me trouver en face de machines d'acier compliquées, qui, comme des automates, avalent la feuille de tabac nue et, en même temps, crachent le cigare tout roulé, enveloppé, étiqueté et, qui sait, déjà aligné dans sa boîte. Mais rien de tout cela. Rien n'est encore mécanisé dans ce coin du Brésil : chaque cigare est fait à la main, manipulé par vingt à quarante mains à la fois. La plupart des fumeurs ignorent la lente transformation et le travail compliqué qui se cache sous la peau lisse et tendre d'un cigare. Dans une première salle, les larges feuilles déjà séchées, qui exhalent une odeur forte et amère, sont triées, puis dépouillées de leurs côtes. Ensuite on commence à les rouler, puis à les mesurer, pour leur donner la même longueur. Enfin, ce corps de tabac nu, il faut l'habiller : c'est la feuille de couverture qui donnera au cigare sa forme et son goût. Or, par un méchant caprice de la nature, le Brésil, le berceau centenaire du tabac, produit les variétés les plus diverses de cette plante, sauf cette dernière feuille, qu'il faut importer de Sumatra, par milliards, et le fumeur ne se doute pas que deux continents, l'Amérique et l'Asie, doivent collaborer, pour lui livrer le plaisir complet d'un bon cigare. D'autres négresses tournent la pointe, d'autres collent l'anneau ou fixent la fiche d'impôt (qui, au Brésil, adhère à tout, sauf à l'enfant nouveau-né). C'est enfin le papier de cellophane, le paquetage, le remplissage des boîtes, l'estampillage — j'ai presque honte maintenant de prendre un cigare en bouche, depuis que je sais combien de peine il faut pour le fabriquer. En voyant toutes ces jeunes négresses penchées sur les tables, je me sens coupable d'être la cause de tant de travail. Mais de tels scrupules ne durent pas longtemps. Les établissements m'offrent quelques boîtes de leurs produits les plus fins, et avant de rentrer à Bahia, une bonne partie de mes scrupules s'est déjà évaporée en pure fumée bleue.

Quant au troisième des rois du Brésil, le cacao, je n'eus pas la possibilité de lui rendre ma visite protocolaire. Car le cacao préfère les zones humides et chaudes, sous le couvert de la forêt vierge, où il trouve l'épaisse chaleur de serre si propice à sa croissance, et si peu faite pour nous, tandis que des myriades de moustiques tissent leurs nuages au-dessus de lui. Mais à l'« Instituto do Cacao », sa résidence en ville, j'ai pu suivre le processus de la croissance d'un cacaoyer. La singularité de cet arbre, c'est qu'il porte à la fois la fleur et le fruit, de sorte que la cueillette se fait, pour ainsi dire, tout le long de l'année. Les grains, qui donnent le jus si doux et si savoureux, sont amers, à l'état naturel, et il faut un long processus de purification, de dégraissage et de stérilisation, avant que les tapis roulants portent les sacs remplis dans les cales des bateaux.

RECIFE

Bahia est si beau, si attirant, que c'est avec regret que je monte dans l'avion qui me portera vers le Nord. Pernambouc, Recife, Olinda : ces trois noms ne signifient qu'une ville, et je me demande lequel choisir. Les marchands consignent leur marchandise pour Pernambouc. Mais je préfère les noms des deux autres villes-sœurs, Recife et Olinda : ce dernier sonne romantique et légendaire et me rappelle de vieux livres d'une époque lointaine et révolue, alors que la ville portait encore un quatrième nom : Mauritsstaad. C'est ainsi qu'elle devait s'appeler d'abord, d'après Maurice de Nassau, qui l'avait conquise et voulait y construire un petit Amsterdam, avec des rues bien propres et un palais joliment orné. Son docte apologiste Barleus nous a transmis ses plans et ses dessins dans un immense volume, qui est resté le seul monument du règne hollandais. Mais c'est en vain que je me mis à la recherche du célèbre palais et des citadelles imposantes, des maisons hollandaises et des moulins qui en faisaient partie : tout a disparu jusqu'à la dernière pierre ! Rien ne reste du passé que les vieilles églises portugaises d'Olinda et quelques ruelles coloniales, que le doux et paisible paysage a embellies. Privé de la vue grandiose de Bahia, Olinda est un petit endroit romantique et rêveur, qui se suffit à lui-même depuis des siècles et ne s'occupe guère de sa sœur plus jeune et plus vivante.

Or, Recife est, au contraire, pleine de vie et de mouvement : elle a un hôtel, qui ferait honneur à n'importe quelle ville d'Amérique, un beau terrain d'aviation, des avenues modernes, et au point de vue confort, elle se place parmi les premières villes du Brésil. Le gouverneur rase sans pitié les « mocambos », ces huttes de nègres, qui nous semblent si romantiques, et fait construire des quartiers spéciaux pour chaque groupe commercial ou industriel, essai très remarquable. On prépare pour les laveuses, les couturières, les petits fonctionnaires des maisons claires et saines, avec électricité et tout le confort moderne, contre paiement réduit et à longue échéance, pour remplacer les vieux quartiers malsains ; dans quelques années ou décades, Recife sera une ville-modèle. Ainsi, dans ce pays, on va de contraste en contraste, du vieux au neuf, de la forêt vierge aux avenues modernes, et chaque jour de voyage offre une autre découverte.

VOL VERS L'AMAZONE

Et toujours plus avant vers le Nord ! Pour se rendre de Recife à Belem, à l'embouchure de l'Amazone, il fallait autrefois autant de jours que maintenant d'heures. De petits hydroplanes très commodes vous déposent, toutes les heures, dans une autre ville de la côte : Cabedello, Natal, Fortaleza, Camocim, Amarracao, Sao Luiz, avant d'atteindre Belem. Je fais ainsi la connaissance d'une quantité de petites villes inconnues et pittoresques. L'avion est le seul moyen de les connaître; en bateau on ne voit que l'écorce du pays et non sa substance, et il n'y a encore ni routes ni chemins de fer, ou du moins très peu. A vol d'oiseau, on peut se rendre compte de l'étendue et de la variété de ce pays. On est surpris du nombre des fleuves dont nous n'avons jamais entendu les noms, et qui sont aussi puissants que les plus célèbres de nos fleuves européens. Mais on voit en même temps avec quelle ruse et quel entêtement ils s'opposent à la navigation, et c'est ce qui a si longtemps retardé l'évolution du Brésil. Au lieu de se réunir et de descendre vers la mer dans un courant rapide, ils se tortillent en lacets innombrables et s'immobilisent dans des lagunes peu profondes. Voilà pourquoi le pays est encore si désert, pourquoi on rencontre si rarement une route ou un village. Pendant des milles et des milles, c'est la forêt verte et ininterrompue, où l'homme n'a pas encore pénétré, comme aux premiers jours de la création. On ne voit que rarement la tache blanche d'une voile, le long de la côte, sur les fleuves ou sur les lacs. Une terre magnifique et fertile attend la venue de l'homme, pour lui révéler ses richesses insoupçonnées. Mais la parole est à l'avenir.

Et puis Belem! Depuis mon enfance, où je lisais les aventures d'Orellana, qui le premier descendit l'Amazone, parti seul du Pérou sur un petit canoë, depuis les jours où je vis au Zoo les premiers perroquets et les singes derrière des cages qui portaient l'inscription « Amazonas », j'avais rêvé de voir ce fleuve. Et me voici à son embouchure, ou plutôt, une de ses nombreuses embouchures, dont chacune est plus large que le plus grand de nos fleuves d'Europe !

Belem n'est, au premier aspect, pas aussi impressionnante que j'espérais, parce qu'elle ne se trouve pas directement sur le fleuve. C'est une belle ville vivante, aux heureuses proportions, avec de larges boulevards, des places spacieuses et d'intéressants vieux palais. Il y a quarante ou cinquante ans, Belem eut l'ambition de devenir une métropole moderne, voire la capitale du Brésil : c'était au moment du boom du caoutchouc, alors que le Nord brésilien détenait encore le monopole de l'hevea bresiliensis. A cette époque, les boules de caoutchouc noires, qui descendaient l'Amazone dans des bateaux et des barques, devenaient instantanément de l'or, et Belem en regorgeait. De même que jadis Manaos, Belem construisit un magnifique Opéra, qui aujourd'hui, sur sa grande place, n'a plus le moindre espoir de recevoir dignement les Carusos hypothétiques ; de somptueuses villas s'alignaient, et il sembla que, grâce à « l'or liquide », le centre de gravité de l'économie brésilienne se déplacerait de nouveau vers le Nord. Puis soudain, la conjoncture déclina, les maisons de commerce et les compagnies internationales tombèrent et disparurent. Et Belem redevint ce qu'elle avait toujours été, une jolie ville, mais calme. Grâce à sa situation géographique, elle est devenue le point de départ de nombreuses lignes aériennes, qui conduisent, au Nord, vers Cuba, Trinidad, Miami et New York, à l'Est, le long de l'Amazone, vers Manaos, le Pérou et la Colombie, au Sud, vers Rio, Santos, Sao Paulo, puis Montevideo et Buenos Aires, et à l'Ouest, vers l'Afrique et l'Europe. Dans peu d'années, elle deviendra un des grands centres nerveux de l'Amérique du Sud, et lorsque les régions illimitées de l'Amazone s'ouvriront à l'agriculture et au commerce, Belem réalisera grandiosement son rêve d'antan, de devenir une métropole.

Belem possède un jardin zoologique et un jardin botanique qui réunissent toutes les curiosités du monde végétal et animal de l'Amazone. Ceux qui n'ont ni le temps, ni le courage, ni la possibilité de remonter le cours de l'Amazone — le « désert vert » comme on l'appelle, parce qu'à droite et à gauche s'allongent les interminables forêts vierges, dans une monotonie grandiose — peuvent en respirer et en deviner les merveilles. Voici l'hevea bresiliensis, qui promit tant de richesse au pays, pour finalement le plonger dans la plus grande détresse : on me permit de faire une incision et de voir couler le jus blanc et gluant. Voici un autre arbre, que les indigènes considèrent comme sacré, parce qu'il ne reste pas en place, attaché à ses racines, mais se trouve continuellement en migration. Il avance ses branches si loin que son corps se fatigue et se penche vers la terre. Mais là où ses branches s'appuient, elles prennent de nouvelles racines et forment un nouveau tronc, tandis que l'ancien se décompose. C'est ainsi qu'il progresse de quelques mètres, et les peuplades sauvages le vénèrent comme un être surnaturel. Et voici les troncs géants, avec leurs lianes touffues, puis mille sortes d'arbustes, d'animaux bizarres, d'oiseaux multicolores, de minces poissons de verre qui, comme les autos, portent une lumière devant et derrière : merveilles d'une nature prodigue et capricieuse. Et tout cela se présente, non comme dans un musée, catalogué et mort, mais vivant et prospérant dans sa propre terre natale.

Le temps est trop court, pour tout voir, et d'ailleurs, mes connaissances botaniques sont trop restreintes. A la fin du voyage, on sent qu'on n'est en réalité qu'au commencement. Plus on étudie la carte, plus on se rend compte combien on n'a pas vu. Ne faudrait-il pas quand même encore remonter l'Amazone, pendant deux semaines, ou pendant deux mois, jusqu'aux provinces à moitié explorées de Matto Grosso et Goyaz, que même très peu de Brésiliens connaissent ? Il serait tentant d'avancer dans les profondeurs mystérieuses de la forêt et de rencontrer les forces encore incontrôlées de la grande nature. Mais alors, où s'arrêter ? Et comment songer à avancer seul, alors qu'il faut équiper de vraies expéditions, pour « découvrir », au vrai sens du mot, de larges parties du territoire encore vierges. Soyons raisonnables et résignons-nous à temps !

Je retourne donc au terrain d'aviation. Auprès de mon air-liner qui va partir vers l'Équateur et les États-Unis, s'en trouve un autre, qui se rendra à Manaos, en longeant l'Amazone. Je regarde avec regret mon voisin qui ouvre les ailes et se jette vers l'inconnu. Et avant même de quitter le Brésil, je sens monter en moi la nostalgie du Brésil et le désir de revenir bientôt vers ce pays qui regorge de beauté et de générosité.

Table chronologique

1497 — *7 juillet*, première expédition aux Indes (Vasco de Gama).

1500 — *9 mars*, deuxième expédition aux Indes (Pedro Alvarez Cabral).
— *23 avril*, Cabral atterrit au Brésil.

1501 — Fernao de Noronha commence le commerce avec du bois du Brésil.

1503 — Vespucci visite le Brésil avec la flotte de Gonzalo Coelho.

1507 — Le nom d'« Amérique » se trouve pour la première fois sur une carte.

1519 — Fernao de Magalhaes débarque au cours de son premier voyage autour du monde.

1534 — Le Brésil est divisé et réparti en « capitanias ».

1549 — Le premier gouverneur du Portugal, Tomé de Souza, débarque à Bahia. Avec lui se trouvent les premiers Jésuites, dont Manuel de Nobrega est le chef.

1551 — Le premier évêque du Brésil.

1554 — Nobrega fonde Sao Paulo.

1555 — Les Français, sous Villeguaignon, débarquent à Rio-de-Janeiro.

1557 — Hans Staden publie un livre sur le Brésil :
« Viagem ao Brasil ».

1558 — « Les singularités de la France antarctique », par André Thevez.

1560 — Lutte de Mem de Sà contre les Français de
Rio.

1565-67 — Expulsion des Français. Fondation de la
ville de Rio.

1580 — Le Portugal devient espagnol.

1584 — Conquête de Paraiba.

1598 — Conquête de Rio Grande de Norte.

1602 — Fondation de la « Companhia das Indias
Orientais ».

1610 — Conquête de Ceara.

1615 — Conquête de Maranhao. Fondation de Belem.

1624 — Bahia est conquise provisoirement par les
Hollandais.

1627 — Olinda (Recife) est occupée par les Hollandais et appelée « Mauritsstaadt ».

1640 — Le Portugal redevient indépendant de
l'Espagne.

1645 — Révolte à Pernambouc contre les Hollandais.

1654 — Fin définitive de l'occupation hollandaise.

1661 — Paix entre la Hollande et le Portugal.

1694 — Première découverte de l'or à Taubate.

1720 — Minas Geraes, le pays de l'or, devient une
province autonome.
— Répression de la révolte éclatée à Villa Rica
à l'occasion de la fondation de la « casa de fun-
dicao ».

1723 — Le café est importé au Brésil.

1729 — Découverte de diamants.

1737 — Fondation de Rio Grande del Sul.

1739 — Le premier auteur dramatique brésilien, Antonio José, est brûlé par l'Inquisition à Lisbonne.

1740 — Province Goyaz.

1748 — Province Matto Grosso.

1750 — *13 janvier*, traité de Madrid, qui fixe les frontières entre l'Amérique espagnole et portugaise (Brésil).

1755 — Tremblement de terre à Lisbonne.

1759 — Expulsion des Jésuites.

1763 — Rio-de-Janeiro proclamé capitale.

1792 — Conjuration pour l'indépendance du Brésil à Minas Geraes (Conjuracao dos Inconfidentes).
— Exécution du chef Tiradentes.

1807 — Fuite de la famille royale de Lisbonne, devant Napoléon.
— Arrivée de la famille royale à Rio.

1808 — Ouverture des ports au commerce mondial.
— La population du Brésil estimée à trois millions et demi, dont presque deux millions d'esclaves.

1810 — « History of Brazil », par Robert Southey.

1815 — Le Brésil devient un royaume.

1821 — 26 avril, le roi Joao VI rentre au Portugal.

1822 — Son représentant Dom Pedro se déclare indépendant et devient Empereur du Brésil, sous le nom de Pedro Ier.

1823 — « Voyage dans l'intérieur du Brésil », par Saint Hilaire.

1828 — L'Uruguay se détache et devient une république cisalpine.

1831 — Abdication et départ de l'Empereur Pedro Ier.

1840 — L'Empereur Pedro II est déclaré majeur.

1850 — Interdiction d'importer des esclaves.

1855 — Premier chemin de fer.

1864-70 — Guerre avec le Paraguay.

1874 — Télégraphe entre le Brésil et l'Europe.

1875 — La population dépasse le chiffre de dix millions.

1888 — *13 mai*, abolition du servage au Brésil.

1889 — Abdication de Pedro II. Proclamation de la République Fédéraliste du Brésil.

1891 — Mort de l'Empereur en exil.

1899 — Santos Dumont vole autour de la Tour Eiffel.

1902 — Euclydes da Cunha publie les « Sertoes ».

1920 — La population du Brésil dépasse 30 millions.

1930 — La population du Brésil dépasse 40 millions.
    — Getulio Vargas devient Président.

Composition réalisée par EURONUMÉRIQUE

Achevé d'imprimer en novembre 2010, en France sur Presse Offset par
Maury-Imprimeur - 45330 Malesherbes
N° d'imprimeur : 159144
Dépôt légal 1re publication : janvier 2002
Édition 08 - novembre 2010
LIBRAIRIE GÉNÉRALE FRANÇAISE - 31, rue de Fleurus -75278 Paris Cedex 06